KLARTEXT

Gabriella Wollenhaupt, Jahrgang 1952, arbeitet als Fernsehredakteurin in Dortmund. Ihre freche Polizeireporterin Maria Grappa hatte 1993 ihren ersten Auftritt und stellt seither immer wieder erneut ihre Schlagfertigkeit unter Beweis. Zwischendurch wagte die Autorin einen Ausflug in die Historie: »Leichentuch und Lumpengeld« spielt im Vormärz und steht den Grappa-Krimis in Sachen Witz und Ironie in nichts nach. • www.gabriella-wollenhaupt.de

grafit Lizenzausgabe mit freundlicher Genehmigung des GRAFIT Verlags
Erstausgabe: Dortmund 1996
Druck und Bindung: GGP Media GmbH, Pößneck

ISBN 978-3-8375-0572-6

www.klartext-verlag.de

Gabriella Wollenhaupt

Grappa und der Wolf

Kriminalroman

KLARTEXT

Die Personen:

(in alphabetischer Reihenfolge)

Anton Brinkhoff behält den Überblick

El Lobo telefoniert gern

Maria Grappa spielt Rotkäppchen und begegnet dem Wolf

Peter Jansen wird manchmal schwach

Rocky Jedwabski trägt einen falschen Namen

Werner Conrad Knall liebt Zierfische

Luise Lasotta ist eine gute Witwe

Hermann Lasotta haßt Waldspaziergänge

Max Lidor weiß, was er tut

Dr. Egbert von Liliencron will unbedingt alles

Carmen Roja lernt fliegen

Carlotta Roja macht manchmal Fehler

Urs Stäubli überläßt nichts dem Zufall

Amadeus Viep kämpft für die Unterdrückten

Willi Wurbs ißt gern Kuchen

Dies ist ein Roman. Personen und Handlung sind frei erfunden.

»Freund Sancho, schläfst du? Schläfst du, Freund Sancho?«

»Wie zum Kuckuck soll ich schlafen? Scheinen es doch in dieser Nacht alle Teufel auf mich abgesehen zu haben!«

Aus: »Leben und Taten des scharfsinnigen Edlen Don Quixote von La Mancha« von Miguel de Cervantes Saavedra

Rotwein aus Valdepenas

Auf der anderen Seite der Straße stand eine dunkelgrüne Limousine. Ich konnte die Marke nicht erkennen; es war ein starker Wagen, der dort breitbeinig auf dem Pflaster lag. Am Steuer saß regungslos ein Mann, sein Gesicht war im Schatten. Wenn er an seiner Zigarette zog, glühte ein milder, roter Schein über sein Gesicht. Das Auto stand am Ausgang einer Einbahnstraße. Das rote Verbotsschild mit dem weißem Querbalken hing lose in seiner Befestigung von der Hauswand herab. Der Name der Straße – weiße Schrift auf blauem Grund – war unleserlich. Zumindest aus meiner Perspektive. Das Haus – es war übrigens die Straßenecke – war ein müder, grauer Bau; der Verputz bröckelte und legte einen schäbigen Untergrund frei. Ein totes Haus, das ein bißchen Glanz nur von einer grünen Markise erhielt, die über einem Fenster im dritten Stock angebracht war.

Diesem Gebäude gegenüber standen in verwirrender Unordnung viele leuchtend rote Plastikstühle, gruppiert um weiße Kunststofftische. Dahinter breitete sich ein Stückchen verwilderter Garten aus. Zur Straße hin war er gesichert durch eine niedrige Mauer mit einem starken Eisengitter, in dessen unterem Teil sich allerhand Müll verfangen hatte.

Die Stühle gehörten zu einer Bar. Haus, Garten und alles drumherum hatte ich im Blick, denn ich hatte mich vor der Bar niedergelassen, wo ein halbes Dutzend der gleichen Stühle aufgebaut waren. Niemand saß mit mir unter freiem Himmel. Ich war allein, hatte gerade eine Auswahl von Tapas bestellt. Kurz gebratene Wachteln und geröstete Ringe von Calamares, gegrillte, scharf gesalzene Fleischstückchen und was noch dazu gehört: Weißbrot, schwarze Oliven, ein wenig Salat und eine ganze Flasche Vino tinto, Landwein aus Valdepenas, wie der Barmann versichert hatte.

Es war angenehm, hier zu sitzen, so allein. Dagegen herrschte drinnen in der Bar, die *Meson Las Tapas* hieß, ein völliges Durcheinander – nur Männer waren dort, die mehr Lärm machten, als ich vertragen konnte. Dazwischen mischte sich noch das Geheul einer Flamencosängerin aus vollem Busen.

Es wurde Abend. Die Sonne war hinter dem Schatten der Häuser verschwunden, einige Vögel steuerten ihre Schlafplätze an, und aus ein paar Fenstern drang bereits elektrisches Licht. Ein streunender Stadtkater strich scheu an meinem Tisch vorbei, um die Lage im Hinblick auf Eßbares zu überprüfen. Er schnappte das halb abgegessene Wachtelskelett aus meiner Hand und machte sich davon.

Plötzlich zerbrach ein Klirren die Ruhe der Straße. Es kam von gegenüber, vom grauen Haus, vor dem der dicke Wagen stand, dessen Fahrer noch immer ruhig auf seinem Platz saß. Hinter dem Fenster im dritten Stock, dem mit der grünen Markise, entdeckte ich einen Schatten. Ein Schrei folgte. Irgend etwas Schreckliches geschah dort! Bevor ich einen klaren Gedanken fassen konnte, fiel der Körper einer Frau aus dem Fenster. Der Fall war lautlos, der Aufprall ein dumpfer Schlag.

Ich vergaß vor Entsetzen zu atmen. Am Fenster erschien der Kopf eines jungen Mannes, ich glaubte Hände zu sehen, das kurze Aufleuchten eines Fingerringes. Die Straße blieb von dem Fall unberührt, niemand außer mir schien etwas bemerkt zu haben, niemand stand als Schatten neugierig am Fenster, aufgeschreckt durch dieses plötzliche Klirren. Die Männer in der Bar hinter mir grölten noch immer, die Sängerin stieß rhythmische, gutturale Schreie zu schweren Gitarrenakkorden aus.

Ich hatte mich wieder gefaßt, sprang auf und lief über die Straße. Der Täter mußte noch im Haus sein. Als ich an dem wartenden Wagen vorbeirannte, beobachtete ich eher zufällig, daß sich der Fahrer über das Lenkrad gebeugt hatte, als ob er sein Gesicht verbergen wollte. Er rauchte nicht mehr. Ich klopfte heftig ans Fenster. Es war ein Mann mit Baskenmütze, der dort saß. Er rührte sich nicht. Meine Hand versuchte, die Tür zu öffnen. Sie war verschlossen. »Nun helfen Sie doch!« schrie ich. Keine Reaktion.

Ich lief zu der Frau. Sie war jung, hatte dunkles kurzes Haar, das Gesicht war zur Erde gekehrt. Sie trug ein rotes Kostüm, dessen kurze Jacke durch die ungewollte Lage des Körpers etwas hochgerutscht war. Ich beugte mich zu ihr hinab, suchte nach Lebenszeichen und fand sie nicht. Mit einer Hand versuchte ich den Kopf zur Seite zu ziehen. Ihre Haut war warm, die Augen halb geschlossen und starr. Ich blickte zur Eingangstür. Sie hing ruhig in ihren Angeln, der Mörder war entweder noch im Haus oder hatte einen anderen Weg hinaus gefunden.

Ohne zu überlegen, stürmte ich durch die angelehnte Tür ins Innere. Die Flure waren ziemlich ramponiert. Die Türen waren aufgebrochen, manche standen offen, Möbel waren nirgends zu sehen. Ich erklomm die Treppe, deren Bohlen knarrten. Vorsichtig ging ich bis in die dritte Etage. Auch die Tür hier oben war nicht verschlossen. Behutsam drückte ich sie auf. Die Wohnung war in einem besseren Zustand, so als würde sie gelegentlich benutzt. Nicht zum Wohnen, sondern zu anderen Zwekken. Es standen ein paar schäbige Sessel herum, ein großer Tisch, kein Bett. Dann noch ein paar kleinere Gegenstände. Es roch ungelüftet und nach altem Zigarettenrauch. Ich trat ans Fenster, sah die Reste einer Glasscheibe auf der Fensterbank liegen. Gerade wollte ich einen Blick auf die Straße werfen, als mich ein Geräusch im Hausflur zusammenzucken ließ. Ich lief aus der Wohnung, horchte in die Etagen unter mir.

Nichts regte sich. Niemand war da. Stille, als habe sich nichts ereignet, kein Unfall und schon gar kein Mord.

Ich verharrte einen Augenblick. Ratlos. War ich Opfer einer Täuschung geworden? Nach einer Flasche Vino tinto von zwölfeinhalb Prozent (auch wenn er aus Valdepenas war) und unter dem Eindruck der leeren Straßen, knallroten Plastikstühlen, grölenden Männern, die nichts zu kümmern schien, war es vielleicht nicht so einfach, die Nerven zu behalten.

Jetzt wagte ich es nicht mehr, zum Fenster zu gehen und nach unten zu schauen. Auf der Straße startete jemand ein Auto. Ich mußte raus hier, der Mörder lauerte vielleicht auf mich.

Als ich wieder unten war, war die dunkelgrüne Limousine weg. Und die Frau? Es gab keine tote Frau. Sie war verschwunden. Ich lief zum *Meson Las Tapas* zurück.

Der Barmann hatte mich schon vermißt. Ein freundlicher Typ. Er sprach ein wenig deutsch, denn er war erst vor fünf Jahren aus Deutschland in seine Stadt zurückgekehrt.

»Wieviel Wein habe ich getrunken?«

Der Barmann grinste. »Eine Flasche Tinto, und vorher haben Sie noch den Weißen probiert. Soll ich noch eine bringen, Señora?«

Ich winkte ab. »Lieber nicht. Ich habe eben schon Gespenster gesehen.«

Er verstand nicht den Grund für meine Worte, doch er lachte. Ich setzte mich wieder auf meinen roten Stuhl. Der Salat lag inzwischen schlapp in der Soße, die Fleischbällchen hatten Außentemperatur.

»Wer wohnt in dem grauen Haus dort drüben?« Ich versuchte, meiner Stimme einen beiläufigen Klang zu geben.

»Das ist fast unbewohnt«, antwortete er und räumte den abgegessenen Teller ab, »manchmal kommt ein Mann, er hat immer einen grünen Pullover an. Er kommt aber sehr selten. Eine alte Frau gibt es dort auch noch, aber sie ist ein bißchen verrückt.«

»Haben Sie das Auto bemerkt, das die ganze Zeit gegenüber geparkt hat?«

Der Barmann schüttelte den Kopf und sah mich an, als hätte ich dummes Zeug gesagt.

»Ich meine die große Limousine, sie muß vor ein paar Minuten weggefahren sein.« Ich deutete auf die gegenüberliegende Straßenseite.

»Ich bin mit meinen Gästen beschäftigt, das Haus interessiert mich nicht«, behauptete er. Dann verschwand er schnell.

»*Café con leche, por favor*«, rief ich ihm nach. Ich wußte nicht, ob er meine Bestellung mitbekommen hatte. Es war mir auch egal, ich wollte noch eine Weile hier sitzen und nachdenken. Sollte ich der Polizei meine Beobachtung schildern? Quatsch, dachte ich, ohne Leiche kein Mord. Niemand außer mir schien etwas gesehen zu haben, und ich war nicht gerade nüchtern.

Ein Mann kam die Straße entlang – quer herüber auf mich zu. Er war dürr, hatte einen Vogelkopf – so lang und spitz war seine Nase. Die linke Hand zitterte, sie war angewinkelt, die Schritte nervös. Er schob sich heran und öffnete die rechte Hand. Ich verstand zwar nicht, was er sagte, doch die Geste war unmißverständlich. Hastig kramte ich aus meiner Geldbörse ein Hundertpesetenstück und gab es ihm. Er zitterte fort.

Mein Gott, dachte ich, wie das alles zusammenpaßt! Die Typen in der Kneipe, die leere Straße, auf der abends eigentlich Leben sein müßte wie anderswo auch. Eine Frau wird aus einem Fenster im dritten Stock geworfen und ist plötzlich verschwunden. Der Tinto war ja gut, aber zu schnell getrunken. Du bist reif fürs Bett, und zwar sofort.

Ich betrat die Bar. »*La cuenta por favor*!«

Der Barmann nickte und reichte mir einen Kassenzettel herüber. Die Männer beobachteten mich neugierig und rückten zur Seite, als ich dreitausend Peseten über die Theke schob. Die Luft hier drinnen war teerhaltig, auf dem Steinboden lagen Zigarettenstummel und Papiere von Zuckerstückchen.

»Die Frau am Fenster haben Sie wohl auch nicht gesehen?« versuchte ich es noch einmal, als mir der Barmann einen Teller mit Münzen zurückschob.

Er sah mich überrascht an. »Vergessen Sie es«, meinte er dann, »unser Wein ist rein und gut für die Gesundheit, und morgen sieht alles ganz anders aus.« Ich resignierte, ließ die Münzen auf dem Teller und verschwand.

Das Hotel, in dem ich wohnte, war vielleicht fünfhundert Meter entfernt. Ich überquerte die Straße und schlenderte an dem grauen Haus vorbei. Auf dem Bürgersteig lagen Glassplitter. Also doch! Ein paar Schritte weiter, gerade neben dem Bordstein, glänzte etwas Goldenes. Ich sah genauer hin. Es war eine Puderdose, deren Deckel offen stand. Ich hatte nicht den Mut, mich einfach zu bücken, öffnete rasch meine Tasche, suchte etwas, das ich unbemerkt fallen lassen konnte. Meinen Zimmerschlüssel! Er klirrte zu Boden, ich ging in die Hocke, bekam die Puderdose in die Finger und ließ sie in meiner Handtasche verschwinden.

Als ich mich verstohlen umsah, bemerkte ich den Barmann. Er stand im Eingang seiner Bude, das Gesicht zu mir gewandt, sonst war niemand auf der Straße. Hatte er gesehen, daß ich etwas aufgehoben hatte? Und wenn schon! Vermutlich hielt er mich nur für eine seltsame Touristin, die seinen vielgepriesenen Vino tinto aus Valdepenas nicht gut vertragen hatte.

Eine Sachertorte aus Moskau

Mein Schlaf war tief in dieser Nacht. Als ich aufwachte und auf die Uhr schaute, war es schon neun und taghell, trotz der geschlossenen Vorhänge an den Fenstern. Ich machte schnell Toilette, um an den Frühstückstisch zu kommen, denn mein Appetit ist morgens immer beachtlich.

Während ich an der Bar einen belebenden Kaffee trank, überlegte ich, wie ich diesen Tag gestalten sollte. An den letzten Abend hatte ich nur vage Erinnerungen; ich wußte noch, daß ich eine Bar besucht hatte, um endlich einmal die vielgepriesenen spanischen Tapas zu genießen. Ach ja, zuviel Wein und merkwürdige Erscheinungen waren da auch noch gewesen.

In der Hotelhalle bahnte ich mir den Weg durch ein Rudel ziemlich munterer älterer Damen, die hier genächtigt hatten und deren Bus draußen mit brummendem Motor auf seinen Inhalt wartete.

Die Temperatur war noch morgendlich kühl, die Luft frisch. Ich atmete tief durch. Der Abend war mir doch besser bekommen, als es zunächst den Anschein hatte. Weniger Wein, dachte ich, dann hast du auch keine Halluzinationen mehr. Mein Stimmungspegel hob sich – wie immer bei guten Vorsätzen, deren Ausführung sich meist dann doch nicht ergab.

Ich bummelte ein bißchen durch die engen Straßen der Altstadt von Toledo, die sich langsam mit wabernden Touristenmassen füllte, die von ihren Reiseleitern wie

Schafe zur Tränke getrieben wurden. Ich preßte mein Täschchen an mich, der Guide hatte vor dreisten Taschendieben gewarnt, die beim Rempeln zugriffen. Toledo war im Mittelalter die Stadt der Bettler gewesen.

»Ist Post für mich gekommen?« fragte ich, ins Hotel zurückgekehrt, den Empfangschef.

»Moment«, antwortete der und sah in meinem Fach nach. Da lag nur der Zimmerschlüssel. Ich hatte nirgendwo meine Adresse hinterlassen und konnte also überhaupt keine Post bekommen. In übermütiger Laune geht's mir wie vielen anderen auch, ich mache Scherze auf Kosten anderer. Um noch einen draufzusetzen und weil der junge Mann so hübsche braune Augen mit langen Wimpern hatte, bat ich ihn, sofern Post käme, sie mit meinem Namen zu versehen und dann an das Waldorf-Astoria in New York weiterzuleiten. Aber per Luftpost. Er notierte alles langsam und gewissenhaft, klimperte mich amüsiert an.

Bester Laune schuf ich in meinem Zimmer ein bißchen Ordnung, steckte mein kleines Täschchen, das mich auf meiner Tour eben begleitet hatte, in meine große Handtasche. Meine Finger ergriffen dabei eine goldene Puderdose. Mir gehörte sie nicht. Langsam formte die Erinnerung in meinem Kopf das Bild einer toten jungen Frau. Ich öffnete den Deckel, der ein wenig verklemmt war. Der Spiegel war zerbrochen, und dahinter steckte ein Zettel. Ich zog ihn vorsichtig zwischen den Splittern hervor.

»Carlotta« – stand da in Druckbuchstaben mit blauer Tinte. Darunter eine Telefonnummer. Die Vorwahlnummer von Bierstadt! Ich fiel fast vom Hocker. Der Rest der Nummer war fast unleserlich – Feuchtigkeit hatte die Tinte verschwimmen lassen – aber mit einiger Mühe konnte ich sie entziffern. Bierstadt – nicht zu fassen!

Erst jetzt hatte ich die Bilder und Ereignisse des vergangenen Abends wieder voll im Gedächtnis. Die Puderdose hatte der Frau in dem roten Kostüm gehört, die vor meinen Augen aus dem dritten Stock des grauen Hauses gegenüber der Tapa-Bar gefallen war. In dieser unheimlichen, verlassenen Straße mit den knallroten Plastikstühlen. Der Mann im dunkelgrünen Wagen fiel mir wieder ein, der später genauso verschwunden war wie die tote Frau.

Ich dachte an das Gesicht des Barmannes, wie er mir eine Flasche Vino tinto aus Valdepenas und köstliche Tapas auf den Tisch stellte. Fast war mir, als hörte ich das Männergegröle und die brünstigen Flamencoklänge. Ich starrte auf die Puderdose. Sie war Realität.

Was tun? Die Nummer einfach anzurufen, das schien mir absurd. Aber warum eigentlich nicht? Neben dem Telefon lag eine auf Pappe gedruckte Anweisung zur Benutzung des Zimmertelefons. *Como utilizar el servicio telefonico desde su Hotel. No problema*!

Aus meinem Reiseführer notierte ich die Auslandsvorwahl für Deutschland, ließ bei der Bierstädter Vorwahl die Null weg und wählte den Anschluß.

»Roja!« sagte eine Frauenstimme.

»Carlotta?« fragte ich.

»Carmen! Endlich! Warum rufst du erst jetzt an? Ich habe schon gestern mit deinem Anruf gerechnet, die Sache ist doch jetzt schon in der Entscheidung.«

Es war die sympathische, warme Stimme einer Frau in mittlerem Alter, so schätzte ich. Sie wußte nicht, daß sie mit einer Fremden sprach, der Carmens Puderdose und die eigene Telefonnummer nur zufällig in die Hände gefallen waren. Ein Strom von spanischen und deutschen Worten sprudelte aus der Ohrmuschel, als stünde Carlotta unter Druck oder hätte Eile, so viel wie möglich in diesem Telefongespräch unterzubringen.

»Die Sache läuft gut«, erzählte sie weiter, »ich hoffe, daß du etwas rausbekommen hast. Der dunkle Typ muß in Spanien sein, ich habe ihn hier nicht mehr gesehen. Die Sache ist jetzt absolut heiß. Du mußt sofort zurückkommen, hörst du? Ich erwarte dich morgen. Ich habe erfahren, daß sie die Sachertorte in Moskau bestellt haben.« Beim letzten Satz senkte sie ihre Stimme.

»Sachertorte? Moskau?« entfuhr es mir. Sofort merkte ich, daß das ziemlich blöd gewesen war, denn Carlotta begriff endlich.

»Mit wem spreche ich denn?« Es klang entsetzt. »Carmen? Bist du es nicht? O Gott! Wer sind Sie?«

»Maria Grappa«, antwortete ich, »ich wollte nur …«

»Mit wem telefonieren Sie, Carlotta?« hörte ich eine männliche Stimme im Hintergrund fragen. Sie war deutlich und scharf.

»Was wollen Sie hier?« schrie die Frau. »Gehen Sie!«

»Sie haben sich in Dinge eingemischt, die Sie nichts angehen«, sagte der Mann. Ich konnte seine Stimme jetzt noch deutlicher hören, er mußte direkt neben der Frau stehen.

»Kommen Sie, Carlotta«, sprach er, »wir werden die Sache in Ruhe besprechen. Geben Sie jetzt erst mal den Hörer her!«

Ich hörte Geräusche, dann wieder die Stimme: »Hallo, wer ist dort? Sagen Sie sofort Ihren Namen!«

Ich hatte meine Geistesgegenwart zurückgewonnen, obwohl ich noch immer sehr erregt war. »Du kannst mich mal!« rief ich wütend. Da wurde es plötzlich sehr still. Der Hörer war aufgelegt worden.

Jetzt hatte ich also einen Mord am Hals, eine Leiche verschwinden sehen und ein mysteriöses Telefongespräch mit einer Frau namens Carlotta geführt, die etwas von einer Sachertorte erzählt hatte, die ausgerechnet aus Moskau kommen sollte.

Ich kenne mich in den Feinheiten der Confiserie nicht besonders gut aus, aber ich weiß, daß Sachertorten eine Wiener Spezialität sind, daß in ihnen viel Schokolade und Butter verarbeitet wird und sie deshalb im Magen liegen wie ein Stein. Von den vielen Kalorien ganz zu schweigen. Nicht zuletzt deshalb hatte ich seit Jahren an Sachertorten noch nicht mal gedacht.

Mich schauderte. Ich hatte noch immer die Stimme des unbekannten Mannes im Ohr, der mein Gespräch mit Carlotta unterbrochen hatte. Sie hatte die wohlige Wärme von Trockeneis.

In meiner Hand lag die Puderdose. Ich untersuchte sie näher. Sie war schon älter, ursprünglich aus Silber, später hatte sie jemand vergoldet. Das Material war dünn, an manchen Stellen schon ein wenig verbeult. Der Puder war sehr leicht, ein bißchen feucht und von zarter, schillernder Fleischfarbe. Ein teures Nachfüllprodukt. Das mehrfach benutzte Schwämmchen hatte die Farbe des Puders angenommen und etwas vom Hautfett der Besitzerin aufgesaugt.

Ich war in einer Situation, die gefährlich werden konnte. Als Augenzeugin eines Mordes sollte ich nicht länger in Toledo bleiben, sagte ich mir, vielleicht hat mich doch jemand gesehen.

Nein, hier in Spanien kam ich nicht weiter mit der Geschichte. Ich mußte zurück nach Bierstadt. Herauskriegen, wer diese Carlotta war, die auf den Anruf einer Frau namens Carmen gewartet hatte.

Ich blickte auf die Uhr. Es war früher Nachmittag. Zeit genug, die Sachen zu packen, den Mietwagen zu starten und die rund siebzig Kilometer nach Madrid zu schaffen. Die Maschine ging um kurz nach sieben, es war ein Linienflug. Ein Ticket hatte ich, es mußte nur noch umgeschrieben werden.

Der Empfangschef quittierte meine Flucht mit einem bedauernden Klimpern seiner langen Wimpern und der Versicherung, alle meine Post umgehend nach New York ins Waldorf-Astoria weiterzusenden. Ich starrte ihn fragend an, hatte meinen eigenen Witz längst vergessen.

Ich bekam den Flug. Gegen elf Uhr abends trudelte ich in Bierstadt ein. Im Telefonbuch suchte ich die Nummer von Carlotta Roja. Ich fand sie, doch sie stimmte nicht mit der Zahlenkombination aus der Puderdose überein.

Es war Zeit, ins Bett zu gehen. Vorher ließ ich noch minutenlang das warme Wasser der Dusche über mich laufen. Womit sollte ich beginnen? Den Anfang des Knäuels hielt ich in meinen Händen: Carlotta Roja. Ich mußte unbedingt mit ihr reden!

Plaudertaschen unter sich

Die sogenannten Redaktionskonferenzen waren nichts anderes als eine Form sozial verbrämter Plaudertaschenkultur. Ich war auf dem Weg in eine solche Sitzung. Eigentlich mochte ich solche Veranstaltungen nicht, doch nur so konnte ich mitbestimmen, was morgens im Blatt stehen würde.

»Das war aber ein kurzer Urlaub«, stellte eine Kollegin aus der Nachrichtenredaktion hämisch fest, die nicht gerade zu meinen besten Freundinnen zählte.

»Lang genug, um mich prächtig zu erholen«, gab ich zurück und wartete auf den nächsten Angriff.

»Es muß ja auch langweilig sein, so ganz allein in Urlaub zu fahren«, seufzte sie und bedachte mich mit einem mitfühlenden Von-Frau-zu-Frau-Blick.

»Auch im Urlaub kann man Leute kennenlernen«, knurrte ich.

»Und? Hast du?«

»Klar. Er hieß Don Fernando, hatte Augen wie glühende Kohlen, einen Arsch wie Adonis und eine Stimme wie Luciano Pavarotti in seiner allerbesten Zeit. Tagsüber kämpfte er gegen wilde Stiere, abends sang er vor meinem Balkon, und nachts arbeiteten wir den Flamenco in der Waagerechten nach. Hat dein Mann eigentlich noch immer die Affäre mit der geilen Tussi aus der Anzeigenabteilung?« Den letzten Satz hatte ich geflötet. Ihr Blick sagte mir, daß ich für heute Ruhe haben würde.

»Zwei Kolleginnen in einem Gespräch von Frau zu Frau«, brummte eine tiefe Männerstimme neben mir, »wie schön, wenn sich zwei Menschen so gut verstehen.«

»Peter!« Ich war erfreut. Peter Jansen war noch immer Chef vom Dienst beim *Bierstädter Tageblatt*. Seine Karriere war seit Jahren von einem aufregenden Stillstand bestimmt, nichts rührte sich. Chefredakteur hätte er werden sollen, doch die Verlagsleitung hatte sich für Werner Conrad Knall entschieden, einen Fast-Sechziger mit öligem Haupthaar und Seehundschnäuzer. Als Knall – wir nannten ihn WC – installiert worden war, war Jansen zusammengeklappt. Doch übermäßiger Alkoholgenuß löste seine Probleme nicht, er »verschwand« für einige Wochen in einer Klinik.

»Schön, daß du wieder da bist«, sagte ich und haute ihm auf die Schulter. »Alles in Ordnung zu Hause?«

Er nickte.

Wir setzten uns. Auf dem Tisch lagen die Zeitungsausgaben vom heutigen Tage, denn die Konferenzen begannen mit einer sogenannten »Manöverkritik« der täglichen Ausgabe.

Die Kolleginnen und Kollegen waren bereits vollständig im Sitzungsraum versammelt. Es waren ungefähr zwanzig Leute. Da gab es die harten Rücksichtslosen, die gnadenlosen Zyniker, die schleimigen Gestaltlosen, die geschmeidigen Scherzbolde, die frustrierten Ideologen und ab und zu mal eine schrille Gestalt. Ich zählte mich noch zur letzten Kategorie, befand mich aber auf dem Weg zur Zynikerin.

WC Knall betrat den Raum. Der Stuhl ächzte, als er sich auf ihn fallen ließ.

»Guten Morgen, die Herren!« schnarrte er. Einige Kollegen suchten sofort Blickkontakt mit ihrem Alpha-Männchen. Daß WC die wenigen Frauen im Raum nicht extra begrüßte – daran hatten sich alle gewöhnt. Er tat es nicht, weil er etwas gegen Journalistinnen hatte – ganz im Gegenteil. Vielen jungen Damen hatte er im Laufe der Jahre den Weg zum Journalismus gezeigt – in seiner zupackenden, väterlichen Art.

Nachdem WC Knall die Ausgabe des heutigen Tages gelobt hatte – »Weiter so, meine Herren!« –, wurde das Programm des Tages abgespult.

»Was liegt heute an?« Auch diese Frage gehörte zum morgendlichen Ritual. Der Redakteur der Seite ‚Aus aller Welt', Amadeus Viep, krabbelte in seinen Zetteln. Er war jeden Morgen als erster an der Reihe. Viep gehörte zu den frustrierten Ideologen, die noch heute davon zehrten, daß sie in den 70ern an Vietnamdemonstrationen teilgenommen hatten und fast von einem polizeilichen Wasserwerfer getroffen worden waren. Damit war sein persönlicher Beitrag zum politischen und gesellschaftlichen Widerstand geleistet.

»Als aktuellen Aufmacher habe ich eine Geschichte eingekauft, die wieder einmal ein Licht auf den Zustand unserer Gesellschaft wirft«, begann Viep, »es geht um einen aidsinfizierten Asylbewerber aus Nigeria, der seine Papiere verloren hat. Jetzt droht ihm die sofortige Abschiebung, er ist in Abschiebehaft genommen worden. Ich finde, wir sollten dafür kämpfen, daß der Mann bleiben darf oder wenigstens bis zu seiner Rückkehr in die Heimat eine menschenwürdige Unterkunft bekommt und …«

»Papperlapapp!« WC Knall haute auf den Tisch. Sein Kinneskinn vibrierte. »Menschenskind, Viep! Nicht immer diese Jammergeschichten! Vor zwei Tagen erst lief auf der ‚Welt' die herzzerreißende Story über die Rollstuhlfahrerin, die im fünften Stock in einer Sozialwohnung haust. Klar, daß die gerne eine Parterre-Villa im Grünen mit Swimmingpool hätte. Aber für was soll unsere Gesellschaft nicht noch alles zuständig sein? Wenn Sie meine Steuerabzüge kennen würden! Ich persönlich ziehe fünf oder sechs solcher Leute mit durch. Nein, Viep! So geht's nicht! Wir tragen zwar eine gewisse Verantwortung sozial schwachen Menschen gegenüber, aber was zuviel ist, ist zuviel. Das Leben besteht nicht nur aus Jammergestalten und Jammergeschichten. Also lassen Sie sich was Besseres einfallen.«

Die Kollegenschaft hatte sich unter dem Geprassel seiner Worte in die Stühle gedrückt.

»Ich habe da eine bessere Idee. Heute nachmittag wird auf das Grab der verstorbenen Brauereibesitzerin Veltmann ein Gingko-Baum gepflanzt«, teilte WC mit, »ich erwarte, daß wir morgen darüber berichten. Aus dem Archiv können Sie genug Daten abfragen über das Leben dieser Frau. Immerhin handelt es sich um eine alteingesessene Familie aus unserem Verbreitungsgebiet. Und das Bier kennt auch jeder. Erhebt sich Widerspruch?«

Niemand regte sich. Alle kannten die freundschaftliche Verbindung zwischen WC und dem Bierwitwer, die bei gemeinsamen Jagdabenteuern begann und bei Besuchen in einschlägigen Nobelbars und Saunas endete.

Ich dachte an meine Mordgeschichte. Nein, in dieser Runde davon zu erzählen, wäre schädlich. Außerdem hatte ich noch nicht genug Fakten. Also hielt ich den Mund. Ich werde mit Peter Jansen darüber reden, dachte ich.

Peter Jansen trug anschließend das Programm der Politikseite vor. Die rot-grüne Koalition und ihre Aktivitäten waren seit der letzten Landtagswahl Dauerbrenner. Heute würde WC höchstpersönlich den Beschluß des Kabinetts kommentieren, einige Regionalflughäfen im Lande zu schließen. Zum Glück war der Bierstädter Airport nicht dabei, den ich gerne benutzte, wenn mir mal wieder nach südlicher Sonne war. Ich gähnte verstohlen. Die Konferenz wollte gar kein Ende nehmen. Bleierne Müdigkeit drückte meine Lider auf die Augäpfel. Heute lasse ich es langsam angehen, nahm ich mir vor, der Urlaub war wohl doch zu kurz gewesen.

»Ich hatte eigentlich deine Unterstützung erwartet«, nörgelte Viep auf dem Flur.

»Wobei?« meinte ich geistesabwesend.

»Bei der Geschichte mit dem Asylbewerber!«

»Irgendwann können die Leute solche Geschichten nicht mehr ertragen«, gab ich zurück. »Auch wenn ich zugebe, daß sie wichtig sind. Vielleicht kannst du dem Mann ja privat helfen – bei deinen Verbindungen!«

»Hast du was gegen Schwarze?«

»Laß gut sein, Amadeus«, winkte ich ab. »Ich hab absolut nichts gegen Schwarze – besonders wenn sie männlich und gut gebaut sind.«

»Das war eine rassistische Äußerung!« empörte sich Viep.

»Nein, das war schwarzer Humor«, sagte ich und ließ ihn stehen.

Keine Carlotta

Endlich allein. Ich öffnete die Fenster meines Zimmers und atmete durch. Die Luft war kühler als in Spanien, nicht so seidig und fest. In der Post, die sich während meines Urlaubs angesammelt hatte, befand sich nichts Besonderes. Ich startete die Kaffeemaschine und wartete, bis die schwarze Brühe in die Glaskanne gelaufen war. Süßstoff und Milch in die Tasse, der harte Arbeitstag einer Zeitungsjournalistin konnte beginnen.

Eigentlich mochte ich meinen Job. Immer interessant, jeder Tag verlief anders, der Streß hielt mich fit und gesund. Klar, nicht jeden Tag gab es die superheißen Stories, die tollen Stoffe, die die Welt oder zumindest die Stadt veränderten. Aber ab und zu hatte ich Glück gehabt und eine Wahnsinnsgeschichte an der Angel. Der spanische Fenstersturz würde dazu gehören – ich spürte es körperlich. Ich drehte die vergoldete Puderdose in der Hand. Leichen, die verschwinden, Sachertorten, die aus Moskau kommen, und ein Mann, der Telefongespräche einer Frau unterbricht, die ganz offensichtlich Angst hat.

Nach ein paar Schlucken Kaffee drückte ich die sieben Ziffern aus der Puderdose in die Tastatur meines Telefons. Dreimal ging der Ruf raus, dann wurde der Hörer abgehoben. Mein Herz klopfte.

»Krause«, meldete sich eine dünne Männerstimme. Es war nicht der Mann, der Carlotta den Hörer aus der Hand genommen hatte.

»Guten Tag«, säuselte ich, »mein Name ist Müller. Kann ich bitte Frau Carlotta Roja sprechen?«

»Da sind Sie bei mir nicht richtig«, stellte der Mann fest. »Dies ist nicht der Anschluß von Frau Roja.«

»Sie hat mir diese Nummer aber gegeben«, widersprach ich.

»Das kann gut sein«, sagte er, »das war dann aber vor meiner Zeit. Frau Roja arbeitet nicht mehr bei uns.«

»Seit wann?«

»Ich weiß nicht. Ich sitze erst seit gestern in dieser Abteilung. Kann ich Ihnen helfen, oder ist es etwas Privates?«

Ich überlegte. »Es geht um etwas Dienstliches«, versuchte ich, »Frau Roja hat eine Bestellung aufgegeben, von der ich nicht weiß, ob ...«

»Das geht über unsere Disposition«, sagte er, »die können Ihnen bestimmt weiterhelfen. Augenblick. Ich verbinde Sie!«

Eine kurze Warteschleife, in der Mozarts »Kleine Nachtmusik« malträtiert wurde.

»*Hilfe ohne Grenzen*«, flötete eine Frau, »mein Name ist Baumann. Was kann ich für Sie tun?«

Hilfe ohne Grenzen! Carlotta Roja hatte bei einer Wohlfahrtsorganisation gearbeitet. Auf diese Idee wäre ich zuletzt gekommen. Sachte legte ich den Hörer auf.

Hähnchen auf der A 1

An diesem ersten Arbeitstag war ich für die Blaulicht-Einsätze unserer aktuellen Reporter und freien Mitarbeiter zuständig. Kein aufreibender Job – falls es keine Erdbeben, Vulkanausbrüche, Flutwellen, Wirbelstürme, Flugzeugabstürze oder Massenkarambolagen geben würde. Ich hatte ein bißchen zu koordinieren und die Ereignisse zu gewichten, ganz streng nach den fünf großen journalistischen W: Wer? Was? Wo? Warum? Wie?

Ich hockte also gemütlich an meinem Schreibtisch, las den neuesten Kriminalroman eines Autors aus der Nachbarstadt, der mich intellektuell nicht überforderte, und schaute ab und zu auf mein Telefon. Zwei Stunden wollte ich noch warten, wenn sich bis dahin nicht freiwillig einige Horror-Nachrichten gezeigt hatten, würde ich selbst aktiv werden müssen. Gesucht war alles, was blutig, gewalttätig oder skurril war.

Heute hatte ich mal wieder Glück. Einer unserer ‚Bluthunde', er hieß Willibald Wurbs, war heute früh zu einem Unfall auf der A 1 gebrettert und schon vor dem Rettungswagen da gewesen. Über sein Handy nahm er Kontakt zu mir auf.

»Autobahn A 1 Richtung Wuppertal, zwischen Gevelsberg und Schwelm, Lkw kippt um, zwei Verletzte, Vollsperrung zwei Stunden, Interesse?«

Um Zeit zu sparen, referierten die Bluthunde meist im Telegrammstil.

»Tote?« fragte ich.

»Kann noch werden«, meinte er.

»Ladung?«

»Tiefkühlhähnchen.«

»Geil! Hast du sie im Bild?«

»Eine Tonne Flattermänner. Gut verteilt auf der Fahrbahn.«

»Gekauft. Sonst noch was?«

»Rentner verbrannt. Essen-Kettwig.«

»Warum?«

»Im Bett geraucht.«

»Rauchen ist schädlich. Aber keiner will's mir glauben.«

Willi Wurbs lachte. »Ich wußte, daß du sowas nicht nimmst. Was würdest du aber sagen, wenn der Mann sich hätte retten können, wenn man ihm nicht vor einem halben Jahr ein Raucherbein amputiert hätte?«

»Na also«, lobte ich, »genau das ist die Story! Unverbesserlicher alter Mann stirbt an den Folgen seiner unstillbaren Sucht. Risiko. Die Geschichte hat sogar einen pädagogischen Aspekt. Was ist auf dem Foto zu sehen?«

«Feuerwehrmänner und der übliche Zinksarg. Dahinter Qualm und gaffende Nachbarn.«

Im Hintergrund krächzte der Polizeifunk.

»Du – ich muß wieder los«, erklärte Bluthund Willi Wurbs, »Unglück auf der Achterbahn. Ein Kind ist aus der Gondel gekippt. Aber nicht euer Verbreitungsgebiet. Die beiden anderen Fotos hast du in zwei Stunden.« Er legte auf.

Willi lieferte pünktlich. Die Brathähnchen auf der A 1 kamen fünfspaltig am besten. Die Flattermänner sahen aus wie kleine nackte Gartenzwerge ohne Kopf und mit drallen Schenkeln.

Ich recherchierte bei der Autobahnpolizei und erfuhr, daß ein fliegender Händler die Tonne gerupfter Vögel vom Fleck weg aufgekauft hatte. Für kleines Geld. Ich strich sofort alle männlichen Hühner für die nächsten Monate von meiner Speisekarte.

Der Rest des Tages war die übliche Routine. Mit der Bildunterzeile für den abgefackelten Rentner gab ich mir besondere Mühe: *Trauriges Ende einer Suchtkarriere: Raucher starb in hellen Flammen.*

Am frühen Abend war ich mit meiner Arbeit fertig. Eilig packte ich meine Sachen, denn ich hatte noch einen Besuch zu machen.

Die dunkelgrüne Limousine

Ein schwarzer Kater stolzierte mit hocherhobenem Schwanz auf einer Natursteinmauer entlang. Er hatte mich kurz und mißtrauisch beäugt, um dann festzustellen, daß ich keine Gefahr für ihn sein würde. Ich blickte mich um – die Straße wirkte leer. Komisch, dachte ich, leere Straßen scheinen mich zu verfolgen, und das in einer Epoche der Übervölkerung.

Ich hatte Carlotta Rojas Privatadresse aus dem Telefonbuch. Mal sehen, ob sie zu Hause war. Als ich an ihrer Tür klingelte, erfolgte keine Reaktion. Ich schaute zu dem Haus hinauf. Fünf Etagen übereinander, mürrisch zugezogene Gardinen, verwaiste Balkone, über deren Brüstungen ab und zu Grünpflanzen nach unten hingen. Ein Wohnviertel, in dem die Menschen morgens aus dem Haus gingen, um zu arbeiten, und abends wiederkamen, um fernzusehen.

Mein Finger bewegte sich auf einen anderen Klingelknopf und senkte sich. Wenn ich erst in dem Haus drin sein würde …

»Ja, bitte? Wer ist da?« schnarrte eine verzerrte Stimme.

»Mir ist die Tür zugeschlagen«, log ich, »könnten Sie bitte aufdrücken?«

Statt einer Antwort summte der Türöffner. Ich war drin. Die Kühle eines regelmäßig gewischten Hausflures empfing mich. Die Wohnungstüren waren zitronengelb, die einzig helle Farbe hier.

Gemächlich stieg ich die Treppen hinauf, immer wieder einen Blick auf die Namensschilder werfend. Die Bewohner dieses Hauses schienen eine Vorliebe für Trokkenblumenkränze zu haben, die an die Türen genagelt worden waren. Auf einigen Fußmatten stand *Herzlich Willkommen*.

Carlotta Roja wohnte natürlich im obersten Stockwerk. Schwer atmend pausierte ich vor der geschlossenen Tür. Hier hing kein trockener Blumenkranz, sondern ein Poster, auf dem ein tangotanzendes Paar abgebildet war. Rot und schwarz mit weißer Schrift. Ich drückte den Klingelknopf, der einen harmonischen Dreiklang von sich gab. Wartete. Nichts.

Ich stieg eine halbe Treppe tiefer. Eine Frau jenseits der Fünfzig mit blondiertem Haar und Zigarette im Mundwinkel öffnete.

»Guten Tag«, begann ich, »entschuldigen Sie bitte die Störung. Ich bin mit Frau Roja verabredet, aber sie scheint nicht zu Hause zu sein. Wissen Sie vielleicht, wann sie zurückkommt?«

»Carlotta?« Es klang verblüfft. »Sie ist in Urlaub gefahren. Gestern. Sie muß vergessen haben, es Ihnen zu sagen.«

»Scheint so.« Ich blieb unschlüssig im Flur stehen. Die beiden mußten sich näher kennen, dachte ich, sonst hätte sie nicht von »Carlotta« gesprochen.

»Kam dieser Urlaub plötzlich?« fragte ich.

»Warum wollen Sie das wissen? Wer sind Sie eigentlich?« Sie war mißtrauisch geworden.

»Entschuldigung.« Ich spielte die Zerknirschte. »Ich heiße Baumann. Ich bin eine Kollegin. Carlotta sitzt im Zimmer gegenüber. Bei *Hilfe ohne Grenzen*.«

»Ach so. In der Firma muß man doch gewußt haben, daß sie in Urlaub wollte, oder?«

»Kann sein. Aber ich war selbst gerade verreist.«

Ihr Blick streifte mich. Ich war zwar nicht gerade tief gebräunt, doch meine vielen kleinen Sommersprossen verliehen mir eine gesunde Hautfarbe. Carlottas Nachbarin war beruhigt.

»Irgendwie war das schon komisch.« Sie grübelte. »Jetzt wo Sie davon reden … eigentlich hatte Carlotta versprochen, sich um den Wein zu kümmern.«

»Welchen Wein?«

»Den Wein für unser Hausfest. Übermorgen. Dann aber ist sie plötzlich gefahren.«

»Und was ist mit Carmen?« klopfte ich auf den Busch. »Ist sie Carlottas Tochter?«

»Carmen? Nein. So heißt ihre Nichte.«

»Eine schlanke, zierliche, dunkelhaarige Frau mit blassem Teint?«

Die Nachbarin nickte. »Das ist sie. Das Mädchen ist in Deutschland aufgewachsen. Spricht besser deutsch als spanisch – sagt Carlotta.«

»Wohnt Carmen auch hier?«

Die Frau schüttelte den Kopf. »Nein, nein. Carlotta wohnt allein.«

»Wissen Sie, wohin Carlotta gefahren ist?«

»Nein. Aber sie fährt immer nach Spanien. Ich bin davon ausgegangen, daß sie wieder dorthin will.« Ihre Auskünfte kamen wieder bereitwillig.

»Und wann kommt sie wieder?«

»Keine Ahnung. Ich habe sie an dem Morgen nur kurz gesehen. Sie wollte wohl nicht länger mit mir schwätzen, weil der Mann dabei war.«

»Ein Mann?« Endlich wurde die Sache spannend.

»Ja, da staunen Sie!« Der Ton der Blonden war lebendiger geworden. »Ich hab auch meinen Augen nicht getraut. Carlotta Roja und ein Mann!«

»Warum ist das so ungewöhnlich?«

»Sie hat mir immer erzählt, daß sie mit Männern nichts mehr zu tun haben will. Dabei ist sie doch gute zehn Jährchen jünger als ich. Und dann das!«

»Sah er gut aus?«

»Allerdings.« Es klang fast beleidigt. »Groß, gut gebaut, dunkelhaarig. Es war ihr wohl peinlich, mir zu begegnen, denn Carlotta war ziemlich einsilbig. Er schien völlig verrückt nach ihr zu sein, denn er hatte ihren Arm umfaßt und sich eng an sie gedrückt. Junge Liebe!« In ihrem Lachen war Neid. »Der Typ hätte vom Alter her besser zu Carmen gepaßt«, setzte sie noch nach.

»Hatten die beiden viel Gepäck?«

»Nein. Das muß wohl schon im Auto gewesen sein. Die beiden sind dann auch gleich losgefahren. Konnten es wohl kaum abwarten, in den Süden zu kommen.«

»Haben sie ein Taxi benutzt?«

»Nein. Da stand ein dunkelgrüner Wagen mit spanischem Kennzeichen. Ich hab mich dann doch gewundert, daß der Mann blaue Augen hatte. Richtig eisblau waren die. Blauäugige Spanier – wo gibt's die denn?«

Aufforderung zum Waldspaziergang

Konnte der Mann in der dunkelgrünen Limousine derselbe sein, der vor dem grauen Haus geparkt hatte? Wenn er es war, wie zum Teufel war er so schnell von Toledo nach Bierstadt gekommen? Ich rechnete nach.

Am Donnerstag hatte ich in der Tapa-Bar gesessen und den Mord beobachtet, am Freitag abend war ich zurück nach Deutschland geflogen, Samstag und Sonntag hatte ich mich ausgeruht. Heute, am Montag, hatte mir die Nachbarin erzählt, daß Carlotta gestern von dem blonden Mann abgeholt worden war. Gestern war Sonntag gewesen. Der Fahrer des Autos hatte also von Donnerstag abend bis Sonntag morgen Zeit gehabt, die Strecke von Toledo nach Bierstadt zu schaffen.

Für mich war klar: Carlotta Roja war nicht zu einer romantischen Urlaubsreise mit einem neuen Lover gestartet, nein, sie war in die Hände der Mörder ihrer Nichte Carmen gefallen. Der eiskalte Mann, der das Telefongespräch zwischen Carlotta und mir gestört hatte, hatte zugeschlagen und Carlotta aus dem Verkehr ziehen lassen. Aber warum? Was wußten die beiden Frauen, und für wen war es gefährlich?

Ich saß zu Hause und grübelte mal wieder vor mich hin, ohne daß ein Ergebnis in Sicht gewesen wäre. Die Stille in meiner Wohnung war für mich ein Genuß. Nur das Schnurren der Katzen war zu hören, die es sich neben mir auf dem Sofa bequem gemacht hatten. Ich kraulte sie geistesabwesend, in meinem Kopf überschlugen sich die Bilder der Ereignisse der letzten Tage.

Das Telefon läutete. Unwillig schaute ich den Störenfried an, wartete eine Weile, sprang dann vom Sofa und nahm ab.

»Haben Sie Interesse an einer Exklusivgeschichte?« fragte eine Männerstimme. Sie war leise und sanft, ohne regionale Färbung.

»Immer, junger Mann«, entgegnete ich forsch, »schießen Sie los!«

»Kennen Sie den Cappenberger Wald?«

»Sicher.«

»Fahren Sie doch mal hin. Parken Sie in der Nähe des Wildgeheges, steigen Sie aus, gehen Sie etwa hundert Meter nach links und dann in einen Waldweg hinein. Nach etwa 500 Metern gabelt sich der Weg, halten Sie sich rechts und immer geradeaus.«

»Und? Da steht das Männlein im Walde?«

»Vertrauen Sie mir. Die Sache lohnt sich für Sie.« Ich glaubte, ihn am Telefon lächeln zu hören.

»Wer sind Sie?«

»Wenn Sie darauf bestehen, nenne ich Ihnen irgendeinen Namen.« Jetzt kicherte er leise.

»Glauben Sie wirklich, daß ich meine Wohnung verlasse, nur weil ein Spinner wie Sie es will? Sie träumen wohl!«

»Sie sollten nicht so unfreundlich zu mir sein«, verlangte er, »ich will Ihnen doch nur helfen. Haben Sie nicht heute nach Carlotta Roja gefragt?«

»Wie kommen Sie auf diesen Namen?« wunderte ich mich.

»Das ist meine Sache. Also – werden Sie in den Wald gehen?«

»Werde ich etwa Carlotta Roja dort treffen?« startete ich einen Versuch.

»Lassen Sie sich überraschen. Das, was Sie finden, wird Ihnen gefallen. Sie sind doch Journalistin, oder irre ich mich?« Der Mann hatte jetzt einen etwas schärferen Ton, irgendwie bezwingend.

»Ich werde hingehen, aber ich werde vorher die Polizei informieren. Ich mag solche Spielchen nicht.«

»Sie können mitbringen, wen Sie wollen. Ich würde Ihnen eher raten, eine Kamera oder einen Fotoapparat mitzunehmen.« Er blieb gelassen. »Auf Wiederhören, Frau Grappa. Und viel Vergnügen im Wald! Ich werde mich wieder bei Ihnen melden.«

Das war's. Ich schaute auf die Uhr. Es war kurz nach halb neun und noch einigermaßen hell draußen. Ich brannte darauf, den Waldspaziergang zu unternehmen, und zwar noch heute.

Ich schlüpfte aus meinen Pumps, angelte die Jeans aus dem Kleiderschrank, ein Sweatshirt drüber und flache Joggingschuhe an. Irgendwo mußte die Taschenlampe herumliegen – da war sie, ich überprüfte die Batterien. Jetzt fehlte noch meine Polaroidkamera. Ich kramte meinen Schrank durch und fand sie schneller als erwartet. Ein Film war auch noch drin. Also los!

Schon im Türrahmen stehend, hatte ich eine blendende Idee. Willibald Wurbs! Ihn würde ich mitnehmen. Er war immer geil auf heiße Stories, über 1,80 Meter groß und mir noch den einen oder anderen Gefallen schuldig.

»Hi, Willi«, flötete ich durch den Hörer des Mobiltelefons, »hast du mal gerade anderthalb Stunden Zeit?«

Der Mann im Wald

Die Sonne war kurz davor, hinter die Bäume zu kippen, doch noch reichte das Licht. Willi Wurbs hatte seine Kamera geschultert, und los ging's. Ich parkte vor dem Wildgehege, dessen Wärter gerade das Tor schloß. In der Ferne sah ich die Geweihe von Hirschen. Wir trabten in Richtung Wald.

»Hier ist der Weg«, erkannte ich, »nach 500 Metern gabelt er sich. Komisch, ich habe irgendwie Angst. Hoffentlich ist alles falscher Alarm.« Doch daran glaubte ich selbst nicht.

Willi Wurbs setzte seinen massigen Körper auf die Mitte des Waldweges und rannte los. »Wir müssen uns beeilen«, sagte er, »gleich ist das Licht weg. Ich habe an der Kamera nur eine kleine Lampe.«

Rechts und links streckten sich Buchen in die Höhe, die letzten Strahlen des Sonnenlichtes warfen gespenstische Schatten auf den weichen Waldboden. Es roch nach feuchter Erde.

»Hier ist die Gabelung, jetzt müssen wir uns rechts halten.« Der Weg wurde schmaler und war nicht mehr so gut gepflegt. Ein leichter Wind kam auf und bewegte große Farnwedel, die mit ihrem hellen Grün das Unterholz freundlicher machten. Ich hörte das Hämmern eines Spechtes und den Schrei eines Vogels, den ich für eine Eule hielt. Die Szenerie war unheimlich.

Willi Wurbs keuchte. Das Gewicht der Sony auf seiner Schulter machte sich bemerkbar. Am rechten Arm baumelte außerdem noch der Kasten mit der Fotoausrüstung. Willi war technisch bestens ausgerüstet. Mit der Fernsehkamera machte er Filme für den Kommerzsender *Tele Modern Life* – kurz *TML* genannt. An manchen Tagen verdiente der Bluthund mehr als ich in einem Monat.

Ich schnupperte. Leichter Aasgeruch zog in meine Nase. Auch Willi hatte seinen Riecher gekräuselt. Stumm sahen wir uns an. Willi schaltete das Licht seiner Kamera an und lief ins Unterholz. Ich hinterher. Mein Magen war ein schmerzendes großes Loch.

Plötzlich blieb Willi stehen. »Hier!«

Ich trat hinter ihn und atmete auf. Ein Reh lag dort. Halb verwest, mit einem gebrochenen Bein, das es weit von sich gestreckt hatte. Schmeißfliegen und anderes Getier hatten sich über den Kadaver hergemacht. Zum Glück wehte der Wind den süßlichen Verwesungsgeruch jetzt in die entgegengesetzte Richtung.

»Armes Tier«, meinte ich, »hat sich verletzt hierher geschleppt. Diese verdammten Autofahrer.«

Wir liefen wieder zurück und folgten weiter dem Weg. Er endete auf einer Waldlichtung, die ringsum von Himbeergesträuch umgeben war.

Da sahen wir ihn. Der Mann stand ziemlich aufrecht, auch wenn seine Füße nicht wirklich den Boden berührten. Jemand hatte seine Arme an die Stämme zweier Birken gebunden, um dem Körper Halt zu geben.

Willi Wurbs startete seine Kamera. Dann reichte er mir ein weißes Blatt. »Hältst du mal?« Er brauchte einen Weißabgleich, um die Farben richtig einzustellen. Ich hielt das Blatt vor das Objektiv. »Okay, ich hab's.«

Willi pirschte sich näher an den Mann heran. Ich hielt mich hinter ihm, sah mich dabei nach rechts und nach links um. Dort war niemand. Der Specht hämmerte erneut. Der Waldboden dampfte.

»Kannst du mal den Kopf anheben?« Willi war in seinem Element.

»Vergiß es«, schauderte ich, »ich fasse keine Leiche an.«

»Willst du ordentliche Bilder oder nicht?« blaffte er.

Das Argument hatte was. Ich ging rechts am Körper des Mannes vorbei und trat hinter ihn.

»Faß ihn an den Haaren, und zieh den Kopf etwas nach oben!« kommandierte Willi. Seine ergebnisorientierte Kaltblütigkeit erstaunte mich. Langsam hob ich die rechte Hand und griff ins Haar des toten Mannes.

Es fühlte sich zum Glück völlig normal an. Sachte zog ich den grauen Schopf nach oben.

»Reicht das?« Meine Stimme zitterte ein wenig.

»Ja. Aber deine Hand ist im Bild. Tritt direkt hinter ihn. Ja, so könnte es gehen.« Die Kamera lief, das Licht blendete mich. Ich schloß die Augen. In welchem Horrorfilm war ich?

»Du kannst ihn loslassen. Ich brauche noch ein paar Totalen vom Tatort. Gehst du bitte aus dem Bild?«

Ich gehorchte. Willi machte noch ein paar Schwenks und Ranfahrten, dann knipste er das Licht aus.

Danach waren die Fotos dran. Ich mußte den Kopf des Toten wieder anheben, nach zehn oder zwölf Blitzen war ich erlöst.

»So, dann wollen wir uns den Mann mal ansehen.« Es klang verdammt geschäftsmäßig.

Wurbs trat frontal auf den Toten zu, setzte seine Hand unter dessen Kinn und hob den Kopf. Der Mann war um die Fünfzig, hatte graues, dichtes Haar, buschige Augenbrauen. Die Lider waren geschlossen, die Mundwinkel hingen herab. Er wirkte traurig. Aber er hatte ja auch wenig zu lachen.

Ich betrachtete seine Kleidung. Der Anzug war komplett, grau oder braun – ich konnte die Farbe in der Dämmerung nicht richtig erkennen. Obwohl der Körper des Toten ein wenig nach vorn geneigt war, hatte er eine ziemliche Größe. Willi öffnete die Knöpfe der Jacke und suchte in der Innenseite nach Papieren.

»Kein Ausweis oder so. Kennst du ihn vielleicht?« wollte Willi Wurbs wissen.

»Nein«, antwortete ich wahrheitsgemäß, »und du?«

»Irgendwo hab ich ihn schon mal gesehen. Aber ich kann mich auch irren. Das Licht ist verdammt mies. Ist ja auch egal. Die Bilder sind im Kasten. Klappe zu, Affe tot.«

Unschlüssig standen wir noch eine Weile vor dem toten Mann, mit dessen Haar der Wind spielte. Ein leichter Hauch eines teuren Herrenduftes zog in meine Nase. Willi setzte die Kamera auf dem Waldboden ab und ging langsam um den Körper herum.

»Hier, schau!« Er hatte etwas entdeckt.

Zögernd trat ich näher. Willi deutete mit dem Finger auf die rechte Kopfseite. »Sein Ohr ist weg«, meinte er lapidar.

Tatsächlich. An der Stelle, an der normalerweise die Ohrmuschel saß, war nur eine blutverkrustete Wunde.

»Mir wird schlecht«, kündigte ich an.

»Reiß dich zusammen«, befahl Willi, »kotzen kannst du später. Jetzt müssen wir die Bullen rufen.«

»Okay«, nickte ich, »es wird Zeit, daß sich Experten der Sache annehmen. Du verschwindest jetzt am besten, sonst nehmen dir die Grünen noch den Film und die Bilder weg.« Es wäre nicht das erste Mal, daß Wurbs solche Erfahrungen mit Vertretern des Gewaltmonopols des Staates machen würde.

Dann fiel mir noch eine wichtige Frage ein. »Wie ist er eigentlich umgebracht worden?«

»Keine Ahnung. Es ist zu dunkel.«

»Mensch, Willi! Das ist wichtig. Kannst du nicht noch mal nachgucken?«

Willi Wurbs gab einen genervten Laut von sich, trottete dann aber wieder zur Leiche hin. Er öffnete das Jakkett und tastete den Oberkörper des Toten ab. »Hier, da ist Blut. Noch feucht. Also Herzschuß. Zufrieden, Grappa?«

»Schrecklich«, murmelte ich, »ein Mensch ist gestorben. Und wir stehen hier, um ihn zu vermarkten. Findest du nicht, daß wir einen grausamen Beruf haben?«

»Laß gut sein. Bei mir brauchst du nicht zu heucheln. Du bist genauso geil auf Exklusivstories wie ich. Du zeigst es nur nicht so.«

Es hatte keinen Sinn zu widersprechen.

»Wann krieg ich die Fotos?« fragte ich.

»Spätestens morgen früh hast du sie im Redaktionsbriefkasten«, versprach er.

Ich nickte und kramte mein Handy aus der Handtasche. »Also – tschüs. Ich läute den Kriminalkommissar vom Dienst an. Ich ruf dich morgen früh an. Bis dahin weiß ich auch, wer der Tote ist.«

Willi packte seine Klamotten und verschwand zwischen den Bäumen. Ich wählte die Nummer der Polizeileitstelle.

Zehn Minuten später wimmelte der Wald von grünen Uniformen und beigen Trenchcoats.

Ich hatte mich für die Wahrheit entschieden. Hauptkommissar Brinkhoff notierte eifrig, was ich ihm erzählte: Vom mysteriösen Anruf eines Fremden und dem Versprechen auf eine Exklusivgeschichte. Die Frage, warum ich die Polizei nicht vor dem Waldspaziergang angerufen hatte, schenkte er sich. Wir kannten uns seit Jahren, und Brinkhoff stellte nie gern Fragen, auf die er ohnehin keine vernünftigen Antworten bekommen hätte.

»Warum geraten Sie immer wieder in solche Geschichten?« wollte er wissen, als er seinen Block einpackte.

»Journalisten stehen im öffentlichen Leben«, schwadronierte ich, »das wissen Straftäter. Außerdem suchen viele Verbrecher das Licht der Medienöffentlichkeit, weil sie sich gerne ihrer Taten brüsten. In fast jedem amerikanischen Thriller sucht sich der Mörder einen Journalisten seiner Wahl, der ihn und seine Taten begleitet. Glauben Sie bloß nicht, daß ich mich um solche Stories reiße.« Der letzte Satz war ziemlich gelogen.

Brinkhoff konnte nichts entgegnen, denn sein Funkgerät knirschte. »Augenblick«, sagte er und wandte sich ab. Ich spitzte die Ohren.

»Wir haben eine Vermißtenmeldung, auf die Ihre Beschreibung paßt«, schepperte eine Stimme. »Hat der Tote besondere Kennzeichen?«

»Ein Ohr zu wenig«, entfuhr es mir.

Brinkhoff grinste. »Wie lautet der Name der vermißten Person?« befragte der Hauptkommissar das Gerät.

»Hermann Lasotta, 55 Jahre, einsfünfundachtzig, zirka 95 Kilo. Seit zwei Tagen abgängig.«

»Wer ist der Mann?«

»Er ist Direktor einer Wohlfahrtsorganisation. Augenblick ... ich muß nach dem genauen Namen fragen.«

»*Hilfe ohne Grenzen*«, murmelte ich.

Brinkhoff blickte überrascht auf. Bevor er etwas fragen konnte, machte ich mich davon.

»Der Mann war in Bierstadt eine bekannte Größe, war im Lionsclub und im Vorstand des Golfclubs. Er war katholischer als der Papst und hilfsbereiter als Mutter Teresa. Und nun hängt diese Lichtgestalt tot zwischen zwei Birken, ihm fehlt ein Lauscher, und wir haben tolle Exklusivfotos …«

»… die illegal beschafft worden sind!« ergänzte Viep.

»Selbst wenn!« rief ich aus. »Warum eine so tolle Story durch Legalität verderben? Das ist unjournalistisch und dumm!«

Der Mann, der für die Seite ‚Aus aller Welt' zuständig war, hatte mal wieder keinen Blick für das Wesentliche, das nun mal in aller Welt geschah.

»Der Mörder ruft bei unserer Zeitung an«, lamentierte Viep mit einem schmerzlich verzogenen Gesichtsausdruck, »und unsere Reporterin schleicht tatsächlich in den Wald und knipst die Leiche. Ohne zuerst die Polizei zu informieren. Bei welchem Revolverblatt arbeite ich eigentlich?« Viep blickte angewidert in die Runde, an der heute nur sechs Kollegen teilnahmen.

Chefredakteur Knall war bei einem Hintergrundmittagessen mit einem Firmenboß, so hatte er ausrichten lassen. Er sollte eine Gesprächsrunde zum 75jährigen Bestehen des fraglichen Betriebes moderieren. So konnte er die Konferenz nicht sonderlich stören. Peter Jansen war aber da, und das war Glück für mich.

»Grappas Story ist der Aufmacher von morgen«, bestimmte Jansen kategorisch. »Als Zeitung, deren Auflage nicht gerade in die Höhe schnellt, sollten wir für jede Exklusivgeschichte dankbar sein. Klar, daß sich alle Medien heute drauf stürzen. *TML* hat auch Bilder, wie ich von der Kollegin Grappa weiß. Aber wir sind das einzige Printmedium, das den Toten morgen früh im Blatt haben wird. So dezent wie nötig, und so deutlich wie nötig. Eingebettet in eine gut recherchierte Geschichte. Schaffst du 120 Zeilen?« Jansen sah mich fragend an.

»Ich protestiere!« Es war wieder Viep. Die anderen Kollegen stöhnten auf.

»Die Diskussion ist beendet!« brüllte Jansen. Seitdem ihm zugetragen worden war, daß Viep versucht hatte, seinen Job während seiner Krankheit zu ergattern, war das Verhältnis zwischen den beiden auf dem Gefrierpunkt angelangt. Sie hatten sich nie gemocht – der lebenslustige Jansen mit seinem Hang zu Wein, Weib und Gesang und der verkniffene Viep, für den die Welt aus finsteren Mächten und kranken Seelen bestand, denen Widerstand geleistet werden mußte. Vieps Glaube, daß nur er die Welt verändern könnte, war so stark, daß er die Realität in goldene Farben tauchte.

»Noch Fragen?« schnarrte Jansen.

Niemand reagierte.

Eine halbe Stunde später suchte ich mit Jansen die Fotos aus. Wurbs hatte ganze Arbeit geleistet. Die Bilder waren gestochen scharf, das Licht stimmte, den Bildausschnitt legte Jansen mit der großen Papierschere fest nach dem Motto ‚große Bilder sind schnell geschrieben'.

Ich telefonierte eine Stunde lang, wartete auf die Pressemitteilung des Polizeipräsidiums, die keine Überraschungen barg, und hackte den Artikel ins System. Es war kein Problem, die 120 Zeilen zusammenzubekommen. Nach einer weiteren knappen Stunde, fünf Tassen Kaffee und zwei Mandelhörnchen setzte ich die Überschrift über mein reifes Werk:

Warum mußte Hermann Lasotta sterben? – Killer schneidet Opfer Ohr ab

Und in der Unterzeile hieß es:

Gewalttat im Cappenberger Wald – ‚Tageblatt'-Reporterin findet Mordopfer.

Überwundener Widerspruch

»Habe ich Ihnen zu viel versprochen, Frau Grappa?« Es war der unbekannte Mann, dem ich die Leiche im Wald zu verdanken hatte. Ich saß zu Hause auf dem Sofa und spielte Feierabend. Gleich würde der Film von Willi Wurbs über die Mattscheibe flimmern. Schade, daß die elektronischen Medien immer einen zeitlichen Vorsprung hatten.

»Können Sie gleich noch mal anrufen?« fragte ich den Anrufer. »Ich gucke gerade fern. Gleich läuft auf *TML* die Story über den toten Mann im Wald. Sie können mir auch Ihre Nummer geben, ich melde mich dann.«

Der Mann lachte amüsiert und legte auf. Ich hatte keine Zeit nachzudenken, denn Willis Film wurde bereits anmoderiert.

»Gestern abend im Cappenberger Wald«, meldete eine kühle Blonde mit superkurzem Haar, »dort, wo sich Fuchs und Hase gute Nacht sagen, machte unser Reporter Willibald Wurbs eine schreckliche Entdekkung. Ein Mann ist kaltblütig ermordet worden, seine Leiche wurde zwischen zwei Bäumen aufgehängt. Ein Ritualmord? Die Umstände lassen eine solche Vermutung zu. Mehr zu dem tragischen Ereignis von Willibald Wurbs.«

Ich lehnte mich in meine Sofakissen zurück.

»Noch vor drei Wochen stand Hermann Lasotta, 55 Jahre, im Licht der Öffentlichkeit. Der Direktor der bekannten Wohlfahrtsorganisation *Hilfe ohne Grenzen* schickte 30 Lastkraftwagen mit Hilfsgütern und medizinischen Geräten in das vom Erdbeben betroffene Kasachstan.«

Auf der Mattscheibe waren Archivbilder zu sehen, die einen agilen Mann zeigten, der sich hinter einem Mikrofon plazierte. Die Kamera zoomte. Ich sah einen gepflegten Kopf und hörte wenige Sekunden später eine Stimme, die ich kannte. Lasotta war der Mann, der das Telefongespräch zwischen Carlotta Roja und mir so rüde unterbrochen hatte. Jetzt war der Ton allerdings salbungsvoll. Lasotta sprach von der Not der Menschen im Osten und der Hilfsbereitschaft der Bierstädter Bürger, die diesen Transport erst möglich gemacht hätten.

»Gestern abend nun«, kam es aus dem TV, »wurde Lasottas Leiche in einem Waldstück bei Cappenberg gefunden. *TML* ist einem anonymen Hinweis nachgegangen. Lasotta wurde durch einen Schuß ins Herz getötet, sein Mörder brachte die Leiche in den Wald und band den Körper zwischen zwei Bäume.«

Die Bilder von der Leiche wurden gezeigt. Sie wirkten gespenstisch und unwirklich wie eine modern nachempfundene Kreuzigungsszene.

»Eine besonders furchtbares Detail ergab sich bei näherer Betrachtung der Leiche. Der Killer hat seinem Opfer das rechte Ohr abgeschnitten.« Sie brachten tatsächlich das Bild von der blutverkrusteten Wunde.

»Polizei und Staatsanwaltschaft tappen im tiefsten Dunkel. Politische Motive können nicht ausgeschlossen werden, auch eine Verbindung zum organisierten Verbrechen ist möglich. Immerhin hatte der Tote enge Verbindungen zu den Ländern des Ostens. Könnte er der Russenmafia in die Quere gekommen sein? Fragen, die die Polizei beantworten muß. Laut Angaben der Behörden ist Hermann Lasotta nicht in dem Wald ermordet worden. Die Staatsanwaltschaft hat eine Obduktion angeordnet, die Sicherung der Spuren ist noch nicht abgeschlossen.«

Das war's. Blondhaar versprach noch, die *TML*-Zuschauer auf dem laufenden zu halten. Das Telefon klingelte. Ich drückte den Ton der Flimmerkiste leise.

Es war wieder der unbekannte Mann.

»Hallo«, begrüßte ich ihn, »nett, daß Sie noch mal anrufen. Haben Sie Lasotta eigentlich selbst umgebracht?«

»So ist es.« Es klang kühl.

»Sie stehen voll im Mittelpunkt des Geschehens«, sagte ich zu dem Mörder, »ich hoffe, Lasotta mußte nicht extra sterben, weil Sie mir einen Gefallen tun wollten.«

»Das war nicht der Hauptgrund für seinen Tod«, plauderte der Anrufer, »er mußte sterben, weil er sich nicht an Vereinbarungen gehalten hat. Können Sie das verstehen?«

»Eigentlich nicht. Un welche Dinge ging es denn?«

Ein leises Lachen perlte durch die Muschel. Es klang nicht einmal unsympathisch. »Er war dem Rezept einer berühmten österreichischen Spezialität auf der Spur. Können Sie sich vorstellen, um was es sich da handeln könnte?«

Todesmutig plapperte ich: »Um Sachertorten natürlich. Aber ich dachte immer, die kommen aus Moskau.«

Der Anrufer schwieg für zwei oder drei Sekunden. Dann sagte die leise Stimme: »Der Tote im Wald war eine Warnung. Extra für Sie, Frau Grappa. Ich hoffe, Sie wissen zu würdigen, welche Umstände ich mir Ihretwegen gemacht habe.«

»Also sind Sie wirklich der Mörder«, interpretierte ich seine Worte, »bis eben dachte ich noch, Sie machen einen Jux. Ich bekomme manchmal Anrufe von Leuten, die mit Dingen prahlen, die sie gern getan hätten. Meistens sind das arme Menschen mit schwachem Selbstbewußtsein, die im Leben alles verpaßt haben.«

»Halten Sie mich für so jemanden?« Der Mörder lächelte mit der Stimme.

»Nein. Sie scheinen ein brutaler und skrupelloser Mensch zu sein. Erst schießen Sie Ihr Opfer in die Brust, und dann schneiden Sie dem armen Kerl noch ein Ohr ab. Warum tun Sie das?«

»Aus purer Sentimentalität. Andere Leute nehmen von ihrem Arbeitsplatz einen Kugelschreiber mit nach Hause, noch andere ein Metallteil aus der Schlosserei, in der sie arbeiten. Ich brauche auch ein Souvenir von meiner Arbeit.«

»Schöne Arbeit!« meinte ich trocken. »Sie sind also ein Auftragskiller. Jemand, der für Geld mordet. Wie krank muß man eigentlich sein, um Leute abzumurksen?«

»Mit Krankheit hat das überhaupt nichts zu tun«, belehrte er mich, »haben Sie sich noch nie den Tod eines anderen Menschen gewünscht? Vielen gefällt die Vorstellung vom Tod, nur den Gedanken an die Tat verabscheuen sie. Diesen Widerspruch habe ich überwunden.«

»Sie sind ja ein echter Hobbypsychologe. Wie lange wollen Sie so weitermachen? Irgendwann geraten Sie an jemanden, der sich nicht so einfach umnieten läßt. Dann sind Sie dran. Jeder findet mal seinen Meister.«

»Ich habe im Gegensatz zu den meisten Menschen einen Vorteil«, bekannte der Killer, »ich erhoffe nichts, ich fürchte nichts, also bin ich frei. So einfach ist das.«

»Klingt gut, wenn's stimmt. Sagen Sie mir nur Bescheid, wenn ich Ihr nächstes Opfer bin. Damit ich mich drauf einstellen kann.«

»Das brauche ich nicht zu tun. Sie haben von mir nichts zu befürchten. Ich vergaß von meinem Berufsethos zu sprechen. Keine Frauen, keine Kinder, keine Greise.«

»Da hab ich ja Schwein gehabt.« Es sollte locker klingen, doch ich hatte einen Frosch im Hals.

»Nicht unbedingt. Ich bin nicht der einzige in dem Metier. In meiner Branche gibt es jede Menge Stümper, die alles machen, wofür sie Geld kriegen. Auch Frauen umbringen. Und sie vorher noch quälen.«

Ich zuckte zusammen. »Tolle Aussichten. Und was soll dieser Anruf heute? Wollen Sie sich ein Lob für die gute Inszenierung abholen?«

»Lassen Sie die Finger von der Sachertorte. Sie bekommt Ihnen nicht.«

»Danke«, sagte ich, »ich mag sowieso keine Kalorienbomben. Ich werd's mir überlegen.«

»Überlegen Sie gut«, bat er, »und schnell. Auf Wiederhören – unser Gespräch hat mir viel Freude gemacht.«

»Ich habe eine Schwäche für Auftragskiller«, bekannte ich, »da rinnt mir immer so ein Schauer den Rücken hinunter. Darauf fahre ich total ab.«

»Das freut mich. Einen schönen Abend noch, und bleiben Sie nicht so lange auf.« Er lachte und legte auf.

Ich ging zum Kühlschrank und holte ein Fläschchen Riesling heraus. Während ich die Flasche entkorkte, versuchte ich mir vorzustellen, wie dieser Mörder wohl aussah. Seine Stimme war ziemlich aufregend, kühl und sanft zugleich. Von wem bekam der Mann die Aufträge und sein Honorar?

Eine halbe Stunde später hatte ich die Rieslingflasche geleert. Es war Zeit, mich flachzulegen. Ich hatte mir für morgen allerhand vorgenommen. Fast hätte ich das Telefonklingeln überhört.

Es war diesmal nicht der Killer, sondern Hauptkommissar Anton Brinkhoff.

»Frau Grappa«, begann er, »ich habe erst gezögert, Sie zu später Stunde noch anzurufen, doch die Sache ist wichtig. Der Mann, der Sie zu Lasottas Leiche in den Cappenberger Wald geschickt hat, ist ein international gesuchter Killer. Wir haben seine Handschrift erkannt. Der Tick mit dem Ohr – Sie verstehen? Seien Sie bitte vorsichtig und informieren Sie mich sofort, wenn er sich wieder bei Ihnen meldet.«

Ich schluckte. »Ich hab's irgendwie geahnt, daß das eine große Story wird. Hat der Typ einen Namen?«

Brinkhoff atmete tief durch. »Das ist das Problem. Niemand kennt seine Identität, niemand hat ihn bisher gesehen. Auf sein Konto gehen etwa 30 Morde in der ganzen Welt. Der Mann ist ein Profi, der sauber arbeitet und niemals Fehler macht. Er ist hochintelligent und kalt wie ein Eisberg. Er hält sich nur an eine Regel, und die besagt …«

»Ich weiß«, fuhr ich dazwischen, »keine Frauen, keine Kinder, keine Greise.«

»Sind Sie Hellseherin?« staunte er.

»Bisher nicht. Er hat es mir gerade erzählt.«

»Wie bitte?«

»Er hat mich wieder angerufen, und wir haben ein wenig geplaudert.«

»Das ist ein Ding!« Brinkhoff war begeistert. »Morgen früh schicke ich einen unserer Experten, der Ihr Telefon präpariert. So schnappen wir ihn vielleicht.«

»Sie sagten doch, daß er clever ist. Dann wird er es so einrichten, daß Sie ihn nicht erwischen. Zumindest nicht durch Telefonabhören.«

»Auch Profis machen mal einen Fehler. El Lobo ist auch nur ein Mensch.«

»Wer?«

»Ach ja, ich vergaß. Das ist sein Spitzname. El Lobo. Das ist spanisch und heißt ‚der Wolf'.«

Tanz mit dem Wolf

Viele kleine Kacker werden aufmüpfig, wenn sie hinter dem Lenker eines großen Autos sitzen. Ich wollte auf der Autobahn gerade einen belgischen Brummi überholen, als er hinter mir auftauchte. Ein dunkelvioletter Rolls Royce. Ich konnte vom Inneren nichts erkennen, weil die Scheiben spiegelten. Der Fahrer ließ die Lichthupe »aufheulen«, um meinen Japaner zu scheuchen. Der Brummifahrer trat das Gaspedal voll durch. So fuhren wir eine Weile in einer schicken Zweierformation; ich kam nicht an ihm vorbei und er nicht an mir. Der Rollsfahrer hinter mir begann, seine Hupe zu malträtieren.

Wenn mich etwas überhaupt nicht aus der Ruhe bringen kann, dann ist es Nötigung im Straßenverkehr. Ich habe keine Lust auf das Spiel, das durchgeknallte Machos alltäglich auf unseren Straßen inszenieren: Beute sichten, jagen und erlegen. Ich blieb ruhig, hielt das Tempo des Brummis und wartete ab. Zwischendurch tippte ich kurz auf die Bremse, um den Rolls auf Abstand zu halten. Der Lkw verlangsamte seine Fahrt – er hatte seine Abfahrt erreicht. Ich scherte nach rechts. Die Nobelkarosse zog an mir vorbei. Ich streckte den Mittelfinger meiner linken Hand in die Luft und zeigte ihn dem Rolls-Lenker. Ob er das Zeichen großer Hochachtung bemerkt hatte, blieb mir verborgen.

Ich war auf dem Weg zur Beerdigung Hermann Lasottas. Der Tote stammte aus einem Sauerländer Dorf und sollte dort seine letzte Ruhe finden. Die Staatsanwaltschaft hatte nach der Obduktion die Leiche freigegeben. Tod durch einen einzigen Schuß ins Herz, das Ohr war unmittelbar nach dem Exitus abgeschnitten worden. El Lobo war ein Experte. Er tötete schnell und professionell, weitgehend schmerzlos.

Da war die Ausfahrt. Die gelben Schilder wiesen mir den Weg. Das war genau die Ecke, in der ein Gingko-Baum auf das Grab der Brauereitussi gepflanzt worden war, fiel mir ein. Hermann Lasottas Heimatdorf lag nur ein paar Kilometer von der Stelle entfernt.

Ich quälte mich durch einen Nadelwald, durch den eine kurvenreiche Straße führte. Plötzlich sah ich etwas Violettes zwischen den Bäumen schimmern. Es war der Rolls Royce von der Autobahn. Nun wußte ich, daß dessen Fahrer ebenfalls zu Beerdigung von Hermann Lasotta wollte.

Mein Fuß trat jetzt das Gaspedal, denn ich wollte den Mann – oder war es eine Frau? – gern kennenlernen. Wie ein Phantom glitt das Nobelauto durch die Tannen, während ich vor jeder Kurve runterschalten mußte. Irgendwann hatte ich den Rolls doch wieder aus den Augen verloren.

Das Dorf lag idyllisch zwischen Wald und weiten Getreidefeldern. Ich hatte keine Ahnung, wo der Friedhof war, also steuerte ich für alle Fälle mal den Kirchturm an. Bingo, die Grabstätten erstreckten sich in einem sanft gehügelten Gelände seitlich des Kirchenschiffes.

Der Parkplatz lag dem Kirchturm vis-à-vis. Über dem Hauptportal war in einer Nische eine Marienfigur angebracht. Sie schaute mit sanftem Blick auf die versammelten Pferdestärken, die rechte Hand segnend erhoben.

Der violette Rolls stand auch auf dem Parkplatz. Er hatte ein Bierstädter Kennzeichen. Da ich meine Polaroidkamera noch in meinem Beutel hatte, drückte ich kurz drauf. Man kann ja nie wissen.

Am künftigen Grab von Hermann Lasotta waren viele Menschen versammelt. Die Familienmitglieder hatten die besten Plätze ergattert. Lasottas Witwe war tief verschleiert. Ein Mann mittleren Alters reichte ihr ständig neue Papiertaschentücher. Sie war eine kleine, stämmige Frau, die ihre Figur in ein schwarzes Jackenkleid gezwängt hatte. Ihre Haare waren wasserstoffblond. Von ihrem Gesicht waren nur Konturen zu erkennen. Ich hatte meine Kamera noch immer in der Hand, also drückte ich einige Male auf den Auslöser.

Mich wunderte, daß einige Männer in Bundeswehruniformen erschienen waren. Dann fiel mir ein, daß Hermann Lasotta Major der Reserve gewesen war. Die Grauröcke gaben ihrem Kameraden das letzte Geleit.

»Fernsehen – gehen Sie bitte zur Seite!« Diese Stimme kannte ich. Willi Wurbs, der Bluthund von *TML*, schlenderte unbeeindruckt von der feierlichen Stimmung mitten durch die Menschen, um an das Loch zu gelangen, in das in wenigen Minuten der Sarg versenkt werden sollte. Er trug einen grellbunten Blouson aus Ballonseide, jenem Material, das auch noch in 3000 Jahren keine Spuren von Verblassung zeigen würde. Seine weißen

Joggingschuhe hatten die Ausmaße von kleinen Hausbooten. Mit ihnen trampelte er direkt zur Grube und zoomte versuchsweise in sie hinein.

Ein Trompeter in Bundeswehruniform tauchte auf. Er hob sein Gerät, und schon ging es los: »Ich hatt' einen Kameraden ...«

Der Mann beherrschte sein Instrument, die Trompetentöne kamen glasklar und frisch. Mich fröstelte. Wenig später tauchten die Sargträger auf. Auch sie in Uniform. Der Priester begann mit seiner Rede. Ich hörte nicht zu, sondern betrachtete die Menschen. Die Herren überwogen, alle waren sie Würdenträgerdurchschnitt mit ähnlichen Anzügen, gedeckten Krawatten und grauen Mienen. Die Frauen ähnelten ihnen. Sie hatten fast alle die gleiche Dauerwellenfrisur, und zweireihige Perlenketten umschlangen die welken Hälse.

Die Träger versenkten nun den Mahagonisarg ins Loch. Witwe Lasotta schluchzte auf, der Mann an ihrer Seite stützte sie, und Willi Wurbs hielt gnadenlos drauf. Mich wunderte, daß er sie nicht bat, die Szene noch einmal zu wiederholen.

Es gibt drei Dinge im Leben, die ich niemals sein möchte, dachte ich, ein Esel in Spanien, eine Frau in Saudi-Arabien und Journalistin bei einem Kommerzsender.

Die Holzkiste war auf dem Boden angelangt, der Pfarrer schleuderte aus einer silbernen Spritze Weihwasser auf den Deckel. Dann durfte jeder Besucher an der Grube vorbeigehen und ein Schäufelchen Erde reinwerfen. Der Trompetenmann betätigte wieder sein Instrument.

Gleich würde die Feier ihr Ende haben. Wenn ich den Mann im Rolls Royce noch erwischen wollte, mußte ich mich sputen. Doch das war leichter gesagt, als getan. Willi Wurbs hatte mich gesichtet und steuerte auf mich zu. In seiner knalligen Jacke wirkte er so auffällig wie ein Schweinebraten in einem vegetarischen Restaurant.

»Hallo, Grappa«, tönte er fröhlich, »tolle Story, oder? Ich bin nur hier, um den Mörder zu filmen. Na ja, einen kleinen Nachrichtenfilm über die Beerdigung kriege ich auch noch unter.«

»Du willst den Killer ablichten?«

»Klar. Alte Bauernregel. Der Mörder kommt zur Beerdigung seines Opfers. Psychologisch verständlich. Er will die Frucht seiner Tat sozusagen abernten.«

»Ich wußte gar nicht, daß du ein Psychologe bist. Ich hätte eher auf Psychopath getippt, so wie du eben durch die Reihen gestürmt bist.«

»Langsam, Grappa!« maulte er. »Job ist Job. Deine Story war übrigens nicht übel. Hättest sie ruhig noch ein bißchen aufmotzen können. Wie fandest du meinen Hinweis auf die Russenmafia?«

»Geht so.« Ich zuckte desinteressiert die Schultern.

»Trinken wir noch einen?« fragte der Bluthund und nahm die Kassette aus der Kamera.

»Nimm's nicht persönlich«, winkte ich ab, »aber ich muß dringend weg. Wenn ich was Neues erfahre, melde ich mich.«

Dann nahm ich meine Beine in die Hand, was gar nicht so einfach war, denn ich kam mit meinen Pumps auf dem lockeren Kiesweg nur mühsam vorwärts. Als ich am Parkplatz ankam, war der Rolls Royce verschwunden. Verdammtes Pech! Immerhin habe ich das Foto, tröstete ich mich, über meine Kontakte bei der Polizei würde ich den Halter des Wagens ermitteln können.

Ich schleuderte die unbequemen Pumps von den Füßen und schlüpfte in meine flachen Slipper. Die Kostümjacke plazierte ich auf dem Beifahrersitz. Ich hatte sie nur angezogen, weil der enge Rock klemmte. Die nächste Diät warf ihre Schatten bereits auf mein freudloses Dasein.

Die Rückfahrt verlief ohne Zwischenfälle. Morgen besuche ich Frau Lasotta, nahm ich mir vor. Irgendwo mußte ich ja anfangen.

In der Redaktion war alles wie immer. Chefredakteur WC Knall erklärte zwanzig Studenten und Studentinnen das A und O des aktuellen Zeitungsjournalismus, nachdem er einen Artikel über einen Kochwettbewerb auf der Bierstädter Spielbank ins Blatt befohlen hatte. Amadeus Viep war wieder mal frustriert. Auch heute hatte er sich mit einem eigenen Vorschlag nicht durchsetzen können und hatte die Kochorgie aufs Auge gedrückt bekommen. Er tat mir für einige Sekunden sehr leid.

Der Bericht über die gelungene Grablegung von Hermann Lasotta war schnell geschrieben.

Bierstadt trauert: Abschied von einem großen Mann stand da. Eigentlich ein bißchen übertrieben. Aber er war ja wirklich groß gewesen, schoß es mir durch den Kopf, mindestens 1,85 m.

Pro forma fragte ich, ob ich noch etwas für das *Tageblatt* tun könnte. Als aus dem leeren Zimmer des Chefs vom Dienst keine spontane Antwort kam, machte ich mich auf den Weg nach Hause.

Ich hatte gerade die Henna-Paste für die neue Haarfarbe angerührt und wollte das Eigelb in die Masse werfen, als das Telefon mal wieder klingelte.

»Hallo, Frau Grappa«, begrüßte mich der Killer freundlich, »es war nett, Sie auf der Beerdigung zu sehen.«

»Was?« rief ich aus. »Sie waren da?«

»Natürlich. Erst jetzt ist mein Werk vollendet.«

»Machen Sie das bei allen Ihren Opfern?«

»Nein, das ist nicht immer möglich. Manchmal bin ich verhindert oder muß plötzlich verreisen.« Er lachte leise.

»Ich verstehe. Ihr Job frißt Sie auf. Wie wär's mit einer halben Stelle?«

»Seien Sie nicht kindisch.« Er schien ärgerlich. »Meinen Job betreibe ich auf hohem Niveau. Ein professioneller Mord bereitet sich in der Stille des Herzens vor, wie ein bedeutendes Werk.«

»*Si, Maestro*. Wie ein Gedicht oder eine Komposition?«

»Ich wußte, daß Sie mich verstehen.«

»Warum nennt man Sie eigentlich El Lobo?«

»Ich merke, daß Sie Kontakt zur Polizei aufgenommen haben«, stellte er fest. »Nicht, daß ich Ihnen deshalb böse bin. Für den Namen kann ich nun wirklich nichts.«

»Dann sagen Sie mir doch, warum Sie mich ständig anrufen. Was wollen Sie? Ein bißchen angeben mit Ihren Taten? Medienstar werden?« Ich hatte die Nase voll von dem Spiel.

»Überschätzen Sie Ihre Rolle in dem Geschehen nicht«, riet er, »ich brauche keine Publizität, ganz im Gegenteil.

Ich scheue die Öffentlichkeit, und das aus gutem Grund, wie Sie sich sicher vorstellen können. Aber es macht mir Spaß, mich mit jemandem auszutauschen.«

»Wäre ein Psychiater da nicht geeigneter?«

»Sie halten mich also tatsächlich für verrückt?« El Lobo lachte.

»Man sollte Sie nicht Wolf nennen, sondern ‚Hai'. Sie schnappen zu wie eine tödliche Freßmaschine.«

»Menschen fressen Haie häufiger als umgekehrt.« Da hatte er recht. Der Mann war nicht dumm.

»Richten Sie Ihrem Kollegen doch bitte etwas aus«, forderte der Killer nach ein paar Sekunden des gegenseitigen Anschweigens, »er soll sich gut überlegen, wen er ungefragt filmt.«

»Heißt das, daß Willi Sie heute morgen auf dem Friedhof abgelichtet hat?« Ich jubelte innerlich.

»Fast. Ich konnte mich gerade noch zur Seite drehen. Das nächste Mal werde ich nicht so gelassen reagieren.«

»Warum erzählen Sie mir das? Sie wissen genau, daß die Polizei das Drehmaterial jetzt millimeterweise überprüfen läßt. Ich werde den Kommissar sofort anrufen.«

»Sie sind eine Spielverderberin, Frau Grappa.« Warum nur war seine Stimme so sanft?

»Ein Spiel, dessen Regeln ein anderer bestimmt, verderbe ich gern«, entgegnete ich. »War's das, oder kommt noch mehr?«

»Das war's«, meinte er, »ach nein – da wäre doch noch was. Wenn Sie einen Lkw überholen, dann sollten Sie Ihre Geschwindigkeit erhöhen und nicht senken. Sie scheinen eine recht störrische Person zu sein. Ihr japanisches Auto war heute früh auf der Autobahn ein echtes Verkehrshindernis.«

Bevor ich mich wundern konnte, legte El Lobo den Hörer auf.

Das Autokennzeichen des Rolls Royce war übrigens falsch. Hauptkommissar Brinkhoff brauchte nur wenige Minuten, um das festzustellen. Alles andere hätte mich auch an der Professionalität des Wolfes zweifeln lassen.

Experten mischen sich ein

»Hier, das muß er sein«, meinte Willi Wurbs. Ich war zu *TML* gefahren, Willi hatte die Drehkassetten in den Recorder geworfen. Auf dem Monitor waren etwa fünf Leute zu sehen, die trauernd an der Kamera vorbeischauten.

»Moment noch.« Die Kamera erfaßte die Menschen jetzt totaler, die Zahl der Personen im Bild verdoppelte sich.

»Da!«

Ich sah, wie sich eine Person am rechten Rand des Bildausschnittes wegdrehte und aus dem Bild marschierte.

»Das muß er sein!« Mein Hirn spuckte aprilfrische Farben. Willi Wurbs hatte den international gesuchten Killer El Lobo gefilmt. Wir ließen den Filmausschnitt noch ein paar Mal zurück und wieder vorlaufen, kamen jedoch nicht zu sensationellen Erkenntnissen. Der Mann trug einen Hut, schien ziemlich groß zu sein und war mit einem schwarzen Mantel bekleidet. Sein federnder Gang verriet, daß er nicht alt sein konnte.

»Ich hatte so gehofft, daß er hinkt«, seufzte ich. »In jedem Kriminalfilm haben die unbekannten Killer ein unveränderliches Kennzeichen, auf das der Detektiv zurückgreifen kann, wenn dem Drehbuchschreiber die Ideen ausgehen.«

»Man kann nicht alles haben im Leben«, tröstete mich Willi, »ich habe auf jeden Fall die Anschlußstory für morgen abend. Was ist mit dir – willst du das Bild auch haben?«

»Es ist doch so gut wie nichts zu erkennen«, maulte ich, »nur der Schatten eines Mannes, der aussieht wie tausend andere.«

»Das ist egal«, gab Willi unbeeindruckt zurück, »je verschwommener, desto mysteriöser. Ich bin der erste, der ein Foto von diesem Lobo vorweisen kann. Das lasse ich mir nicht kaputtmachen.«

»Und ich bin die einzige, die ein Foto von seinem Auto hat«, trumpfte ich auf. »Er fuhr auf der Autobahn hinter mir und wollte mich mit der Lichthupe scheuchen. Als ich den Wagen – es war übrigens ein violetter Rolls Royce – auf dem Parkplatz sah, habe ich die Karosse fotografiert. Clever, was?«

»Zeig her!«

Ich kramte das Polaroid-Foto aus der Handtasche. Das Kennzeichen war gut zu sehen. »Die Sache hat nur einen Haken: Leider ist das Nummernschild falsch."

»Tolle Spur«, höhnte Willi. Das Telefon klingelte. Wurbs hob ab, sagte »ja, wir kommen« und legte wieder auf.

»Die Bullen sind unten«, teilte er mit. »Woher wissen die denn …?«

»Ich hab vergessen, dir zu erzählen, daß mein Telefon angezapft wird. Deshalb wissen die, daß ich bei *TML* bin und daß du den Killer gefilmt hast.«

»Das hättest du mir vorher sagen können«, meinte der Bluthund, und der Zorn stand ihm ins Gesicht geschrieben.

»Hab's vergessen«, entschuldigte ich mich zerknirscht.

»Die kriegen das Bild erst, wenn ich es heute abend gesendet habe.« Willi war wild entschlossen.

Er knipste die Geräte aus, schloß den Raum ab, und wir gingen. Unten warteten Hauptkommissar Brinkhoff und ein anderer Mann.

»Das ist Dr. Egbert von Liliencron«, stellte Brinkhoff vor, »er ist beim Bundeskriminalamt. Er leitet die Ermittlungen im Fall El Lobo.«

»Und?« Ich hatte vor, mich erst mal dumm zu stellen.

»Ich hoffe auf eine gute Zusammenarbeit«, flötete Liliencron, »Sie scheinen den besten Kontakt zu El Lobo zu haben, er vertraut Ihnen. Das ist eine gute Basis für unsere Arbeit.«

»*Unsere* Arbeit?« Eine leise Verstimmung kam in mir hoch. Ich musterte Liliencron. Er war smart, sein Adamsapfel tanzte bei jedem Wort, seine Haare waren dunkel und nicht mehr ganz dicht. Die Kleidung war sehr geschmackvoll und unterstrich die elegante Magerkeit seines Körpers. Oder war er nur sportlich durchtrainiert?

Er sprach wie jemand, für den Widerspruch ein Fremdwort war. Sein Ton war hart und süßlich zugleich. Als er sich zur Seite drehte, um einen Blick auf Willi

Wurbs zu werfen, bemerkte ich, daß er im Nacken einen Pferdeschwanz trug.

Brinkhoff war das genaue Gegenteil seines Kollegen. Kräftig, zweckmäßig gekleidet, die Haare kurz und die Stimme dunkel und warm.

»Ich denke, daß Sie beide als aufrechte Staatsbürger die Ordnung und Demokratie unseres Gemeinwesens erhalten sehen wollen«, dozierte Liliencron, »wir werden morgen weiterreden. Kann ich jetzt bitte den Film haben?«

Willi Wurbs öffnete seine Aktentasche und holte eine Kassette heraus. Liliencron griff danach. Seine Miene war triumphierend. Ich blickte Willi überrascht an. Warum gab er sich so einfach geschlagen?

»Gute Nacht, Herr Kollege«, meinte der BKA-Mann zu Brinkhoff, »wir sehen uns morgen. Vielen Dank noch mal, daß Sie mir Ihr Büro zur Verfügung gestellt haben.«

»Anordnung des Polizeipräsidenten«, stellte Brinkhoff richtig, als Liliencron aus unserem Gesichtsfeld verschwunden war, »diese prächtige Idee stammt von ihm.«

»Komischer Vogel«, meinte ich, »gibt's noch mehr von der Sorte?«

»Er gilt als brillanter Kopf«, versuchte Brinkhoff ihn in Schutz zu nehmen. Es klang ziemlich lahm.

»Ich kann mit Männern nichts anfangen, die ihren Schwanz im Nacken tragen.« Der Satz entspannte unsere Stimmungslage.

»Warum hast du ihm den Film gegeben?« wollte ich von Willi wissen. »Hat dich sein schlapper Appell an unsere Staatsbürgerpflichten so beeindruckt?«

»Klar«, meinte Willi. »Aber ich glaube, ich hab ihm aus Versehen die falsche Kassette gegeben. Auf seiner ist das Galopprennen. Am vorletzten Wochenende in Wambel. Der große Preis der Vierjährigen. Orego ist als absoluter Außenseiter groß rausgekommen. Ich hatte leider auf den Favoriten gesetzt … und habe ein paar Lappen verloren.«

Galopper in der Zielgeraden

Dr. Egbert von Liliencrons Lachen vertrocknete in der Luft, bevor es zu mir dringen konnte. Ich saß in seinem – beziehungsweise Brinkhoffs – Büro und wurde über meine bisherigen Kontakte zu El Lobo vernommen. Liliencrons Ton war hart und geschäftsmäßig. Ich fühlte mich unwohl, hatte das innere Bedürfnis, den unbekannten Killer, der so nett plaudern konnte, vor dem BKA-Mann zu schützen. Dreh nicht durch, ermahnte ich mich, der Mann tut seinen Job, und er hat es nicht leicht.

»Warum ausgerechnet Sie?« grübelte der BKA-Ermittler. Diese Frage schien ihn sehr zu beschäftigen.

»Das haben Sie mich schon zigmal gefragt«, murrte ich, »ich kann's Ihnen nicht sagen. Es wäre mir auch lieber, er hätte Sie zum Telefonpartner auserkoren. Das Schicksal hat es nun einmal anders bestimmt.«

»Sie sind in Gefahr«, meinte Liliencron in einer plötzlich aufwallenden Anwandlung bürokratischer Fürsorge, »ich werde Sie unter Polizeischutz stellen lassen.«

»Vergessen Sie's«, widersprach ich, »ohne mich. Außerdem wäre ich Ihnen verbunden, wenn Sie mir den Rauch Ihres Zigarillos nicht ständig ins Gesicht blasen würden. Ich gehöre zu der unterdrückten Minderheit der Nichtraucher.«

Liliencron drückte seinen Brennstab in Brinkhoffs Schreibschale aus. »Entschuldigen Sie.«

»Also, noch mal! Keine Bodyguards. Mir passiert schon nichts«, vertiefte ich meine Ablehnung, »der Killer vergreift sich nämlich nicht an Frauen, Kindern und alten Leuten. Das hat er mir selbst gesagt.«

»Soviel Naivität hätte ich bei einer Frau wie Ihnen, Frau Grappa, nicht erwartet.«

»Das ist Ihr Problem«, entgegnete ich und wedelte mit der Hand den Rauch weg, der noch immer aus dem ausgedrückten Zigarillo emporstank.

Liliencron seufzte, als habe er einen besonders schwierigen Fall von Aufmüpfigkeit vor sich. Ich konnte den Blick nicht von seinem Adamsapfel nehmen, er hüpfte sogar beim Atmen wie ein verrückt gewordener Tennisball. Heiterkeit stieg in mir auf. Der BKA-Ermittler schien sich unter meinen Blicken unwohl zu fühlen, stand auf und wanderte durch den Raum. Sein Gesicht war in sorgenvolle Falten gelegt.

»Ich will Ihnen etwas über Ihren Telefonfreund erzählen«, kündigte er an. »Wir wissen zwar nicht viel, aber das bißchen, was wir haben, sollen Sie erfahren. Sie sehen, daß ich mit offenen Karten spiele.«

»Erzählen Sie!«

»El Lobo ist – so glauben wir – ein Deutscher, der allerdings in vielen Ländern dieser Erde gelebt hat. Er spricht etwa zehn Sprachen fließend, ist hochintelligent und liebt Literatur. Wir vermuten, daß er dieses Fach auch studiert hat. An welcher Universität, wissen wir leider nicht. Über sein Äußeres können wir nichts sagen, zumal er ein wahrer Verkleidungskünstler ist. Unseren Berichten nach tritt er manchmal als alter Mann auf, um wenige Wochen später an einem anderen Ort um 20 Jahre verjüngt wieder aufzutauchen. Er soll sich auch schon als Frau verkleidet haben, wenn es für die Erledigung seines Jobs notwendig war.«

»Warum tötet er?«

»Er ist ein Söldner. Einer, der gegen Geld Aufträge übernimmt. Er tötet schnell und schmerzlos. Ein Profi. In seiner Branche ist er der Beste. Und der Teuerste.«

»Und warum mußte Hermann Lasotta dran glauben?«

»Darüber liegen uns noch keine Erkenntnisse vor. Sicher ist, daß Lasotta über seine Organisation rege Kontakte ins Ausland hatte – wir ermitteln in dieser Richtung. Aber vielleicht ist es ja auch nichts Politisches – und wir liegen völlig falsch.«

Ich überlegte, ob ich Liliencron etwas von meinen spanischen Erlebnissen erzählen sollte. Von Carlotta und Carmen Roja, dem Fenstersturz und der Sachertorte aus Moskau. Ich brachte es nicht fertig. Hoffentlich muß ich nicht irgendwann dafür büßen und verliere mehr als nur ein Ohr, dachte ich.

»Bis vor zwei Wochen war unsere Behörde El Lobo auf der Spur«, fuhr Liliencron fort, »wir hatten eine Agentin auf ihn angesetzt, doch wir haben den Kontakt zur ihr verloren. Wahrscheinlich hat er die junge Frau umgebracht. Ich erzähle Ihnen das nur, weil Sie ja glauben, daß er Frauen nichts antut.«

Sprach er etwa von Carmen Roja? Mir wurde heiß.

»Ist Ihnen nicht gut?« fragte der Ermittler besorgt. Er hatte mich genau beobachtet. Ich nahm mir vor, ihn nicht zu unterschätzen.

»Nein, es ist nichts«, wiegelte ich ab, »wo haben Sie El Lobos Spur verloren?«

»In Spanien. Genauer gesagt in Toledo. Warum interessiert Sie das?« Sein Blick lauerte.

»Nur so.« Das Lügen fiel mir schwer. Wenn El Lobo Carmen Roja auf dem Gewissen hatte, hatte er auch mit dem Verschwinden ihrer Tante Carlotta zu tun.

»Sie haben doch gerade Urlaub in Spanien gemacht«, sagte Liliencron beiläufig, »hat der Gewalttäter vielleicht dort schon Kontakt zu Ihnen aufgenommen?«

»Nein.« Jetzt waren nur noch knappe Antworten angesagt.

»Ich habe hier Ihre Hotelanmeldung aus Toledo.« Er wedelte mit einem Stückchen Papier.

Ich schwieg.

»Sie waren zur selben Zeit in Toledo, als wir El Lobos Spur verloren haben. Können Sie mir das erklären?«

Ich schüttelte den Kopf. »Nein. Sollte ich es können?«

»Das sollten Sie.« Liliencron machte eine Pause, in der er mich nicht aus den Augen ließ. Seine waren bernsteingelb und spitzelten. Die Unterlippe hatte er leicht geöffnet, sie gab die Zähne frei.

»Wie Sie wollen, Frau Grappa. Ich stelle fest, daß Sie nicht kooperativ sind. Schade. Dann kann uns auch niemand dafür verantwortlich machen, wenn Ihnen etwas zustößt.«

Liliencrons Ton war wieder hart und süßlich, auf seiner Zunge wanden sich Versprechungen und Drohungen wie Schlangen. Ich ordnete ihn auf meiner schwarzen Liste im Kopf auf einen der vordersten Plätze ein.

Ich erhob mich und merkte, daß meine Knie ein wenig zitterten. Mit der rechten Hand stützte ich mich auf dem Schreibtisch ab. Wie mußten sich Leute fühlen, die von ihm richtig in die Mangel genommen wurden?

Mein Blick fiel auf Willis Drehkassette. Sie lag auf der Tischplatte. Meine Laune besserte sich.

»Konnten Sie mit dem Material etwas anfangen?« fragte ich scheinheilig und deutete mit dem Kinn auf die graue Schachtel.

»Gute Aufnahmen«, nickte Liliencron, »besonders die Stelle, an der das Siegerpferd die Zielgerade erreicht. Meine Ermittlungen sind dadurch sehr viel weiter gekommen.«

Ich prustete los. »Na also, es geht doch mit dem Humor!« sagte ich aufmunternd.

Er schaute mich wortlos an. Wenn Blicke wirklich töten könnten, wäre ich umgekippt.

Drei Bier

»Ich muß mehr über diese Organisation wissen«, sagte ich zu Peter Jansen, »ohne die klassische journalistische Recherche geht es einfach nicht. Also – nix wie ran an die fünf großen W.«

Wir saßen in meinem Büro, ich hatte ihm die Story gerade in einer Kurzfassung serviert.

»Grappa, du wirst seriös«, behauptete Jansen, »bisher bestanden die fünf W bei dir aus den vier elementaren Fragen: Wer hat was davon? Was soll der Quatsch? Wen interessiert das überhaupt? – und als Frage Nummer 1 – Wo ist der Kaffee?«

»Ich könnte mich ausschütten vor Lachen«, schnippte ich, »die heißen Stories, die ich für diese Zeitung rangeschleppt habe, kannst du bei anderen vergebens suchen. Wie oft habe ich mein Leben, meine Gesundheit und vieles mehr für dieses verdammte Blatt riskiert …«

»Wir alle wissen doch, daß du unsere Heldin bist, unser Idol, die unvergleichliche Grappa …« Jansen breitete die Arme aus, als stünde er vor einem Millionenpublikum. »Grappa, wir danken dir! Du zeigst uns jeden Tag aufs neue, daß der moderne Journalismus sich nicht am Schreibtisch erledigen läßt, daß es nicht ausreicht, über eine Meldung der Ortskrankenkasse eine Überschrift zu setzen oder das zu veröffentlichen, was der Oberbürgermeister von sich gibt. Wir danken dir nicht nur, sondern wir beten dich geradezu an. Immerhin führst du uns jeden Tag vor Augen, was für kleinkarierte und unfähige Arschlöcher wir alle sind.«

»Bist du jetzt fertig?« Ich war betroffen von Jansens Gefühlsausbruch. Was war los mit ihm?

»Ja. Fix und fertig.« Es klang traurig.

»Was ist passiert?«

»Ich schaffe es nicht.« Jansen ließ sich in einen Stuhl fallen und atmete schwer. Auf seiner Stirn standen Schweißperlen.

»Hast du wieder getrunken?«

»Gestern abend«, kam es leise, »meine Frau und die Kinder waren nicht da, die Wohnung war leer. Ich wollte frische Luft schnappen und bin schnurstracks in die nächste Kneipe marschiert. Das war's dann.«

»War es viel?«

»Drei Bier.«

»Das geht doch noch«, versuchte ich ihn zu trösten.

»Du hast keine Ahnung, Grappa.« Er rappelte sich aus dem Stuhl hoch und ging mit gesenktem Kopf Richtung Tür.

»Kümmere dich um deine Story«, meinte Jansen, die Klinke bereits in der Hand, »meine Rückendeckung hast du. Knall geht morgen in Urlaub, auf den brauchst du keine Rücksicht zu nehmen.«

»Klar, Peter«, sagte ich, »wir beide schaukeln das Kind schon.«

»Das tun wir, Grappa!« Weg war er.

Ich blieb noch eine Weile untätig am Schreibtisch sitzen. Dieser Job schafft jeden früher oder später, dachte ich. Hoffentlich war ich erst später an der Reihe.

Irgendwas stimmte mit diesem Beruf nicht. War es die Lücke, die zwischen Anspruch und Wirklichkeit klaffte? Oder die persönliche Unzulänglichkeit der Menschen, die diesen Beruf ausübten? Jeden Tag Manövriermasse der Reichen und Mächtigen zu sein, diesen Druck hielten nur die Starken aus. Ich gehörte noch zu ihnen, auch wenn ich dadurch oft in persönliche Schwierigkeiten gestürzt worden war. Das Leben ist schön, auch wenn die

Welt schlecht ist, dachte ich. *Hilfe ohne Grenzen* – ich komme!

Eine spanische Firma und Kekse mit Mandeln

Hilfe ohne Grenzen – kurz *HoG* – war juristisch gesehen eine Gesellschaft mit beschränkter Haftung. Zwei der Gesellschafter waren Hermann Lasotta und seine Gattin Luise. Bis dahin noch nichts Ungewöhnliches. Der Handelsregisterauszug barg aber eine faustdicke Überraschung. Eine Firma mit dem Namen *Puerta del Sol* hatte ebenfalls Einlagen bei *HoG*. Ihr Sitz war nicht nur in Spanien, wie der Name vermuten ließ, sondern sogar in Toledo. Ich hatte die Verbindung von *HoG* nach Toledo gefunden!

Mir sausten Begriffe wie »Waffenhandel, Geldwäsche, Mafia, Drogen« durch das Hirn. Jetzt verstand ich auch, warum das Bundeskriminalamt die Ermittlungen an sich gezogen hatte. Carmen Roja mußte die verschwundene BKA-Agentin sein, von der mir Liliencron erzählt hatte!

Ich berichtete Peter Jansen von der neuesten Entwicklung. Er hatte sich wieder gefangen, thronte hinter seinem gläsernen Schreibtisch, als sei nichts gewesen – vor sich eine Tasse pechschwarzen Kaffee und Mandelplätzchen. Ohne daß ich es wollte, griffen meine Finger nach dem Gebäck. Ich dachte an Jansens Beschreibung seines gestrigen Rückfalls. Seine Schritte hatten ihn in eine Kneipe geführt.

Die Kekse waren zart und zergingen auf der Zunge. »Und? Was sagst du?« kaute ich.

»Wir müßten an die Kontobewegungen der *HoG* herankommen«, grübelte Jansen, »dann hätten wir wenigstens Fakten. Alles andere sind nur Vermutungen, Verdachtsmomente, die für eine harte Story nicht ausreichen. Wir warten noch. Hast du schon mit der Witwe Lasotta geredet?«

Ich schüttelte den Kopf. »Tu ich noch. Außerdem werde ich meinen Telefonkiller ein bißchen löchern, wenn er sich noch mal meldet.«

»Wie kriegen wir einen finanziellen Überblick?«

»Keine Ahnung«, knusperte ich, »ich laß mir was einfallen. Ich habe noch was vergessen. Ich dachte immer, die *HoG* sei gemeinnützig. Das war ein Irrtum. Sie ist ein ganz normales Wirtschaftsunternehmen, arbeitet hoch kommerziell. Leider weiß das in Bierstadt niemand so recht.«

»Einige Spender wissen das bestimmt«, widersprach Jansen, »weil sie nämlich ihre guten Taten nicht von der Steuer absetzen können.«

»Können sie doch. Es gibt noch einen gemeinnützigen Trägerverein, an den vermutlich die Spenden fließen.«

»Meine Hochachtung!« rief Jansen aus. »Die Brüder haben aber auch an alles gedacht. Die Sache wird immer spannender. Also ran, Grappa, mach den Jungs Feuer unterm Arsch.«

»Si, Señor!«

»Braves Mädchen. Haben die Kekse geschmeckt?« Er deutete auf die Schale, in der nur noch ein paar Krümel lagen.

»Köstlich«, schwärmte ich und verdrehte die Augen. »Erst jetzt weiß ich, was es heißt, abhängig zu sein.«

Jansen grinste. Er war wieder ganz der Alte.

Wieder zurück in meinem Büro wollte ich gerade nach dem Telefonhörer greifen, als das Gerät klingelte.

»Hier ist Willi«, hörte ich, »die haben meinen Film beschlagnahmt. Scheiße, was?«

»Ich hab mir sowas gedacht«, entgegnete ich, »Liliencron haben die Aufnahmen vom Pferderennen wohl nicht gefallen.«

»Der Arsch verpaßt mir jetzt eine Anzeige«, wütete Willi, »wegen Unterschlagung von Beweismaterial.«

»Ärger dich nicht. Da kommt nicht viel bei heraus. Die Freiheit der Berichterstattung ist ein hohes Gut. Sogar bei deutschen Gerichten. Der blufft nur. Schade, daß die Bilder futsch sind.«

»Sind sie nicht«, widersprach Wurbs, »ich hab eine Kopie gezogen. Als hätte ich geahnt, daß der Beamtenfuzzi durchdreht.«

»Clever gemacht, Willi«, lobte ich, »willst du die Bilder verwenden?«

»Klar. Heute abend. Der mysteriöse Killer, vom *TML*-Reporter gefilmt. Ich habe das Bild eingefroren. Genau an der Stelle, als der Mann sich abdreht und noch ein kleiner Teil seines Gesichtes zu sehen ist. Willst du das Material auch? Ich könnte ein Foto anfertigen.«

»Heute nicht. Ich warte noch. Habe selbst interessante Dinge rausgekriegt. Aber nicht am Telefon – wer weiß, wer den großen Lauschangriff übt. Wir sollten uns treffen!«

Willis Enthüllung

Willi Wurbs brachte an diesem Abend nicht nur das eingefrorene Bild von El Lobo, sondern auch noch ein Interview mit Dr. Egbert von Liliencron, der auf die Gefährlichkeit des Killers hinwies. Der Höhepunkt des zehnminütigen Beitrags aber war ein Zeuge, der über angebliche Waffengeschäfte von Hermann Lasotta und seiner Organisation *Hilfe ohne Grenzen* berichtete.

Fasziniert hockte ich vor der Glotze. Die weizenblonde Moderatorin hatte gerade den »Enthüllungsfilm« des *TML*-Reporters Willibald Wurbs angesagt, als der Zeuge auch schon im Bild war. Willi hatte ihn von hinten aufgenommen, der Mann trug einen Hut und hatte eine Stimme verpaßt bekommen, die einer Comicfigur zur Ehre gereicht hätte. Warum hatte Willi mir kein Wort von dem Zeugen gesagt? Ich war sauer. Schließlich hatten wir eine lockere Zusammenarbeit vereinbart.

Die Nummer mit dem mysteriösen Zeugen kam gut. Der Mann gab sich als ehemaliger Mitarbeiter der Hilfsorganisation aus. Er selbst habe auf Anweisung Lasottas Maschinenpistolen, Handgranaten und Munition zwischen die Hilfsgüter packen müssen. Per Lkw seien die Kriegsgeräte dann in verschiedene Krisengebiete gebracht worden. Kontrollen an den Grenzen habe es kaum gegeben, ab und zu seien Stichproben gemacht worden.

»Eins zu null für dich, Willi«, murmelte ich.

BKA-Ermittler Liliencron gab danach seine Erkenntnisse über El Lobo zum besten, die ich bereits in Auszügen kannte. Willi hatte das Interview so montiert, daß beim Zuschauer der Eindruck entstand, Liliencron würde inzwischen auch gegen *Hilfe ohne Grenzen* ermitteln.

»El Lobo ist ein bezahlter Auftragskiller, der im internationalen Bereich aktiv ist. Er tötet für Waffenschieberbanden, für Terroristen und für das organisierte Verbrechen. El Lobo gehört zu den zehn meist gesuchten Verbrechern der Welt.«

Die letzten Sätze sprach Liliencron im Off, darüber hatte Bluthund Willi die Bilder des toten Lasotta geschnitten, wie er zwischen den Bäumen im Wald hing.

»Wir haben selbstverständlich versucht, eine Stellungnahme der Hilfsorganisation zu den Vorwürfen zu erhalten«, lächelte die Weizenblonde in mein Zimmer, »doch bei *Hilfe ohne Grenzen* sah sich niemand dazu in der Lage. Wir werden Sie, liebe Zuschauerinnen und Zuschauer, über die weiteren Entwicklungen auf dem laufenden halten. Bis gleich!«

Es folgte die Werbung. Eine Schauspielerin lobte die Vorzüge eines Waschmittels, das neuerdings in Perlenform daherkam, eine andere Dame behauptete, daß die Geschichte der Menstruation eine Geschichte der Mißverständnisse sei, ein Fast-Food-Konzern überraschte mit einer Lebensmittelanalyse, die bestätigen sollte, daß die Zusammensetzung eines Fleischklopses zwischen zwei Brötchendeckeln den Erfordernissen einer modernen Ernährung entspreche.

Ich bekam Hunger und plünderte meinen Kühlschrank. Etwas Parmiggiano, kalte Poulardenbrust, Salzgurken und eine halbe Flasche Chianti. Nicht gerade ein Gourmetmahl, aber andere Dinge zum Essen gab es zur Zeit in meiner Wohnung nicht. Ich stellte das Sammelsurium auf den Tisch, der Fernseher lief immer noch, es wurde Zeit, woanders hinzuzappen.

Meine Wut auf Willi Wurbs war noch immer da. Schluß mit der Zusammenarbeit, dachte ich, das war's, Willi! Gut, daß ich ihm nichts von dem spanischen Fenstersturz erzählt hatte. Wurbs ein Geheimnis anzuvertrauen war, als würde ich meine Katzen zum Tierpräparator in Pension geben.

Im Kommerzsender startete eine Talkrunde. Es ging um Sex. Vertreter abseitigster Kopulationstechniken erhielten öffentliche Anerkennung. Wie entspannt waren die Tage gewesen, als sich Minoritäten noch in schwülstigen Folterkellern oder riechenden Herrentoiletten vergnügten!

Ich änderte das Programm. Schon wieder eine Talkshow. Es ging um vergewaltigte Frauen. Überall nur Opfer, dachte ich, Menschen, über denen der Geier kreist. Und der Zuschauer erstickt in scheinheiligem therapeutischem Wohlwollen. Ich drückte auf Aus, die Glotze wurde dunkel.

Mürrisch streunte ich in meiner Wohnung herum, las ein bißchen, knuddelte meine Katzenviecher. Irgendwann griff ich in mein CD-Regal und holte einen Film-Soundtrack heraus. Farinellis digital abgemischte Stimme hatte den Grundwiderspruch zwischen Mann und Frau auf geniale Weise aufgelöst. Ich schwelgte in hohen, glasklaren Barocktönen.

Natürlich klingelte mitten in die schönste Arie mit dem Titel *Cara sposa* das Telefon. Es war kurz vor Mitternacht. Vermutlich wollte El Lobo, der Wolf, sich bei mir über Willi, den Bluthund, ausweinen. Grappa, das Mädel mit dem großen Herzen und den breiten Schultern. Ich stoppte die Musik. Da merkte ich, daß gar nicht das Telefon klingelte, sondern daß es an meiner Wohnungstür geschellt hatte. Leise schlich ich zum Spion und guckte durch. Draußen lehnte Enthüllungsreporter Willibald Wurbs.

»Was willst du?« fragte ich mißgelaunt durch die geschlossene Tür.

»Laß mich bitte rein, Grappa«, kam es heiser, »ich habe verdammte Scheiße gebaut.«

Ausgetrickst

Willi redete viel, um nicht mit der Wahrheit herausrükken zu müssen. Er habe es ja nur gut gemeint, nichts Böses gewollt, und Ärger mit mir, nein, das wäre das

Allerletzte, was er heraufbeschwören wolle. Bla, bla, bla.

Nach gut zehn Minuten wirren Gestammels kam er endlich auf den Punkt: »Ich bin auf einen falschen Zeugen reingefallen.«

»Das ist hart«, meinte ich und reichte ihm einen doppelten Grappa. Er kippte ihn runter wie nichts. »Erzähl – aber von Anfang an.«

»An dem Abend, als der Film über Lasottas Beerdigung in unserem Magazin lief, bekam ich einen Anruf. Ein Mann. Er habe jahrelang eng mit Lasotta zusammengearbeitet, sei sein Büroleiter gewesen und bestens in die Deals eingeweiht. Ob ich interessiert sei. Klar, daß ich zugegriffen habe. Der Kerl hatte eine Menge Material.«

»Schriftstücke?«

»Was Schriftliches war auch dabei«, wich Willi aus, »aber die heißesten Facts erzählte er mir.«

»Hat er dir seinen Namen genannt?«

Willi schüttelte den Kopf. »Heute weiß ich auch, daß das dämlich von mir war. Der Mann hat mir nur eine Telefonnummer gegeben. Verdammt, ich war so scharf auf die Story. Ich drehte die Nummer also ab, machte einen Film daraus, der lief heute abend, und dann passierte es.« Wurbs schnappte sich die Flasche Grappa und füllte sein Glas.

»Was passierte? Mensch, Willi! Mach's nicht so spannend!«

»Ein Anwalt rief beim Sender an. Im Auftrag von *Hilfe ohne Grenzen.* Er kündigte eine Schadenersatzklage an. In Millionenhöhe.«

»Aufgrund welcher Fakten?«

»Hermann Lasotta habe nie einen Bürochef gehabt, wir seien einem falschen Zeugen aufgesessen. Er verlangte, daß wir den Zeugen präsentieren. Eine Gegenüberstellung. Unsere Rechtsabteilung faselte noch was von Zeugnisverweigerungsrecht. Doch dann verlangten unsere Anwälte einen Kontakt zu dem Zeugen, um sich intern abzusichern.«

»Du hattest doch immerhin die Telefonnummer.«

»Ja.« Willi Wurbs lachte. Es klang verzweifelt. »Ich wählte also die Nummer, um den Burschen anzurufen. Es war der Anschluß eines Fitnessclubs. Als ich nach dem Mann fragte, der kürzlich im Fernsehen aufgetreten war, lachten die nur.«

»Du bist reingelegt worden, Willi«, stellte ich fest, »doch du hast dir das selbst zuzuschreiben. Hast du dir wenigstens Kopien von den Schriftstücken gemacht?«

»Nein«, antwortete er kleinlaut. Der Grappa hatte seine Wirkung getan, Willis Zunge lag schwer in seinem Mund.

»Was wäre es denn gewesen?«

»Lasottas Unterschrift auf einer Quittung. Über 250.000 Schleifen.«

Jetzt fiel mir auch nichts mehr ein. Eine Weile schwiegen wir uns an.

»Weißt du was«, meinte Willi dann, »der Konkurrenzdruck bei diesen Kommerzsendern ist unglaublich stark. Jeder, der nicht einmal im Monat eine heiße Exclusivstory bringt, wird rausgebissen.«

»Du übst wohl schon für den Schadenersatzprozeß«, mutmaßte ich, »das Ende deiner Leidensgeschichte fehlt noch. Haben sie dich rausgeworfen?«

»Und wie!« lallte der nun ehemalige Enthüllungsreporter. »Fristlos, hilfsweise fristgerecht. Garniert mit Hausverbot und der Ankündigung, sich die Kosten für den Prozeß inklusive Schadenersatz bei mir wiederzuholen. Vor einer dreiviertel Stunde kam der Bote des Senders und hat den Brief bei mir abgegeben.«

»Die verlieren wirklich keine Zeit. Dann fang schon mal an zu sparen!« riet ich.

Wurbs leerte die Grappa-Flasche und fiel in einen todesähnlichen Schlaf. Zum Glück saß er bereits auf meinem Sofa, so daß ich nur noch seine langen Beine anheben mußte, um ihn in Schlafposition zu bringen.

Meine Katzen protestierten, weil ein fremder Onkel ihnen ihren Platz streitig machte. »Humanitäre Hilfe«, erklärte ich ihnen die Situation.

Im Land der »blauen Vertikalen«

Der große achteckige Raum war fast dunkel. Von der Decke warfen nur ein paar Halogenspots ihr Licht auf Ölbilder, die an den Wänden angebracht waren. Der Maler hieß David Ortman, der Raum befand sich in einer Galerie, in der heute abend eine Ausstellungseröffnung stattfinden sollte. Noch waren die Hauptpersonen nicht erschienen. Ich schlenderte durch das Halbdunkel, in dem Menschen mit Sektgläsern standen und sich angeregt unterhielten. Man kannte sich, hatte sich auf anderen Vernissagen gesprochen und sich beim Betrachten bildender Kunst erhöht.

Die Frauen waren elegant bis schrill gewandet, die Männer locker bis unpassend. Ich kannte hier niemanden, denn ich verkehrte nicht in Künstlerkreisen. In meinem Beruf gab es schon genug Verrückte.

Da! Ein akustisches Signal, das irgend etwas mit Musik zu tun haben mußte. Ein beweglicher Lichtspot richtete sich auf einen langen, dünnen Mann, der ein Saxophon am Mund hatte. Er war völlig schwarz gekleidet und begann, seinem Instrument ziemlich asynchrone Töne zu entlocken, die er ohne Vorwarnung in die Menschengruppen schleuderte. Es klang so melodisch wie ein Dampfhammer. Außer mir schien sich niemand vor den Tönen zu fürchten, denn der Musiker bekam satten Applaus, als er endlich das Saxophon seinen Lippen entriß.

Dann kam sie. Luise Lasotta war dekolletiert bis zum Herzen. Ihre schwarz geschminkten Augen erinnerten mich an zwei Krähen in einer Winterlandschaft, in ihrem blonden Haar schimmerte goldener Glimmer aus der Sprühflasche. Goldene Ketten lagen kiloweise um ihren Hals. Luise Lasotta stand nicht allein mitten im Raum. Neben ihr hatte sich ein kleiner Hund possierlich aufgerichtet. Der Zwergpudel sah aus wie eine riesige Albinoratte mit Dauerwellen. Die Witwe trug ein zu enges rotes Kleid, das der allerletzten Mode entsprach. Doch die kam gegen das Fleisch nicht an, das versuchte, die Nähte zu sprengen.

»Was die Arbeiten von David Ortman so radikal modern macht, ist ihre äußerste Kälte, die uns alle in einen spirituell-poetischen Zustand erhebt«, begann die Witwe. »Mit einfachsten Mitteln stellt der amerikanische Maler ästhetische Fallen. Seine Arbeiten sind in ihrer zufälligen Perfektion wunderbar vollkommen.«

»Du hier?« Ich schreckte hoch. Es war Amadeus Viep, der Mann für die Seite ‚Aus aller Welt'.

»Hallo, Amadeus«, begrüßte ich ihn flüsternd, »ich hätte nie erwartet, dich bei einer Ausstellungseröffnung zu treffen. Aber – ein bißchen Bildung kann nicht schaden. Kennst du Frau Lasotta näher?«

Er kam nicht dazu, eine Antwort zu geben, denn neben uns zischte eine Frau: »Ruhe, bitte!«

»David Ortmans Werk 0195 P gehört zu den blauen Vertikalen. Hinter dem Schleier des Nichtobjektiven gehorcht es seinem eigenen Rhythmus. Als sinnliche Augenweide kurvenreicher Ambiguität kann diese Chorus Line aus sechs blauen Vertikalen aus dem Gleichgewicht bringen. Diese Bewegung ist Teil der stillen Musik, die dieses Bild antreibt.«

»Wunderbar«, schwärmte Amadeus Viep, »diese unglaubliche Sensibilität. Wie sie die Figur-Raum-Beziehung der blauen Vertikalen in die geistigen Zwischenräume verlagert!«

Es lag vermutlich an mir, aber ich verstand kein Wort. Ich sah nur blaue, dicke Pinselstriche, die quer über eine weiß getünchte Leinwand verliefen.

»Nun sag schon, was du hier machst.« Amadeus ließ nicht locker. Ich betrachtete ihn. Er hatte seine magere Gestalt in eine enge schwarze Samthose gehüllt, darüber flatterte ein weites Seidenhemd in wildem, grellem Ethno-Look.

»Schönes Hemd«, lobte ich, »hast du eine Farbberatung machen lassen?«

»Du bist wegen Frau Lasotta hier, stimmt's? Ich weiß, daß du noch immer an der Story dran bist«, ignorierte er meine Frage.

»Ja«, gab ich zu, »ich muß die Lasotta unbedingt sprechen. Der Tod ihres Mannes ist noch immer ungeklärt. Vielleicht weiß sie was.«

»Dieser Killer war's, das steht doch schon lange fest«, belehrte mich Amadeus Viep, »gestern abend hat *Tele*

Modern Life die ganze Geschichte gebracht. Lasotta soll gegen das Kriegswaffenkontrollgesetz verstoßen haben. *TML* hatte einen Zeugen, der diese Vorwürfe erhoben hat. Der Film war von deinem Freund, diesem Bluthund. Mich wundert, daß du nicht auf dem laufenden bist.«

Die Frau neben uns zischte schon wieder. Ich zog Viep in eine Ecke. Hier konnten wir einigermaßen ungestört reden.

»Wurbs lag voll daneben. Er ist einem falschen Zeugen auf den Leim gegangen. Sein Sender hat ihn rausgeworfen.«

»Sieh an!« Amadeus Vieps Stimme triumphierte. Es war die Schadenfreude eines Menschen, der niemals selbst etwas riskieren würde und deshalb auch nicht scheitern kann.

»In dem Werk 0994 P löst die Stimmung der drei blauen Formen und der Bucht-ähnlich gestalteten Zwischenräume ganz neue Assoziationen aus. Die absichtsvolle Schlichtheit des Werkes fasziniert wegen seiner ungekünstelten Ausführung und seines kühlen unwirklichen Fjordlichtes der sich überlagernden monumentalen Reflexion. Ein prägnantes Beispiel abstrakter Malerei in ihrer körperlichsten, direktesten und suggestivsten Form.«

Luise Lasotta nippte an ihrem Sekt. Der Silberpudel zu ihren Füßen glaubte die Schau beendet und begann, aufgeregt mit dem Schwanz zu wedeln. »Platz, Männlein!« hallte es durch den Raum. Luise Lasotta hatte im Bedarfsfall eine schrille Stimme. Männlein spurte und hockte sich wieder nieder.

»David Ortman ist auf dem Gipfel seiner Kraft. Er fährt fort, seine eigene Toleranz gegenüber dem zu überprüfen, was als Kunst gilt. Ich wünsche ihm auf diesem langen, schmerzvollen Weg viel Glück.«

Zögernder Applaus schwoll zu einem Tornado an, als der Künstler hinter einer Stellwand auftauchte und in die Mitte des Raumes trat. Der Maler war mit einem leichten Mantel bekleidet, der über den Boden schleifte. Er umarmte Luise Lasotta und drückte ihr einen Kuß auf die Wange. Männlein zerrte an des Künstlers weiter Hose und knurrte wie ein Wolf. Der Maler versetzte dem

Tierchen einen unschönen Tritt, Männlein jaulte. Luise Lasotta tat so, als habe sie die spontane Tierquälerei nicht mitbekommen, doch ihre Blicke schleuderten Giftpfeile auf den Schöpfer der »blauen Vertikalen«.

Ich wartete ab, bis die Witwe mit ihrer Albinoratte im Arm ein wenig abseits stand, und pirschte mich heran.

»Ja, wie heißt du denn, du süßes Tierchen?« flötete ich. Dabei zupfte ich Männlein liebevoll an den Öhrchen. Wie gut, daß mich meine Katzen nicht sehen konnten.

»Er heißt Leopold von Hohenschwanstein«, gab die stolze Hundemutter bekannt, »ich nenne ihn aber Poldi oder Männlein. Haben Sie auch einen Hund?«

»Ich hatte mal einen«, log ich, ohne rot zu werden. Der Weg in die Herzen vieler Menschen führt über ihre Haustiere, das war eine alte Regel.

»Ihre Rede hat mir gut gefallen«, sülzte ich, »wie Sie die Figur-Raum-Beziehung in die geistigen Zwischenräume verlagert haben, muß Ihnen erst mal jemand nachmachen. Kennen Sie den Künstler schon länger?«

Die Witwe nickte. »Ich begleite Ortmans Schaffen schon ein paar Jahre. Gefallen Ihnen die Bilder?«

»Aber natürlich. Sonst wäre ich ja nicht hier.« Ich kraulte dem Pudel die Schlabberohren.

»Ich habe vom Schicksal Ihres Mannes gehört«, klopfte ich auf den Busch, »hat die Polizei seinen Mörder noch immer nicht gefunden?«

Luise Lasotta wollte gerade antworten, als Amadeus Viep dazwischenkam.

»Ach hier bist du«, meinte er, »habt ihr euch schon bekannt gemacht? Liebe Luise, das ist meine Kollegin Maria Grappa. Sie hat den Anruf des Mörders deines Mannes bekommen und so seine Leiche im Wald gefunden.«

Luise Lasottas Miene gefror. »Ich möchte heute abend nicht an diese Sache erinnert werden. Und auch nicht darüber sprechen.«

Ich warf Amadeus Viep einen wütenden Blick zu. Wenn er sich nur nicht eingemischt hätte!

Die Witwe wandte sich ab.

»Herzlichen Dank!« zischte ich Viep zu. »Ich liebe Kollegen, die meine Recherchen killen.«

»Tut mir leid«, kam es zerknirscht. »Ich hatte gedacht, ich könnte dir helfen.«

»Woher kennst du die Frau überhaupt?«

»Sie ist meine Schwägerin. Die Schwester meiner Frau.«

»Das darf doch nicht wahr sein!« rief ich aus. »Dann ist der Tote ja dein Schwager. Warum hast du das nie erwähnt?«

»Es hat mich niemand danach gefragt«, antwortete er reserviert.

»Ach, nee! Ich telefoniere mir die Finger wund, um Kontakt zu der Lasotta zu kriegen, und du bist mit ihr verwandt. Ich kann es immer noch nicht fassen.«

»Glaubst du, es ist schön zu erfahren, daß Hermann nicht nur tot ist, sondern auch noch in dunkle Geschäfte verwickelt war? Ich habe schließlich einen Ruf zu verlieren.«

»Dein verdammtes Rückgrat ist ein ausgeleiertes Gummiband«, schnaufte ich. »Was hat sie dir erzählt über seine Geschäfte?«

»Nichts.« Die Worte bröckelten aus ihm heraus.

»Wahrscheinlich, weil du sie nicht gefragt hast!« Ich war wütend und ließ ihn stehen.

Zwecks Abkühlung plazierte ich mich neben einer unförmigen Plastik, die neben dem Ausgang auf einen Sokkel montiert worden war, und griff nach einem Glas Sekt.

Ob El Lobo heute abend auch hier war? Ich ließ meinen Blick über die anwesenden Männer schweifen. Jeder von ihnen könnte es sein, dachte ich. El Lobo war ein Verwandlungskünstler, weder alt noch jung, blond oder dunkelhaarig.

Ich bemerkte plötzlich, daß mich ein Mann fixierte. Er stand vor der Sektbar, war groß, ziemlich schwer und wußte nicht, wohin mit seinen Händen. Zuerst strich er sich das Hemd glatt, dann holte er ein Taschentuch aus der Hosentasche und knüllte es in der Hand zusammen. Er schien allein gekommen zu sein, genau wie ich. Mein eindringliches Anstarren hatte ihn wohl ermutigt.

»Guten Abend«, sagte er, als er vor mir stand, »Sie scheinen sich genauso zu langweilen wie ich. Darf ich Ihnen Gesellschaft bei dieser Langeweile leisten?«

Seine Stimme war eher heiser. Keine Spur von kühler Sanftheit. Nein, dachte ich, das wäre auch zu einfach gewesen. Wölfe, die gejagt werden, lustwandeln nicht auf Kunstausstellungen. Oder doch? Ich sah meinem Gegenüber in die Augen. Er blickte weg. Endgültig nein.

Zum Glück entdeckte ich einen Bekannten. Ich stürzte auf ihn zu. »Hallo, Reinhard«, flötete ich, »rauchst du immer noch diesen billigen Tabak?«

Reinhard war ein Krimischriftsteller aus Bierstadts Nachbargemeinde, der hauptberuflich als Lehrer arbeitete.

»Hallo, Grappa«, rief er und blies mir die Emissionen seines selbstgedrehten Brennstabes ins Gesicht. »Lange nicht gesehen. Hast du mein neuestes Buch gelesen?«

»Klar. Wirklich gut. Irgendwann fange ich auch noch mal mit dem Schreiben von Krimis an.«

»Stell dir das nicht so einfach vor«, ermutigte er mich. »Das ist harte Arbeit.«

»Ich weiß, daß Lehrer mit ihren freien Nachmittagen und fünfmal Ferien im Jahr völlig überlastet sind. Die viele Arbeit scheint dir aber gut zu bekommen. Du siehst frisch aus!«

Hinter dem Autor tauchte ein junges Mädchen auf, das sich an ihn kuschelte. Die Maus war höchstens achtzehn.

»Hallo, Kleine«, sagte ich, »ich bin die liebe Tante Grappa. Und wie heißt du?«

Reinhard grinste. »Das ist Mara-Vanessa. Sie schreibt Gedichte, und zwar sehr schöne. Ich betreue sie. Nicht wahr, Liebes?«

Mara-Vanessa deutete ein Nicken an, wurde ein bißchen rot und griff scheu nach seiner Hand. Seit Reinhard die Mitte Fünfzig ansteuerte, wurden seine Freundinnen immer jünger und sein Outfit immer schriller. Heute hatte der Oldie seinen Körper in schwarzes Leder gezwängt.

»Komm, Hardy«, quengelte Mara-Vanessa plötzlich, »wir müssen los! Auf Eins-Live fängt gleich ‚Domian' an.«

»Dann viel Spaß, ihr beiden Turteltäubchen«, wünschte ich gönnerhaft, »überanstrenge dich nicht ... Hardy!«

Reinhards Rache war eine Qualmwolke in meine Richtung. Ich stellte das leere Sektglas auf die Skulptur 0992 TRX des Künstlers und machte mich davon. Die schrägen Töne des Saxophonspielers wurden immer erträglicher, je weiter ich mich von der Galerie entfernte.

Auf dem Parkplatz öffnete ich die Fahrertür meines Wagens. Dabei fiel mir der Ausstellungskatalog aus der Hand. Ich bückte mich danach. Plötzlich spürte ich einen dumpfen Schlag am Hinterkopf. Mir war noch, als hörte ich mich schreien.

Zwei Ohren und viele gelbe Rosen

Als ich aufwachte, saß Dr. Egbert von Liliencron an meinem Lager. »Sie schon wieder!« knurrte ich benommen.

Er gurrte: »Na, na, Frau Grappa!«

Ein Mann in einem weißen Kittel meinte erfreut: »Sie spricht, und sie scheint Sie erkannt zu haben.«

»Schaffen Sie den Kerl aus meinem Zimmer«, krächzte ich. Mir war hundeelend, der Schädel brummte, und die Augen brannten. Ich tastete mit den Fingern meinen Kopf ab, er schien in ein turbanähnliches Textil gewickelt zu sein.

Der weiße Mann zupfte Liliencron am Ärmel. »Kommen Sie!« Sein Ton ließ keinen Widerspruch zu. Der BKA-Mann trollte sich.

»Was ist passiert?« wollte ich von dem Arzt wissen.

»Jemand hat auf Sie geschossen. Keine Angst, es war nur ein Streifschuß. Sie haben eine Fleischwunde und eine schwere Gehirnerschütterung.«

»Wer war es?«

»Der Täter konnte fliehen. Aber die Polizei hat die Kugel gefunden.«

»Ich habe mich nach einem Katalog gebückt ... mehr weiß ich nicht.«

»Das hat Ihnen das Leben gerettet«, teilte der Arzt mit, »sonst wäre die Kugel in Ihre Schläfe eingedrungen.«

»Wie lange liege ich schon hier?«

»Drei Tage.«

»Wann kann ich hier raus?«

Der Arzt lachte. »Sie haben Nerven! Daran ist noch nicht zu denken. Sie scheinen da in eine gefährliche Sache reingeraten zu sein. Draußen stehen zwei Polizisten vor der Tür und bewachen Ihr Zimmer.«

»Warum?« Ich begriff nicht gleich.

»Falls der Täter es noch mal versucht. Herr von Liliencron hat es angeordnet. Sie scheinen in schlimme Dinge verwickelt zu sein, junge Frau.«

Ich nickte. »Deshalb brauche ich auch dringend ein Telefon. Könnten Sie das veranlassen?«

»Kein Problem. Gleich kommt eine Schwester und stöpselt es ein. Sonst noch Wünsche?«

»Champagner, Hummer und Mousse au chocolat.« Ich versuchte den Kopf zu drehen. Mein Gehirn taumelte gegen die Schädelwand. Übelkeit kam in mir hoch. Ich legte die Hände auf den Turban.

Da fiel mir etwas ein. »Habe ich außer der Kopfwunde noch andere Verletzungen?«

Der Arzt beruhigte mich. Ich tastete zaghaft mit beiden Händen unter den Verband. Tatsächlich, meine beiden Ohren waren noch dran.

Zwanzig Minuten später saß ich einigermaßen aufrecht in meinem Bett, hatte mein Telefonverzeichnis auf den Knien liegen und ein Telefon an meiner Seite. Liliencron war zum Glück nicht wieder aufgetaucht. Ein Big Mäc hat mehr Persönlichkeit als der, dachte ich. Ich drückte die Tasten und hatte Hauptkommissar Brinkhoff am Rohr.

»Wie geht es Ihnen, Frau Grappa?« fragte er zuerst.

»Wie es jemandem geht, der Gevatter Tod gerade noch mal von der Schippe gehüpft ist«, meinte ich mit Dramatik in der Stimme. »Wer hat auf mich geschossen?«

»Darüber gibt es unterschiedliche Vermutungen«, berichtete der Kripomann, »Liliencron will die Sache El Lobo in die Schuhe schieben.«

»Und Sie? Was denken Sie?«

»Daß es nicht El Lobo war. Er hätte getroffen, und wir könnten uns jetzt nicht mehr unterhalten. Sie müssen jemand anderem auf die Füße getreten sein.«

»Ich glaube auch nicht, daß es der Wolf war. Er tötet keine Frauen. Das hat er mir gesagt, und ich glaube ihm. Leider habe ich nicht die geringste Idee, wer sonst dahinter stecken könnte.«

»Wir ermitteln weiter«, versprach Brinkhoff, »was gibt es sonst noch Neues? Hat sich der Wolf bei Ihnen noch mal gemeldet?«

»Nein. Und wenn, dann wüßte die Kripo es. Schließlich wird mein Telefon abgehört. Aber warum interessiert Sie das? Ich dachte, Sie sind raus aus der Sache.«

»Nicht ganz«, widersprach der Hauptkommissar, »ich führe die Ermittlungen gegen die Fernsehproduktionsgesellschaft *Tele Modern Life* wegen übler Nachrede, Beleidigung, Rufschädigung und so weiter und so fort. Leider ist dieser Reporter nicht auffindbar. Willibald Wurbs. Könnten Sie mir da einen Tip geben?«

»Haben Sie's bei ihm zu Hause versucht?«

»Die Polizei ist nicht ganz so dumm, wie Sie glauben. Es geht keiner an die Tür. Wenn er sich bei Ihnen meldet, lassen Sie es mich wissen.«

»Mal sehen.«

Nach dem Gespräch kam ich ins Grübeln. Willi war also getürmt, ohne sich von mir zu verabschieden. Wie hätte er mir auch tschüs sagen können? Ich lag seit ein paar Tagen in der Klinik, von der Außenwelt abgeschirmt. Es wurde Zeit, mich wieder einzumischen.

Langsam quälte ich mich aus meinem Bett, um in den Waschraum zu gehen. Laufen konnte ich leidlich, nur mit dem Gleichgewichtsempfinden haperte es noch etwas. Ich tastete mich am Bettrahmen entlang, schaffte den Meter bis zur Wand ohne Probleme und war schon an der Badezimmertür.

Als ich sie öffnete, zeigte mir der Wandspiegel das Gesicht einer geschundenen Kreatur. Meine Augen waren glanzlos und klein, die Tränensäcke blutunterlaufen, die Lippen blaulila. Jede Farbe war aus meinem Teint gewichen, er war noch weißer als der riesige Verband, den ich um den Kopf gewickelt trug. Einige Sekunden lang starrte ich mir selbst in die Augen. Dann griffen meine Hände nach oben, und ich begann, den Verband vorsichtig vom Kopf zu wickeln. Schließlich lag er im Waschbekken.

Mit einem Handspiegel schaute ich mir die Wunde an. Die Ärzte hatten rund um die Verletzung meine roten Haare abrasiert. Ich trug eine Tonsur an der falschen Stelle, und das, obwohl ich bereits seit 20 Jahren aus der Kirche ausgetreten war!

Tränen füllten meine Augen. Es würde Jahre dauern, bis die Haare wieder so waren wie vorher. Völlig gebrochen steuerte ich mein Bett an. Der Tag war für mich gelaufen.

Ich lag kaum, als eine Häubchenträgerin ins Zimmer stürmte. »Wo ist der Verband?« fragte sie streng.

Ich deutete mit dem Kinn aufs Badezimmer. Wenige Minuten später hatte ich einen neuen Turban auf meinem malträtierten Haupt.

Die Krankenschwester ging, drehte sich in der Tür aber noch einmal um, wie es amerikanische Schauspieler in Kriminalfilmen tun.

»Da sind Blumen für Sie abgegeben worden«, sagte sie, »ein Riesenstrauß.«

Sie wartete meine Reaktion nicht ab und kam wenige Sekunden später mit einem Bukett gelber Rosen zurück, die bereits im Wasser standen. Als ich allein war, suchte ich zwischen den Pflanzen nach einer Karte. Nichts. Auch egal, dachte ich. Ich wollte nur noch schlafen.

Als ich halb eingenickt war, bimmelte das Telefon.

»Hallo, Frau Grappa«, sagte die kühle, sanfte Stimme des Killers, »ich wünsche Ihnen gute Besserung. Ich hoffe, die gelben Rosen sagen Ihnen zu.«

Neuer Haarschnitt und alte Torte

Nach meiner Entlassung aus dem Krankenhaus ging ich zuerst zum Friseur, ließ mein Haar superkurz schneiden und mit feuerrot färbendem Henna behandeln. Es sah noch nicht einmal übel aus. Mir ging es wieder gut, ich strotzte vor Tatendrang.

Ich war zwar noch krank geschrieben – aber das war gut so. Als erstes würde ich Willi Wurbs suchen, der noch immer irgendwo untergekrochen sein mußte. Sein Sender hatte freiwillig einen Widerruf gebracht, *Hilfe ohne Grenzen* hatte daraufhin auf eine Schadenersatzklage verzichtet. Willi war also noch halbwegs ungeschoren davongekommen und hatte keinen Grund mehr, in seinem Versteck zu bleiben.

Ich hatte direkt vor dem Friseursalon einen Parkplatz gefunden. Den Schlüssel schon in der Hand wurde ich von Dr. Egbert von Liliencron angesprochen.

»Ich muß dringend mit Ihnen reden!« bat er.

»Ich aber mit Ihnen nicht«, schnippte ich zurück. »Oder ist das eine polizeiliche Vernehmung?«

»Nein«, räumte er ein. Es klang kleinlaut und gar nicht mehr so naßforsch wie bei unserem letzten Kontakt. Der BKA-Ermittler trug eine zerknitterte Jacke, hatte einen Dreitagebart und einen übernächtigten Blick.

»Gehen wir in das Café da drüben«, schlug ich vor, »da gibt's eine hinreißende Schokolade mit Sahne.«

Liliencron trottete hinter mir her. Entweder zog er die Schau vom »verzweifelten Polizisten« ab, oder es ging ihm wirklich schlecht.

»Ein Stück Sachertorte«, bestellte ich am Kuchenbüffet. Liliencron zuckte zusammen. Also weiß er was, dachte ich, jetzt muß ich aufpassen. Die Bedienung gab mir den Kuchenteller gleich mit. Wir fanden einen Tisch in einer Nische, genau geeignet für ein Gespräch zu zweit, das niemanden etwas anging. Fröhlich bearbeitete ich das Stück Sachertorte mit der Kuchengabel.

»Ist gut«, lobte ich mit vollem Mund, »Sie sollten den Kuchen auch mal kosten …«

Liliencron winkte die Kellnerin heran und orderte ein stilles Mineralwasser und einen Underberg. »Mein Magen«, sagte er entschuldigend.

»Also – was gibt es?« Ich wollte gleich zur Sache kommen.

»Sie sind meine einzige Chance, an El Lobo heranzukommen«, begann er. »Der Gesuchte hält Kontakt zu Ihnen, schickt Ihnen sogar Blumen ans Krankenbett.«

»Gute Arbeit«, lobte ich. »Haben Sie rausgekriegt, wo er die Rosen bestellt hat?«

»Natürlich. In dem Blumenladen unten im Krankenhaus. Er war höchstpersönlich da. Hat bar bezahlt und den Service gebeten, Ihnen die Blumen zukommen zu lassen. Und das alles unter den Augen der Polizei.« Liliencron seufzte und kippte den Underberg hinunter.

»Wie sah er aus?«

»Groß, kräftig gebaut, zwischen 30 und 50, dunkle oder blonde Haare, den Hut tief in die Stirn gezogen, Sonnenbrille. Die beiden Frauen im Blumenladen hatten unterschiedliche Erinnerungen an ihn. Solche Beschreibungen von El Lobo häufen sich in der Akte. Übereinstimmend ist nur, daß er groß und kräftig ist. Das reicht noch nicht einmal für ein Fahndungsbild.«

»Und wie könnte ich Ihnen helfen?«

Liliencron unterdrückte ein Rülpsen. »Sie müssen ihn überreden, sich mit Ihnen zu treffen.«

Ich lachte. »Sie glauben doch wohl selbst nicht, daß er das tun wird.«

»Oder finden Sie heraus, wo er sich aufhält. Was er als nächstes tun wird ... irgend etwas, das mir hilft, diesen gefährlichen Verbrecher aus dem Verkehr zu ziehen. Ich jage ihn seit fünf Jahren, ohne den geringsten Erfolg.«

»Ich kann Ihnen nicht helfen«, stellte ich fest, »der Mann treibt ein Spiel mit mir, in dem er allein die Regeln bestimmt. Sie glauben doch sogar, daß er auf mich geschossen hat. Was, denken Sie, wird er tun, wenn ich versuche, ihn reinzulegen?«

»Wir geben Ihnen Polizeischutz«, versprach Liliencron. Er schien selbst nicht von der Schlagkraft seiner Offerte überzeugt zu sein.

»Das habe ich schon mal abgelehnt«, sagte ich. »Und dabei bleibt es auch.«

Ich stocherte lustlos in der Torte herum. Sie schmeckte mir plötzlich nicht mehr.

»Was war in Toledo?« fragte der BKA-Mann unvermittelt.

»Ich habe dort Urlaub gemacht, aber das wissen Sie ja schon. Toledo ist eine weltberühmte Stadt. Jedes Jahr fahren Hunderttausende von Touristen dorthin.«

»Sie waren aber zum selben Zeitpunkt da wie El Lobo!«

»Na und? Vergessen Sie's! Das war reiner Zufall. Nein, ich kann Ihnen wirklich nicht helfen.«

Ich muß wieder an den Beginn der Story zurück, schoß es mir durch den Kopf, dort finde ich den Anfang des Fadens.

Ich winkte der Kellnerin, um zu bezahlen. Mein Entschluß stand fest.

Als die Bedienung kam, beglich Liliencron die gesamte Rechnung. Er gab sogar Trinkgeld. Ein echter Kavalier.

Hermanns letztes Großprojekt

Die Gegend um Luise Lasottas Bungalow war sicher, sauber und solide. Hier gab es keine Graffiti, keinen Hundekot auf dem Trottoir oder bettelnde Drogenabhängige. Das Haus selbst war unschuldig weiß getüncht, der Garten mit dem Zirkel eingerichtet, der Rasen mit der Nagelschere geschnitten und mit der Zahnbürste gekämmt. Alles war arbeitsam, proper und gottesfürchtig.

Amadeus Viep hatte mir den Termin bei seiner Schwägerin besorgt. Ich drückte den Klingelknopf, die Witwe öffnete und bat mich ins Wohnzimmer. Die Einrichtung war zugleich großbürgerlich als auch kleinfamilientauglich.

»Ich freue mich, daß Sie Zeit für mich haben«, begann ich den Smalltalk, »und ich weiß auch, daß es Ihnen nicht leichtgefallen ist.«

Die Witwe steuerte einen niedrigen Kirschholztisch an und deutete auf einen Biedermeiersessel. »Nehmen Sie bitte Platz«, bat sie, »ich hoffe, Sie mögen Earl-Grey-Tee.«

Mit fingerlackierten Händen goß sie ein. Luise Lasotta wirkte heute nicht so grell wie bei der Ausstellungseröffnung. Sie trug kaum Schmuck, flache Schuhe und ein schlichtes Kostüm. Die blonden Haare wellten sich bis zu den Schultern.

»Wo ist Poldi?«

»Ein Nachbarskind geht mit ihm Gassi«, antwortete sie, »so sind wir ungestört. Was wollen Sie wissen?« Sie lehnte sich in ihrem Sessel zurück und fixierte mich.

»Sie sind gemeinsam mit Ihrem Mann Gesellschafterin bei *Hilfe ohne Grenzen*«, begann ich, »wissen Sie über die Firma Bescheid?«

»Nein. Mein Mann hatte das übernommen. Erst jetzt habe ich Gelegenheit, mich darum zu kümmern.«

»Und? Wie ist die finanzielle Situation des Unternehmens?«

»Bestens. Hermann hat es verstanden, die mildtätige Seite in den Menschen anzusprechen. Schade, daß er sein ehrgeizigstes Projekt nicht mehr vollenden kann.«

Ich war ganz Ohr. »Welches Projekt?«

»Den größten Hilfstransport, der jemals über die Straßen Europas gerollt ist«, sagte sie stolz, »fast 500 Lkw mit Hilfsgütern.«

»Und wo sollen die hingehen?«

»Das steht noch nicht fest.«

»Wie bitte? Sie haben noch kein Ziel vor Augen?«

»Nein.« Sie hob ihre Teetasse und ließ den Blick durchs Zimmer schweifen. »Es gibt soviel Elend auf dieser Welt. Und so viele Menschen, die dringend unsere Hilfe brauchen. Hermann hat sein Leben für die Linderung der Not anderer Menschen gegeben. Ich werde sein letztes Projekt fortführen.«

»Allein – oder hilft Ihnen jemand dabei?«

Luise Lasotta lachte. »Mein Schwager Amadeus hat mir seine Hand gereicht. Außerdem – die *HoG* hat rund 50 Mitarbeiter. Hochqualifiziertes Personal.«

Ich schlürfte den Tee. Amadeus saß also neuerdings mit im Boot. »Wer könnte Ihren Mann umgebracht haben?« fragte ich.

»Das wissen Sie doch genau, Frau Grappa!« Empörung bestimmte ihre Tonlage. »Der Killer, der Sie immer anruft. Das hat ja groß genug in der Zeitung gestanden.«

»Das meine ich nicht. In wessen Auftrag könnte der Mann gehandelt haben?«

»Neider gibt es überall. Mir ist nur aufgefallen, daß Hermann in den letzten Wochen vor seinem Tod völlig überarbeitet war. Er sagte mir, daß das nächste Projekt sein größtes und letztes werden sollte. Danach wollte er sich zur Ruhe setzen. Im Ausland.«

»Wo im Ausland?«

»Spanien. Irgendein Ort, an dem die Sonne scheint.«

»Sagt Ihnen der Name *Puerta del Sol* etwas?«

»Nein. Sollte er?«

»Eigentlich schon«, antwortete ich, »das ist der Name einer Firma, die an der *HoG* beteiligt ist.«

»Dann müßte ich sie eigentlich kennen«, gab sie zu, »aber ich habe ja erst angefangen, mich in die Geschäftsunterlagen einzuarbeiten.« Frau Lasotta stand auf. Ich nahm das als Zeichen für meinen Rückzug.

»Darf ich Ihre Informationen für einen Zeitungsartikel verwenden?« fragte ich.

»Aber selbstverständlich, Frau Grappa«, lächelte sie, »ich habe nichts zu verbergen. Auf Wiedersehen!«

Als ich durch den Garten schlenderte, peilte Leopold von Hohenschwanstein das Haus an. Wenigstens der Hund war mir erspart geblieben.

Lasotta-Witwe: Hermann wollte weg, lautete die Schlagzeile am nächsten Tag im *Bierstädter Tageblatt.* Ich hatte meinen Krankenschein unterbrochen und in die Tasten gehauen. Zugegeben, ich hatte die Infos der Witwe ein bißchen aufgebauscht, doch der Text des Artikels hielt sich eng an die Wahrheit: *Der vom Killer El Lobo getötete Hermann Lasotta, Direktor der Wohlfahrtsorganisation ‚Hilfe ohne Grenzen', konnte sein ehrgeizigstes Projekt nicht mehr verwirklichen: Den größten Hilfskonvoi, den Europa jemals gesehen hat. 500 Lkw vollgepackt mit Spenden sollten noch vor dem Herbst auf die Reise gehen. Wohin? Darüber hüllt sich Luise Lasotta, die die Geschäfte ihres verstorbenen Mannes übernommen hat, in Schweigen: »Es gibt so viele arme Menschen, die unsere Hilfe brauchen.«*

Auf Anfrage des ‚Bierstädter Tageblattes' räumt die Witwe ein, daß ihr Mann durch das Superprojekt sehr belastet war. »Er war völlig überarbeitet und am Ende seiner Kraft. Noch dieses Projekt, so sagte er, dann setzen wir uns in Spanien zur Ruhe.« Nach Informationen unserer Zeitung hatte sich Lasotta die Gegend um die spanische Stadt Toledo als Altersdomizil ausgesucht. Es ist tragisch, daß sich der letzte Wunsch dieses großen Mannes nicht mehr erfüllen wird.

Ein Mann für alle Fälle

»Ich möchte eine Anzeige aufgeben«, teilte ich der Frau in der Geschäftsstelle des *Bierstädter Tageblattes* mit. Sie feilte sich zwar gerade die Nägel, hatte aber doch noch Zeit, ihren Kopf zu heben. »Welche Sparte?« fragte sie.

»Ich suche einen Mann«, erklärte ich.

»Also Heirat oder nur Bekanntschaft?« Sie legte die Nagelfeile aus der Hand und näherte sich dem Tresen, der uns beide trennte.

Der Mann, der hinter mir stand, begann zu kichern. Ich funkelte ihn wütend an.

»Heirat oder Bekanntschaft?« wiederholte die Angestellte.

»Eher Dienstleistung.«

»Berufe? Stellengesuche?«

»Vielleicht. Hier habe ich den Text aufgeschrieben!« Ich reichte ihr einen Zettel. Der Mann, der noch immer hinter mir stand, versuchte über meine Schulter hinweg einen Blick auf das Papier zu werfen.

Gemächlich studierte die Frau den Zettel. Ich sah ihr an, daß sie ins Grübeln kam. »Verschiedenes!« stellte sie dann fest.

»Wie bitte?« Ich war irritiert.

»Das läuft unter ‚Verschiedenes'. Einspaltig? Fett? Kursiv? Im Kasten?«

Sie war eine Meisterin der kurzen Ansprache. Als ich nicht sofort antwortete, holte die Angestellte eine Vorlage unter dem Tresen hervor und legte sie mir seufzend vor.

Mit einem bereits perfekt gefeilten Zeigefingernagel deutete sie auf ein quadratisches Kästchen. »Nehmen Sie das«, schlug sie vor, »im Kasten ist es auffälliger.«

Sie nannte den Preis, ich stimmte zu. Der Rest des Deals ging zügig über die Bühne, ich bezahlte an der Kasse und verließ die Anzeigenannahme. Der Mann, der in meinem Rücken gewartet hatte, lungerte vor dem Schaufenster herum und tat so, als würde er die dort ausgehängte Zeitungsausgabe lesen. Ich stellte mich neben ihn. Jetzt oder nie, dachte ich. Wenn er der Wolf ist, werde ich es bestimmt merken.

»Warten Sie auf mich?« sprach ich ihn an.

»Suchen Sie einen Mann?« Sein Blick war neugierig

»Was können Sie denn?«

»Was sollte ich denn können?« Im Mundwinkel des Burschen sammelte sich Speichel.

»Meinen Flur putzen. Unkraut jäten.«

Sein Interesse erstarb. »Ich dachte, Sie ...«

»Männer sollten nicht denken«, riet ich ihm, »das liegt ihnen nicht besonders.«

Ich wandte mich ab. Die Fußgängerzone, Bierstadts »Goldene Meile«, begann sich mit Menschen zu füllen. Es war kurz nach 9 Uhr. Ich war früh aufgestanden, weil ich vor meiner Spanienreise noch allerhand zu besorgen hatte. In fünf Tagen wollte ich los, nachdem die Anzeige in der Zeitung erschienen war. Peter Jansen hatte die Dienstreise genehmigt und mir den Tip mit dem Leibwächter gegeben.

Mein Magen knurrte. Ich hatte noch nicht gefrühstückt. Ein Stehcafé bot zwei belegte Brötchenhälften und ein Kännchen Kaffee zu einem akzeptablen Preis an. Ich bestellte zwei Vierkornbrötchen mit Käse. Der heiße Kaffee belebte mein Gehirn. Wer würde sich auf die Anzeige melden? Vermutlich jede Menge gescheiterter Existenzen, die sich auf meine Kosten einen Spaß machen wollten.

Ich kramte die Vorlage aus der Jackentasche und las: *Journalistin mit gefährl. Auftrag su. männl. Schutz für Auslandsreise. Taschengeld, Spesen und Kosten vor Ort werd.*

übern. Fremdsprachenkenntn. Bedingung, Waffenschein erforderl. Keine sex. Interessen. Angebote unter Tel.

Daß die Reise nach Spanien gehen sollte, hatte ich verschwiegen. Falls BKA-Ermittler Liliencron die Anzeige lesen würde, könnte ich ihm erzählen, ich wolle in die Schweiz, um Geld von meinem Nummernkonto abzuheben. Natürlich wäre eine Chiffreanzeige besser gewesen, doch soviel Zeit hatte ich nicht.

Ich knusperte die Brötchen auf, fegte die Krümel von meiner Jacke und startete in Richtung Kaufhaus. In Spanien herrschte bestimmt eine sommerliche Hitzewelle, es war inzwischen Juli, und ich hatte mal wieder nichts anzuziehen. Ich kaufte zwei bequeme Hosen, ein paar Schuhe, in denen ich schnell weglaufen, einen Herrenstrohhut, den ich tief ins Gesicht ziehen konnte, und Waschmittel in der Tube. Neben dem Kaufhaus war ein Kofferladen, der geräumige Rucksäcke im Angebot hatte. Genau das Richtige, falls ich mitsamt meinem Gepäck flüchten mußte.

Ich nahm dann doch einen Koffer. Schließlich würde ich das Teil nicht selbst schleppen müssen – mit einem starken Bodyguard im Schlepptau.

Als ich die neu erstandenen Teile in meinem Auto verstaute, kam ich mir ziemlich lächerlich vor. Ich benahm mich, als sei ich Bestandteil eines schlechten Agentenfilms. Was soll's, dachte ich, außergewöhnliche Situationen erfordern unkonventionelle Aktionen.

Ein süßer Zahn

Willi Wurbs bewohnte ein kleines Junggesellenappartement in der Bierstädter City. Das Haus war zweckmäßig gebaut worden und für Mieter gedacht, die hier nicht lebten, sondern nur ihre Nächte verbrachten. Menschen, die in Bierstadt arbeiteten, aber ihre Heimat woanders hatten.

Hauptkommissar Brinkhoff hatte seinen Wagen bedächtig und unter akribischer Beachtung der Straßenverkehrsregeln in die Sackgasse gelenkt. Ich hatte ihn überredet, mit mir zu Willis Wohnung zu fahren. Wurbs' Behausung war mir zwar fremd, aber ich wußte, daß es einen Fernseher namens Sony und eine Katze namens Susi gab und daß seine Einrichtung aus alten Möbeln und einem großen Radio bestand, in dem der Polizeifunk einbetoniert war.

Mein Herz klopfte, als Brinkhoff die Hausmeisterin aus der Parterrewohnung bat, die Wohnung des Herrn Wurbs aufzuschließen. Sie wurde erst dann freundlich, als der Hauptkommissar seine Dienstmarke zückte.

»Wir sollten zuerst mal schellen«, schlug ich vor, als wir zu dritt vor der weiß gestrichenen Wohnungstür standen, »vielleicht ist er ja zu Hause und unsere Sorgen waren unnötig.«

Doch nichts rührte sich. Brinkhoff gab der Hausmeisterin ein stummes Zeichen, indem er mit seinem kräftigen Kinn auf das Schloß deutete.

Die Tür öffnete sich, eine verstörte, halbverhungerte Katze miaute kläglich und lief vor uns her. Ich blieb hinter Brinkhoff, in meinem Hals saß ein Knoten, der mir die Luft abdrückte.

»Hier ist er«, sagte Brinkhoff lapidar. Willi Wurbs lag zusammengekrümmt auf einem Sofa. Die Katze miaute wieder und strich um meine Beine. Ich hob sie hoch und sprach leise auf sie ein. Sie begann zu schnurren.

Der Kommissar sah sich den Körper auf dem Sofa näher an. »Er ist mindestens seit drei oder vier Tagen tot«, stellte Brinkhoff fest. »Nichts mehr zu machen. Ich werde die Kollegen rufen.«

Mit einem Taschentuch nahm er den Telefonhörer auf und wählte. Ich hörte nicht zu. Reue überkam mich. Ich war schuld an Willis Tod, denn ich hatte ihn in die Sache hineingezogen. Ein trockenes Schluchzen entrann meiner Kehle. »Ich bin schuld«, schniefte ich. »Hätte ich ihn nicht überredet, mit mir in den Wald zu gehen ...«

Brinkhoff öffnete das Fenster. »Die Kollegen werden gleich hier sein. Merkwürdig, die Leiche hat sich gut gehalten. Na ja, in diesen modernen Wohnungen ist die Raumluft ziemlich trocken. Das konserviert.«

»Was könnte passiert sein?« Meine Frage hörte sich kläglich an.

»Ich tippe auf Vergiftung«, meinte Brinkhoff und blies den Rauch seiner Zigarette aus. »Die verkrampfte Haltung, die entstellten Gesichtszüge – alles spricht dafür. Die Gerichtsmediziner werden es schon herauskriegen. Wollen Sie vielleicht gehen? Immerhin war er Ihr Freund.«

»Eher ein Kollege«, murmelte ich, »aber ich mochte ihn. Er war verdorben durch diesen Journalistenjob, doch er hatte einen guten Kern. Verdammt noch mal!«

»Ich schau mich mal um«, sagte Brinkhoff, dem meine Gemütsaufwallung peinlich schien, »da drüben ist die Küche. Kommen Sie mit? Aber nichts berühren, bitte!«

Brinkhoff ging voran. In der Küche gab es einen billigen Campingtisch und zwei Stühle, einen Küchenblock mit Arbeitsplatte, einen kleinen Kühlschrank, einen Zwei-Platten-Kocher und eine Kaffeemaschine. Eine Anzahl leerer Bierflaschen stand aufgereiht nebeneinander auf der Fensterbank, gleich neben vier Katzenfutterkonserven. Zwischen Futter und Bier war eine immergrüne Topfpflanze an Wassermangel dahingestorben.

»Das darf doch nicht wahr sein!« Ich hatte etwas auf dem Küchentisch entdeckt, das mich fast umhaute: Eine Sachertorte, aus deren Rund zwei oder drei Stücke herausgeschnitten waren, thronte auf der Tischplatte. Schwarze Krümel und ein Brotmesser lagen daneben.

Brinkhoff schaute mich überrascht an. Bevor er Fragen stellen konnte, schellte es. Das mußten die Spurensicherer sein. Der Hauptkommissar ging zur Tür und drückte auf. Wenig später hörte ich die Fahrstuhltür schlagen. Ich stand noch immer vor der Torte und konnte meinen Blick nicht von ihr lösen. Der Mörder wollte Willis Tod mit der mysteriösen Sachertorte in Verbindung bringen. Eine zynische Volte in einem tödlichen Spiel.

Ich muß raus aus der Sache, dachte ich in aufflammender Panik, sonst liege ich demnächst auch noch so da. Noch einmal wird der Mörder nicht vorbeizielen. Ich rechnete durch. Willi war der vierte Tote – nach Carmen, Lasotta und vermutlich Carlotta Roja.

Die Beamten polterten in die Küche. Natürlich war Liliencron auch dabei. Seit unserem gemeinsamen Kaffeetrinken schien er wieder Oberwasser bekommen zu haben. Der Pferdeschwanz lag locker auf einem blütenweißen Seidenhemd, das Jackett aus feiner Wolle hatte er lässig über eine Schulter gelegt. Und er schien ausgesprochen heiterer Stimmung zu sein, denn er lächelte süffisant.

»Verehrte Frau Grappa«, säuselte er. Sein Adamsapfel begann mit seinem Tanz. »Sie sehen, was mit Leuten geschieht, die nicht mit uns zusammenarbeiten wollen. Vielleicht überlegen Sie es sich doch noch einmal …« Liliencron stockte. Er hatte die Sachertorte entdeckt.

»Ihr Kollege und Sie haben wohl dieselbe Vorliebe für Schokoladentorten.« Seine Stimme war hart, das Lächeln kam nicht bis zu den Augen.

Auch er ist ein Wolf, dachte ich, der darauf lauert, daß seine potentielle Beute ihre Schwachstelle preisgibt. Und dann beißt er zu.

Der BKA-Mann klaubte mit den Fingerspitzen ein paar Krümel vom Tisch, knetete sie und hielt sie an die Nase.

»Eine Torte mit ganz besonderem Flair«, stellte er fest, »vermutlich Gift.« Er schnupperte. »Ich tippe auf Blausäure. Riecht nach Bittermandelöl. Fällt in einem Kuchen kaum auf.«

Er winkte einem Beamten, der das Arrangement auf dem Tisch zunächst fotografierte und dann die Torte in einem Plastikbeutel verstaute. Die Spurensucher begannen die Küche zu filzen. Sie hatten sich zuvor Handschuhe angezogen.

»Kann ich der Katze etwas Futter geben?« fragte ich. Susi strich bettelnd um meine Beine.

»Nichts anfassen!« raunzte Liliencron.

»Das arme Tier hat lange nichts mehr bekommen!«

Ich schnappte eine Konserve, öffnete die Küchenschublade und fand einen Dosenöffner. Susi maunzte, als ich die Fleischbrocken auf einen Teller fallen ließ. Dann machte sie sich mit gewaltigem Hunger darüber her.

Ich sah der Katze beim Fressen zu, als ein bestialischer Gestank durch die kleine Küche zog. Aus dem grauen Abfalleimer hatte ein Beamter eine halbleere Futterdose gezogen. Der Rest des Abfalleimerinhalts wurde kopfüber auf eine Plastikplane gekippt. Ich drückte mir ein Taschentuch vor die Nase. Eine leere Zigarettenschachtel, ein paar Kippen und eine ebenfalls stinkende halbleere Dose mit den Rückständen eines Fertignudelgerichtes breiteten sich vor unseren Augen aus. Mittendrin ein beschmutzter, aufgerissener Briefumschlag und ein Blatt Papier.

»Das ist interessant«, meinte ein Beamter und hielt Liliencron das Blatt vor die Nase. Der BKA-Mann starrte das Papier an und sagte nichts. Er schaute auf, lächelte ein wenig und sagte: »Sehen Sie mal, Frau Grappa!«

Ich wollte danach greifen, doch Liliencron schnalzte abwehrend mit der Zunge. »Nicht anfassen, bitte!«

Ich trat näher und las, ohne die Worte sogleich zu verstehen: *Hallo Willi. Tut mir leid, daß du einem falschen Zeugen aufgesessen bist. Künstlerpech. Laß den Kopf nicht hängen, es wird schon wieder. Wir müssen uns unbedingt treffen. Ich hatte gestern meine Backorgie. Die Sachertorte ist für dich. Ich weiß, daß du einen süßen Zahn hast. Guten Appetit. Deine Grappa.*

Völlig verdattert brachte ich zunächst kein Wort heraus.

»Ich kann überhaupt nicht backen«, hörte ich mich flüstern.

»Also haben Sie Herrn Wurbs diese Torte nicht geschickt?«

»Dämliche Frage. Natürlich nicht. Und der Zettel ist auch nicht von mir. Persönliche Briefe pflege ich mit der Hand zu schreiben und nicht mit der Maschine.«

»Wenn wir Ihre Fingerabdrücke darauf finden, sieht es schlecht für Sie aus«, kündigte der BKA-Mann an.

»Da können Sie suchen, bis Sie schwarz werden!« Ich hatte meine Fassung wiedergewonnen. »Warum sollte ich Willi umbringen?«

Liliencron lächelte. »Das werden wir schon noch herausfinden.« Er drehte sich um und verließ die Küche.

»Warum will jemand den Eindruck erwecken, daß Sie Herrn Wurbs getötet haben?« Brinkhoff schien mich nicht für eine Mörderin zu halten.

»Ich glaube nicht, daß der Mörder es *darauf* angelegt hat«, interpretierte ich, »Willi sollte keinen Verdacht schöpfen und von der Torte essen. Und das hat er ja auch erreicht.«

Zwei Beamte hievten den grauen Metallsarg durch den engen Flur. In Fernsehkrimis hatte ich diese Szene oft für eine Phantasielosigkeit des Regisseurs gehalten. Doch sie war pure Realität.

»Was geschieht jetzt?« wandte ich mich an Liliencron. »Werden Sie mich festnehmen?«

»Nein«, antwortete Brinkhoff, »das tun wir nicht. Ist ja noch völlig ungeklärt, ob das Opfer überhaupt durch den Kuchen vergiftet worden ist. Herr von Liliencron hat lediglich Vermutungen angestellt, was die Todesursache anbetrifft. Bei der Polizei hält man sich lieber an Fakten – zumindest in Bierstadt.«

Das war deutlich. Liliencron wollte antworten, doch er kam nicht dazu.

»Diese Telefonnummer hat der Tote zuletzt angerufen«, teilte ein Beamter mit. Er reichte Liliencron einen Zettel. »Die Ziffern waren noch in der Wahlwiederholung gespeichert.«

»Kennen Sie diese Nummer?« Der BKA-Mann hielt mir den Zettel unter die Nase.

»Na klar«, sagte ich, »das ist meine. Willi wollte sich wohl für den Kuchen bedanken. Er hat mich aber nicht erreicht, weil ich nicht zu Hause war, sondern verletzt im Krankenhaus lag.«

Ich bückte mich und nahm Susi auf den Arm. »Hat jemand was dagegen, daß ich die Katze mitnehme? Ich will nicht, daß Susi im Tierheim landet.«

Als ich mit der noch immer verstörten Katze aus dem Lift stieg, der mich zu meiner Wohnung brachte, empfing mich meine Nachbarin.

»Wie süß«, meinte sie, als sie Susi erblickte, »das ist Nummer drei, oder?«

»Die Katze eines Kollegen«, erklärte ich. »Er ist gestorben.«

»Bevor ich es noch mal vergesse, Frau Grappa«, sie kraulte Susis Ohren, »vor ein paar Tagen war ein junger Mann da. Konnte Sie nicht erreichen, sagte er. Ich soll Ihnen das geben.« Sie hielt mir einen Briefumschlag hin.

Ich setzte ihr die Katze auf den Arm und riß den Umschlag auf.

Hallo Grappa, las ich, *hab Dich in der Redaktion und zu Hause nicht erreicht, deshalb schriftlich. Ich habe was rausgekriegt, da stehen Dir Deine roten Haare zu Berge. Die Story ist viel heißer, als Du denkst. Leider habe ich niemanden mehr, dem ich die Geschichte verkaufen kann. Nach der Sache mit dem falschen Zeugen bin ich eine Weile out. Also brauche ich Deine Hilfe. Laß mich wissen, ob Du Interesse hast. Dein Bluthund.*

Eigenarten eines Killers

Waschen, Bügeln, Sortieren. Ich war dabei, meine Sachen reisefertig zu machen. Morgen würde die Anzeige im *Bierstädter Tageblatt* erscheinen. Eine Schnapsidee war das. Allein würde ich es vermutlich weiter bringen als mit einem Leibwächter im Gepäck. Männer machen die Dinge meist erst richtig kompliziert. Abwarten, dachte ich, wenn nichts Vernünftiges dabei ist, kann ich noch immer allein fahren.

Ich griff zum Telefonhörer und bestellte ein Flugticket nach Madrid, inklusive der Option auf ein zweites. Den Mietwagen könne ich direkt am Flughafen übernehmen, so die Angestellte. Alles kein Problem im Zeitalter der Computer. Kaum hatte ich das Gespräch beendet, klingelte es schon wieder.

»Guten Tag, Frau Grappa«, sagte El Lobo, »tut mir leid, daß ich mich erst jetzt melde. Aber ich hatte zu tun. Wie geht es Ihnen? Ich hoffe, die Blumen haben Sie ein wenig erfreut.«

»Mein Telefon wird abgehört«, sagte ich schnell.

»Ich weiß«, meinte er, »ich habe mir die Telefonnummer Ihrer Nachbarin herausgesucht. Ich meine die Frau, die Ihre Katzen betreut, wenn Sie in Urlaub sind. Sie wissen, wen ich meine? Nennen Sie keinen Namen!«

»Ich weiß, wen Sie meinen. Rufen Sie mich dort an. In drei Minuten.«

Ich hatte gerade den Hörer aufgelegt, als es wieder klingelte. »Wer ist diese Frau? Wie heißt sie?« schnauzte mich Liliencron an.

»Sie können mich mal!« schnauzte ich retour.

Eine Minute später saß ich bei meiner Nachbarin und starrte das Telefon an. Ich hatte ihr erzählt, meine Katzen hätten die Leitung zerknabbert. Außerdem mußte ich ihr klar machen, daß sie demnächst drei Katzen in Pension bekäme. Da war der Anruf!

»Haben Sie Willi Wurbs ermordet?« war meine erste Frage.

Ein paar Sekunden Stille am anderen Ende der Leitung. Dann sagte El Lobo: »Warum sollte ich jemanden töten, der völlig unwichtig für mich ist?«

»Wieso unwichtig?« Tränen liefen meine Wangen hinunter. »Willi hat Sie bei Lasottas Beerdigung gefilmt! Er war der einzige Mensch, der ein Bild von Ihnen hatte! In einem Brief hat er mir mitgeteilt, daß er etwas Wichtiges entdeckt hat. Vermutlich Ihre Identität. Deshalb hat er dran glauben müssen.«

»Schon wieder falsch. Herr Wurbs hatte absolut nichts gegen mich in der Hand.« Die Stimme des Wolfes klang etwas verärgert. »Sie sind nicht nur naiv, sondern begreifen auch manchmal ein bißchen schwer. Ich gebe mich nicht mit völlig unbedeutenden Kreaturen ab.«

»Sie sind nicht nur ein gewissenloser Killer, sondern auch ein arrogantes Arschloch«, brüllte ich in den Telefonhörer.

»Fassen Sie sich, Frau Grappa. Ich habe Herrn Wurbs nicht umgebracht. Es muß derselbe Täter sein, der auch auf Sie geschossen hat.«

»Wurbs hat von einer vergifteten Sachertorte gegessen«, schniefte ich. »Immer diese dämliche Sachertorte! Sie verfolgt mich überall hin. Was bedeutet das Wort? Was steckt dahinter?«

»Ich habe Ihnen doch am Beginn unserer Bekanntschaft geraten, die Finger von der Affäre zu lassen«, erinnerte er mich. »Schade, daß Sie meinem Rat nicht gefolgt sind.«

»Schade, daß Sie meinem Rat nicht gefolgt sind«, äffte ich ihn nach. »Jeder glaubt, mir gute Ratschläge erteilen zu müssen. Soll ich Ihnen mal sagen, wie ich die Sache sehe?«

»Ich höre.«

»Es handelt sich um einen Zweikampf. Liliencron gegen El Lobo. Der karrieregeile Bulle will Sie erwischen, und dafür ist ihm jedes Mittel recht. Er geht genauso über Leichen wie Sie. Sie beide sind sich verdammt ähnlich.«

Der Wolf lachte amüsiert. »Gar nicht so schlecht, Frau Grappa. Darf ich Sie dennoch auf einen kleinen Denkfehler aufmerksam machen?«

»Ich höre.«

»Warum habe ich mein Honorar für Lasotta nicht genommen und bin längst auf und davon? Die Landschaft rund um Bierstadt ist nicht so aufregend, daß ich mich ohne gute Gründe noch hier aufhalten würde.«

»Keine Ahnung. Sagen Sie's mir.«

»Ich bin betrogen worden. Nicht um mein Geld, nein, aber ich verlange von meinen Auftraggebern, über die Hintergründe des Auftrags informiert zu werden.«

»Dann fragen Sie Ihren Auftraggeber doch!« riet ich ihm.

El Lobo lachte. »Ich kenne ihn nicht. Ich hatte seine Spur verloren. Erst jetzt habe ich sie wiedergefunden. Und aufregende Entdeckungen über den wahren Hintergrund der Aktion.«

»Was hat die *HoG* mit der Sache zu tun?«

El Lobo seufzte. »Das sollen Sie herausbekommen. Ich brauche Sie, Frau Grappa, und ich brauche eine gewisse Öffentlichkeit. Deshalb nehme ich Ihre Beleidigungen hin, obwohl ich hysterische Frauen nicht ausstehen kann.«

»Tut mir sehr leid, wenn ich Ihrem Frauenideal nicht entspreche«, blaffte ich.

»Das macht doch nichts«, tröstete er mich, »unser Kontakt beschränkt sich ja nur auf Telefongespräche. Ich werde Ihnen noch einen kleinen Hinweis geben. Die Sachertorte ist das größte Geschäft, das in den letzten Jahren über die internationale Schmugglerszene abgewickelt worden ist. Und ich weiß, daß die Torte ihren endgültigen Bestimmungsort noch nicht erreicht hat.«

»Also geht sie noch auf Reisen?« Ich dachte an den »größten Hilfstransport, der je über Europas Straßen gerollt ist«.

Meine Nachbarin steckte den Kopf ins Zimmer. »Da ist ein Herr, der Sie sprechen will«, sagte sie. »Jemand von der Polizei.«

Ich sagte »Moment« und hielt die Muschel zu. »Halten Sie ihn hin«, bat ich sie, »ich lege gleich auf.« Sie nickte und verschwand wieder.

»Die Bullen sind da«, informierte ich den Wolf, »was soll ich tun?«

»Nichts«, befahl er, »wenn Herr von Liliencron ins Zimmer tritt, reichen Sie ihm bitte den Hörer! Ich habe mit ihm zu reden.«

»Sie sind verdammt cool.« Ich hatte die Worte kaum gesagt, als Liliencron in den Raum stürzte.

»Hier will Sie jemand sprechen!« sagte ich und drückte ihm den Hörer in die Hand. Überrascht nahm ihn der BKA-Mann und sagte verdutzt: »Hallo?«

El Lobo sprach nur wenige Worte zu ihm. Doch sie reichten aus, um den smarten Bullen erbleichen zu lassen.

Ein Leibwächter für Arme

Das Restaurant des Bierstädter Hauptbahnhofes besaß den Charme des Speisesaals einer subventionsbedürftigen Jugendherberge. Rund 20 Vierertische mit rot-weiß karierten Polyestertischdecken warteten auf Kunden. Auf der Speisekarte waren die Höhepunkte deftig-deutscher Küche versammelt: Gulaschsuppe, Zigeunerschnitzel, Königsberger Klopse und einige Rindfleisch-Kreationen. Ich entschied mich für eine Gulaschsuppe und ein Steak mit Beilagen. Es war kurz nach 12 Uhr mittags.

Die Küchencrew schien nur auf mich gewartet zu haben, denn die Suppe landete innerhalb weniger Sekunden auf meinem Tisch. Sie schmeckte nach Tüte, und das Gulaschrind war wohl nur mal kurz am Topf vorbeigeschlendert.

Der Kellner beobachtete jeden Löffel, den ich aß, und riß mir die Suppentasse unter der Nase weg, als ich fertig war. Mit Lichtgeschwindigkeit folgte das Steak, das an diesem Morgen aus einem sogenannten Kälteschlaf erwacht sein mußte. Ein Schönheitsschlaf konnte es jedenfalls nicht gewesen sein. Es war faserig und zäh und stellte die Festigkeit meiner Beißer auf eine harte Probe.

Die Soße, die an dem Fleischstück lag, mußte eng mit der Gulaschsuppe von vorhin verwandt sein. Wenigstens paßte sie farblich zur Geschmacksrichtung des Fleisches, sie war nämlich mittelbraun.

Das dumpfe Grün zerkochter Brokkoli-Stücke harmonierte mit den grellroten Paprikastreifen, die dem Gemenge einen frischen Ton geben sollten. Der Chefkoch dieses Etablissements schien viel von der alten Regel zu halten, die besagt: Das Auge ißt auch mit.

»Waren Sie zufrieden?« stellte der Kellner die nie allzu ernst gemeinte Standardfrage seines Berufsstandes.

Ich kam nicht dazu, eine Antwort zu geben, denn die Schwingtür öffnete sich. Nein, es war nur eine alte Dame, die schwerfüßig zu dem am nächsten stehenden Tisch schlurfte. Sie war mit Plastiktüten und einem Regenschirm bewaffnet. Der Kellner witterte eine weitere Versuchsperson für die Künste des Küchenchefs und schob ab.

»Auf Gleis 16 fährt ein der Intercity Tannhäuser von …« dröhnte eine verzerrte Lautsprecherstimme durch den Speisesaal. Der Zeiger der großen Uhr rückte unaufhörlich weiter. In fünf Minuten bin ich weg, dachte ich. Wir waren Punkt 12 Uhr verabredet, inzwischen war es fast halb eins.

Die Türflügel vibrierten nochmals, und ein junger Mann schritt selbstsicher herein. Das mußte er sein! Ich gab ein knappes Zeichen mit der rechten Hand. Er verstand und näherte sich.

»Frau Grappa?« Er rollte das R ein bißchen, das war mir schon am Telefon aufgefallen.

Ich nickte und deutete auf einen der drei unbesetzten Stühle. »Ihr Name ist Jedwabski?« wollte ich wissen.

Er nickte. »Sie können Rocky zu mir sagen.«

Ich musterte ihn. Er war groß und kräftig, hatte blondes, dichtes Haar, das sehr kurz geschnitten war. Auf der Stirn hatte er eine etwa vier Zentimeter lange Narbe, die wie eine Kerbe in die Haut geschnitzt zu sein schien. Seine blaugrauen Augen blickten offen. An einer Augenbraue entdeckte ich einen schlecht verheilten Riß. Die Prügelei, die ihm die Macke beschert hatte, war höchstens eine Woche her.

»Wollen Sie etwas bestellen?« fragte ich.

»Ein Bier.«

Ich winkte den Kellner heran.

»Warum haben Sie sich auf meine Anzeige gemeldet?«

Der Kellner brachte das Blonde. Rocky setzte es an die Lippen und machte es halbleer. Dann wischte er sich den Schaum von den Lippen.

»Hab gerade keinen Job«, sagte er, »da hab ich die Kleinanzeige gelesen. Und angerufen.«

»Was machen Sie sonst so?« Ich wollte den Dialog mit einer ungewöhnlichen Frage etwas in Schwung bringen.

»Dies und das.«

»Vielleicht geht's etwas ausführlicher?« Der Junge ist nicht gerade ein Cicero, dachte ich, aber er soll mich ja nur beschützen und keine hochgeistigen Debatten mit mir führen.

»Sie meinen beruflich und so?«

»Bingo!«

»Im letzten Sommer hab ich in Spanien gearbeitet. Türsteher in einer Disco in Arenal. Davor war ich Schlosser.« Rocky Jedwabski trank das Bier aus und gab dem Kellner ein Zeichen, daß er ein neues wollte.

»Sie kommen aus Polen?«

»Meine Familie. Aber ich bin Deutscher.«

»Sie sprechen also außer deutsch und polnisch auch noch spanisch?«

»Ja. Was man so braucht. Wieso?«

»Weil die Reise, die ich plane, nach Spanien führt. Wie sind Sie körperlich drauf?«

»Prächtig. Mein Body ist topfit. Sieht man das nicht?« Er atmete ein, und sein Brustkorb blähte sich.

»Doch. Sie haben recht. Das ist nicht wirklich zu übersehen. Welche Sportarten beherrschen Sie? Können Sie mit Schußwaffen umgehen?«

»Boxen und Ringen. Mit 'ner Puste hab ich auch keine Probleme.«

Schon wieder versiegten seine Worte. Er war wirklich keine Plaudertasche. Vermutlich ein Glück, denn nichts ist schlimmer als Männer, die versuchen, sich verbal aufzuplustern.

»Fragen Sie mich doch auch mal was«, forderte ich ihn auf, »ich nehme an, Sie wollen etwas mehr über den Job wissen, für den ich Sie engagieren will?«

Er sagte nichts, sondern schaute mich nur erwartungsvoll an.

»Sie sollen mich beschützen«, begann ich, »ich stelle Ermittlungen an, und die können gefährlich für mich werden. Morgen früh fliege ich nach Spanien. Wenn wir uns einigen, fliegen wir zu zweit. Haben Sie eine Waffe?«

»Nö.«

»Brauchen Sie jetzt auch noch nicht. Noch was – Sie sind doch sauber, oder? Werden Sie von der Polizei gesucht? Haben Sie was ausgefressen? Oder mal im Knast gesessen?«

»*No problema*«, behauptete er. »Ich bin sauber.«

»Das beruhigt mich. Sie müssen noch wissen, daß ich Ihnen nicht viel Geld geben kann. Ich übernehme die Reisekosten, die Hotelkosten und alles, was in Spanien auf uns zukommt. Dazu kann ich Ihnen noch ein Taschengeld zahlen. 100 Mark am Tag. Ist das okay?«

»Si, Señora«, lächelte Rocky Jedwabski. »Freut mich, daß wir ins Geschäft gekommen sind.«

»Ganz meinerseits. Dann kann's ja losgehen. Morgen um acht auf dem Düsseldorfer Flughafen. Am Lufthansa-Informationsschalter. Ich bringe das Ticket mit. Keine schweren Koffer, nur leichtes Gepäck. Kann sein, daß wir schnell irgendwo abhauen müssen. Der Wagen ist bereits gemietet. Wir übernehmen ihn in Madrid.«

»Und die Knarre? Soll ich nicht besser eine besorgen? Ich hab da Kontakte.«

»Nein. Eine Waffe beschaffen wir uns in Spanien. Wie wollen Sie das Teil durch die Sicherheitskontrolle auf dem Flughafen kriegen?«

Das leuchtete ihm ein. Ich bezahlte die Zeche und nahm ihn in meinem Auto mit. Er sagte, daß er gerade keinen Wagen habe. Während der Fahrt versuchte ich noch, etwas mehr über ihn herauszubekommen. Das war harte Arbeit. Wenigstens erfuhr ich, daß Rocky 33 Jahre alt war und bei seiner Mutter lebte.

»Keine Frau, keine Freundin?« wollte ich wissen.

»Noch nicht die richtige getroffen«, versuchte er zu erklären.

»Ist ja auch Ihr Ding«, brummte ich.

Nach ein paar Kilometern setzte ich ihn im Bierstädter Norden ab.

»*Adios*«, sagte ich. »Bis morgen! Seien Sie pünktlich, damit wir den Flug nicht verpassen.«

Mit elastischen Schritten verschwand er in der Haustür eines heruntergekommenen Zehn-Familien-Hauses, das schon wesentlich bessere Tage gesehen hatte.

Immer der Nase nach

Zeitunglesen kann manchmal weiterhelfen. Ich war gerade mit dem Packen meiner Reisetasche beschäftigt, als mein Blick auf eine Seite des *Bierstädter Tageblattes* fiel.

Frau vermißt, hieß es lapidar in der Überschrift des Einspalters. Das Foto zeigte eine attraktive Frau mit einem offenen Gesicht, hoher Stirn, schwarzem Haar und einem großen Mund. Ich legte die Schuhe zur Seite, die ich in dieses Zeitungsblatt hatte einwickeln wollen. Die Frau war nämlich Carlotta Roja – und damit war ich fast wieder am Beginn meiner Geschichte.

Seit etwa vier Wochen fehlt jedes Lebenszeichen der 45jährigen Carlotta Roja. Die Spanierin, die seit 30 Jahren in Deutschland lebt und arbeitet, wurde zuletzt in der Begleitung eines Mannes gesehen, mit dem sie angeblich eine Reise antre-

ten wollte. Zeugen beschreiben diesen Mann als brünett, etwa 35 Jahre alt und gutaussehend. Die Vermißte wurde mit einem dunkelgrünen Personenwagen mit spanischem Kennzeichen abgeholt.

Da sich Carlotta Roja seit vier Wochen nicht mehr bei Freunden und Bekannten gemeldet hat, kann ein Gewaltverbrechen nicht ausgeschlossen werden. Die Frau ist 1,75 Meter groß und untersetzt. Am Tag ihres Verschwindens war sie mit einem schwarzen Mantel, einer dunkelroten Hose und einem blauen Pullover bekleidet. Hinweise nimmt jede Polizeidienststelle entgegen.

Ich betrachtete das Foto und glaubte eine leichte Ähnlichkeit zu der Frau zu entdecken, die Carmen Roja hieß und vor meinen Augen aus dem Fenster eines Hauses geworfen worden war. War ja auch kein Wunder, denn sie waren schließlich miteinander verwandt.

Ich unterbrach meine Reisevorbereitungen und läutete Peter Jansen an. »Woher habt ihr die Meldung von der vermißten Frau?«

»Wie üblich«, sagte Jansen, »aus dem Polizeibericht. Warum?«

»Sie hat was mit meiner Story zu tun. Wenn die Frau wieder auftauchen sollte, laß es mich nach meiner Rückkehr wissen. Ich starte morgen früh.«

»Hat die Sache mit dem Bodyguard geklappt?« wollte er wissen.

»Eigentlich schon. Leider ist der Junge etwas schlicht.«

»Hauptsache, er hat die Muskeln an der richtigen Stelle und setzt sie entsprechend ein«, lachte Jansen. »Du willst ihn schließlich nicht heiraten, oder?«

»Nicht direkt. Ich habe dir eine Notiz geschickt, in der sein Name und seine Adresse steht. Falls er nicht astrein ist und mich ins Jenseits befördert.« Mein Ton hatte einen makabren Touch.

»Der Mann muß erst noch geboren werden, der dich schafft«, tröstete Jansen mich, »mach's gut, Grappa, und viel Erfolg. *Hasta la vista* oder so ähnlich.«

Ich wandte mich wieder dem Kofferpacken zu, dachte zwischendurch an das Judenviertel der alten spanischen Stadt, an die Bilder El Grecos und an die Tapa-Bar, vor der alles begonnen hatte. In zwei Tagen würde ich dort wieder sitzen. Nicht zur Erholung, sondern um endlich weiterzukommen mit der mörderischen Geschichte. Doch etwas mußte ich noch erledigen.

Ich wählte die Durchwahlnummer von Hauptkommissar Brinkhoff. Er meldete sich sofort.

»Hier Grappa. Können wir reden?«

»Sicher. Was gibt's?«

»Wer hat diese Carlotta Roja vermißt gemeldet?«

»Kollegen und Freunde.«

Ich wunderte mich, daß Brinkhoff sofort im Bilde war. Merkwürdig, denn er arbeitete in der Mordkommission und nicht in der Vermißtenstelle.

»Könnte die Frau etwas mit den Ermittlungen in der Mordsache Lasotta zu tun haben?«

»Sie scheinen das so zu sehen, Frau Grappa«, sagte er ruhig, »sonst hätten Sie sich bei der Nachbarin von Frau Roja nicht so ausführlich erkundigt.«

»Woher wissen Sie das?« Die Frage, die ich stellte, war unnötig, doch ich brauchte Zeit, um meine Gedanken zu ordnen.

»Im Rahmen unserer Ermittlungen haben wir die Leute befragt, die in nächster Nähe von Frau Roja wohnen. Und als eine Zeugin mir etwas von einer rothaarigen und sehr neugierigen Frau erzählte, habe ich sehr, sehr lange überlegt ... und bin dann auf Sie gekommen.«

»Das nächste Mal trage ich einen Hut, wenn ich Leute befrage«, kündigte ich an. »Carlotta Roja hat bei *Hilfe ohne Grenzen* gearbeitet, und ich wollte damals, nach dem Mord an Lasotta, da hatte ich vor ...« Ich hatte schon mal geschickter gestottert.

»Sprechen Sie sich ruhig aus!« forderte Brinkhoff. »Ich mag Ihre phantasievollen und blumigen Geschichten.«

»Auf jeden Fall war sie schon nicht mehr da, und deshalb habe ich sie in meinen Berichten nicht erwähnt.«

»Und warum haben Sie sich nach Carmen Roja erkundigt?«

Verdammt, dachte ich. »Ich verstehe nicht«, murmelte ich nach einer kurzen Verzweiflungspause.

»Frau Grappa«, wurde Brinkhoffs Stimme schärfer, »ich kenne Sie. Sie kochen immer Ihren eigenen Brei. Statt mit uns zusammenzuarbeiten, holen Sie sich lieber eine blutige Nase. Ich will Sie nicht davon abhalten, das zu tun, was Sie wollen. Sie sollten die Polizei nur nicht unterschätzen. Carmen Roja hat für das BKA gearbeitet. Sie ist genauso verschwunden wie ihre Tante Carlotta. Vielleicht sind beide ermordet worden. Ich weiß nicht, wie Sie in die Sache hineingeschlittert sind. Ich weiß nicht, warum der Killer mit Ihnen telefoniert. Ich weiß eigentlich so gut wie gar nichts, denn mein BKA-Kollege hat mich ziemlich kaltgestellt. Das einzige, was ich weiß, ist, daß diese Geschichte nichts für neugierige Journalistinnen ist. Denken Sie an Ihren Kollegen Willibald Wurbs.«

Ich schluckte. Den Gedanken an Willi hatte ich verdrängt. »Gibt's was Neues in der Sache?«

»Gift in der Sachertorte. Blausäure. Wir haben den Brief mit Wasser aufgedämpft, aber keine Fingerabdrükke gefunden. Der Täter wollte, daß Wurbs den Kuchen ißt, und deshalb hat er Ihren Namen mißbraucht.«

»Also bin ich aus dem Schneider?«

»Sicher. Ganz dumm ist die Polizei ja auch nicht. Liliencron hat diese Mordsache ebenfalls an sich gezogen, da sie in engem Zusammenhang mit den Ermittlungen seiner Sonderkommission stehen. Die SOKO ‚Sachertorte' hat allerdings noch keine wichtigen Anhaltspunkte, die zu einer Klärung führen könnten ...«

»Die SOKO heißt ‚Sachertorte'?«

»Ja. Liliencron hält das für besonders originell.« Brinkhoff lachte. Ich hörte durch die Leitung, daß es ein bitteres Lachen war.

»Kopf hoch, Herr Brinkhoff. Wenn ich den Wolf fange, sind Sie der erste, der's erfährt. Ich kann diesen BKA-Fritzen auch nicht ausstehen. Er ist eine Mischung aus Arroganz und gewalttätiger Dreistigkeit. Solche Typen manövrieren sich selbst ins Aus.«

»Ich kann nichts Nachteiliges über meinen Kollegen sagen«, kam es reserviert.

»Brauchen Sie auch nicht. Vielen Dank für das Gespräch. Ich bin übrigens ab morgen in Urlaub.«

»Wohin geht's denn?«

»Auf jeden Fall Richtung Süden. Ich will meinen Bauch in die Sonne legen, geile Drinks schlürfen und an nichts und niemanden denken. Nach dem Anschlag auf mich habe ich ein bißchen Erholung verdient, oder?«

Die Zeit vergeht im Flug

Rocky, mein »Leibwächter«, schien den Ausflug nach Madrid mit einer Dschungeltour ins außereuropäische Ausland zu verwechseln. Als er ziemlich pünktlich am Düsseldorfer Flughafen auftauchte, war er in einen khakifarbenen Safarianzug gewandet, seine riesigen Füße steckten in hochgeschnürten Springerstiefeln, und auf der Nase prangte eine Goldrandsonnenbrille, die vom leichten Nieselregen benetzt war.

»Du lieber Himmel«, stöhnte ich auf, als er vor mir stand, »Sie sind so unauffällig wie ein schlecht sitzendes Toupet!«

»Tut mir leid«, murmelte er zerknirscht, »ich hatte die Sachen noch aus meiner Zeit bei der Fremdenlegion in Nordafrika.«

»Bei El Alamein gekämpft, was?«

Er begriff den historisch-anspruchsvollen Supergag nicht, sondern guckte nur etwas dümmlich. Nein, dachte ich, die nächsten Tage werden mich intellektuell nicht herausfordern. Ich dachte an das schöne Geld, das diese Schnapsidee kosten würde. Jansen hatte zum Glück eine Kostenerstattung in Aussicht gestellt.

»Mein Bruder ist Großwildjäger und Raucher«, erklärte ich der Frau am Schalter, als ich ihr die beiden Tickets reichte. »Geben Sie ihm einen Platz im Raucherbereich und am Fenster, damit er die Zebras und Elefanten unter uns sieht.«

Kurze Zeit später hatten wir unser Handgepäck verstaut, die Stewardeß schlich durch die Reihen, um die Gurte zu kontrollieren.

»Meine Damen und Herren!« tönte die Stimme des Kapitäns plötzlich aus dem Bordlautsprecher. »Ich muß Ihnen mitteilen, daß wir eine kleine Verzögerung in

Kauf nehmen müssen. Wir haben aufgrund einer Überprüfung der Flughafenpolizei noch keine Starterlaubnis.«

Einige Passagiere begannen zu murren. Ein paar Augenblicke später hatte sich die Bordtür geöffnet. Zwei Männer stürzten herein, hinter ihnen Liliencron mit aufgelöstem Haar und feuchtem Trenchcoat. Ich drehte mich zu Rocky Jedwabski um und legte den Zeigefinger senkrecht auf die Lippen. Er schien zu kapieren und verkroch sich tief in den Sitz.

Der BKA-Bulle ließ die kalten Augen über die Passagierreihen gleiten und hatte mich schnell erwischt. Er wechselte ein paar knappe Worte mit den anderen beiden Männern und kam mit wichtigen Schritten auf mich zu. Ich blätterte im Duty-Free-Magazin der Fluglinie.

»Wo wollen Sie hin, Frau Grappa?« fuhr er mich herrisch an.

»Ist dies nicht der Flieger nach Madrid?« fragte ich arglos.

»Was wollen Sie in Spanien?«

»Sonne und Erholung«, lächelte ich.

»Wer ist der Herr neben Ihnen?«

Ich hatte meinen Nachbarn noch nicht bewußt zur Kenntnis genommen, saß er doch rein zufällig neben mir, ausgewählt durch den Computer und die Eigenschaft, Nichtraucher zu sein.

Der Mann neben mir hob den Kopf, klappte sein Buch zusammen und schaute Liliencron an. »Kann ich etwas für Sie tun?« Er war ruhig geblieben.

»Können Sie sich ausweisen?«

»Natürlich. Können Sie das auch?«

Der Mann war mittleren Alters, hatte graumeliertes Haar, war konservativ und teuer gekleidet. Er hatte das Auftreten eines Menschen, der Konflikte zu lösen wußte. Da bist du an den Richtigen geraten, du Bulle, dachte ich und begann zu grinsen.

Zähneknirschend zückte Liliencron seinen Ausweis. Der graumelierte Mann prüfte Liliencrons Papiere mit Gelassenheit. Ich beobachtete ihn. Ein freundliches Lächeln spielte um seine Mundwinkel. Nach einer Weile reichte er dem BKA-Mann das Ausweispapier zurück.

»Sie sollten das Foto erneuern lassen«, riet er ihm.

»Jetzt sind Sie dran«, raunzte Liliencron. »Ihre Papiere!«

Der Mann griff in die Innentasche seiner Jacke, zog eine Brieftasche aus feinem Leder heraus und reichte Liliencron einen Reisepaß.

»Max Lidor«, las der BKA-Mann laut vor sich hin, »deutscher Staatsbürger, geboren in Beirut vor ... 45 Jahren. Was ist Ihr Beruf?«

»Literaturprofessor.«

»Und warum sind Ihre akademischen Titel nicht im Paß vermerkt?« schnarrte Liliencron.

»Ich lege keinen Wert auf Äußerlichkeiten.« Der Mann hatte eine aufreizend ruhige Stimme, der eine Spur Heiterkeit beigemischt war. Ich ahnte, daß Liliencron kochte.

»Wie lange kennen Sie sich beide schon?«

Ich lachte auf.

»Das Lachen wird Ihnen schon noch vergehen!« Der Adamsapfel des BKA-Mannes hüpfte wie ein Käfer, der unter einer Folie gefangen war.

»Jetzt reicht es aber«, sagte ich unfreundlich, »ich kenne Herrn Lidor nicht, wir sitzen rein zufällig nebeneinander. Geht das nicht in Ihren Kopf?«

»Ich werde Sie beobachten lassen«, kündigte Liliencron an.

»Tun Sie, was Sie nicht lassen können!« Der Typ war eine Landplage. »Wenn Sie den Wolf fangen wollen, dann müssen Sie früher aufstehen, Sie Dilettant!«

Eine Frau in der Sitzreihe neben mir begann zu kichern. Liliencron merkte, daß er verloren hatte.

»Entschuldigen Sie bitte«, sagte er an meinen Nachbarn gewandt, »wir hatten einen Hinweis, daß sich ein international gesuchter Terrorist in diesem Flugzeug befindet.«

Als die drei Männer die Maschine verlassen hatten, wagte ich es, einen Blick auf Rocky Jedwabski zu werfen. Er kniff mir ein Auge zu. Zehn Minuten später startete die Maschine.

»Das wäre geschafft«, seufzte ich. »Es tut mir wirklich leid, daß Sie wegen mir Unannehmlichkeiten hatten.«

Ein spöttisches Lachen war die Antwort. »Sie brauchen sich wirklich keine Sorgen zu machen«, sagte der Mann. »Ich bin nur ein harmloser Familienvater, der nichts zu verheimlichen hat. Wie aber ist es mit Ihnen? Haben Sie etwas zu verbergen? Haben Sie Kontakt zum internationalen Terrorismus?«

»Eigentlich nicht«, gab ich zurück, »ich bin da zufällig in eine dumme Sache hineingeraten. Ich bin Journalistin und recherchiere eine ziemlich spannende Story. Der BKA-Typ kommt mir dabei manchmal in die Quere. Er glaubt, ich hätte Geheimnisse vor ihm.«

Die Stewardeß schlenderte durch den Gang. »Gibt's bei Ihnen Champagner?« fragte ich sie.

Es gab ihn. Ich bestellte und schüttete meinem Nachbarn ein Gläschen ein. »Lassen Sie uns auf diesen Schrekken anstoßen«, sagte ich und hob das Glas.

Er nahm den Kunststoffbecher und prostete mir zu. »Das ist eine nette Idee. Auf Ihr Wohl, Frau Grappa! Ist Ihr Beruf nicht ziemlich gefährlich?« erkundigte er sich dann.

»Nur manchmal«, gab ich zu, »ansonsten ist viel Routine dabei. Was führt Sie eigentlich nach Spanien?«

»Urlaub«, lächelte Max Lidor mit Vorfreude im Gesicht, »wir haben ein Haus in den *Sierra de Gredos*. Das ist ein Gebirgszug westlich von Madrid. Meine Frau ist mit den Kindern schon dort.«

Ich nahm einen weiteren Schluck Champagner. Die Maschine hatte die Wolkengrenze unter sich gelassen. Strahlendblauer Himmel, weiße Quellwolken lagen wie Wattebäusche unter uns.

Schade, daß die netten Männer fast alle fest vergeben sind, dachte ich und betrachtete Lidor. Er sah älter aus als die 45 Jahre, die in seinem Paß vermerkt waren.

»Das ist meine Familie.« Lidor reichte mir ein Farbfoto. Eine mütterliche Frau mit rundem, weichen Gesicht stand zwischen zwei halbwüchsigen Kindern. Alle drei strahlten in die Kamera.

»Wie nett«, entgegnete ich lahm. Immer wenn ich Familienfotos sehe, fehlen mir die passenden Bemerkungen. Ich mußte für solche Fälle dringend ein paar originelle Standardformeln in mein Repertoire aufnehmen.

»Meine Frau Clara mit Luis und Maria.«

»Ich heiße auch Maria«, fiel mir wieder ein. Ich kam mir ziemlich einfältig vor.

»Das ist ein schöner Name für eine Frau«, meinte Lidor. Er schien ein überaus höflicher Mann zu sein. Wir plauderten noch eine Weile, dann wandte ich mich meinem Buch zu.

»Sie lesen Don Quixote?« fragte Lidor.

»Ein spannendes Buch«, schwärmte ich, »nicht nur die Geschichte selbst, sondern auch das Leben, das der Autor geführt hat. Er hat an einer Seeschlacht teilgenommen und in Afrika im Knast gesessen. Und Geldsorgen, die hatte er auch immer.«

»Im Quixote gibt es ein Gedicht, das die Stimmung des Autors gut zum Ausdruck bringt. Wollen Sie es hören?«

Ich nickte.

»In der Irre muß ich segeln,
da mein Stern mir zeigt kein Ufer,
und ich muß, mein Ziel verhehlend,
es aus ganzer Seele suchen«, rezitierte Lidor.

Das Anschnallzeichen leuchtete auf. Per Lautsprecher wurden die Raucher aufgefordert, ihre Brennstäbe zu löschen. Die Temperatur in Madrid lag bei 25 Grad. In wenigen Minuten würden wir auf dem Madrider Flughafen landen.

»Es war nett, mit Ihnen zu plaudern«, lächelte ich, »die Zeit ist buchstäblich wie im Flug vergangen.«

Max Lidor bedankte sich mit einer angedeuteten Verbeugung.

Als die Maschine gelandet und ausgerollt war, kramte ich mein Handgepäck aus dem Fach. Rocky Jedwabski stand bereits im Gang, um vor mir das Flugzeug zu verlassen. Ich hatte ihn für eine Weile völlig vergessen.

»Wollen Sie vor mir raus?« fragte ich Lidor und trat beiseite, um ihm Platz zu machen.

»Nein, vielen Dank. Ich steige immer als erster ein und als letzter aus.«

»Wie Sie wollen. Dann auf Wiedersehen und einen schönen Urlaub!«

Ich winkte ihm zu und trottete hinaus. Am Ende des Einstiegtunnels wartete mein Bodyguard auf mich. Wenigstens hatte er seine Sonnenbrille abgelegt.

»'ne komische Sache war das eben«, sagte Rocky und steckte sich einen Kaugummi in den Mund. »Haben Sie etwa Ärger mit den Bullen?«

»Noch nicht so richtig«, gab ich zur Antwort, »sonst hätten die mich ja nicht abfliegen lassen. Ich erkläre Ihnen alles später. Kommen Sie, wir müssen heute noch nach Toledo. Hoffentlich geht das mit den Koffern zügig voran. Dann nehmen wir den Wagen, und ab geht es. Überlegen Sie schon mal, wie wir an eine Pistole herankommen.«

Am Gepäckband warteten die Passagiere nach Madrid auf ihre Koffer und Taschen. Dort sah ich Max Lidor wieder. Er wurde von einem Flughafenangestellten in den Raum geschoben, saß in einem Rollstuhl und lächelte vor sich hin. Er sah mich nicht.

Jetzt begriff ich, warum er in Flugzeuge als erster ein- und als letzter ausstieg.

Die Schleife des Tajo

Der kleine Mietwagen Kategorie A schnurrte in Richtung Toledo. Es waren gerade mal 70 Kilometer bis zu der Stadt, in der alles begonnen hatte. Ich hatte mir den Namen der Straße, in der das graue Haus lag, nicht gemerkt. Doch ich wußte den Namen des Hotels noch, in dem ich vor einigen Wochen übernachtet hatte. Von dort aus würde es kein Problem sein, die enge Straße zu finden, in der die Tapa-Bar lag.

Rocky Jedwabski hatte sich beim Tragen der Koffer einen Knacks im Kreuz geholt und saß ziemlich zerknirscht neben mir.

»Ich hoffe, Sie erholen sich bald«, sagte ich leicht säuerlich, »ich bezahle Sie dafür, daß Sie körperlich auf dem Posten sind. Wie geht es Ihrem Rücken?«

Kleinlaut murmelte er: »Ich kann mich nicht bewegen. Das ist ein Hexenschuß oder sowas ...« Sein Gesicht war schmerzverzerrt, und Schweißperlen standen auf seiner Stirn.

»Das kann doch nicht wahr sein«, zeterte ich, »ein Hexenschuß legt Sie für ein paar Tage lahm. Wir sind nicht zum Spaß nach Spanien gefahren, Mann! Sie sollen mich beschützen und nicht umgekehrt. Jetzt muß ich tatsächlich Krankenschwester spielen.«

»Ich kann doch nichts dafür«, jammerte mein Leibwächter. »Mama macht mir immer einen heißen, feuchten Umschlag ...«

»Ich bin nicht Ihre Mama«, blaffte ich. »Fragen Sie das Zimmermädchen, ob es Ihnen eine Packung verpaßt. Im Hotel legen Sie sich ins Bett, und ich ziehe alleine los. Ihr Honorar wird für heute gestrichen.«

Für rund zehn Minuten hielt Rocky Jedwabski den Mund. Bei jeder Kurve stöhnte er leise auf. Mir tat es schon wieder leid, so grob zu ihm gewesen zu sein. Der Weg über die Autobahn war zwar kurz, aber lang genug, um meinem Begleiter die Sache zu erklären, in die ich geraten war. Vielleicht würde ihn das von seinem Rükken ablenken.

»Es geht also um dieses Haus«, schloß ich meinen Bericht. »In dem Bau geschehen merkwürdige Dinge. Ich fühle, daß die Vorgänge in dem Haus der Schlüssel zu allem sind. Je mehr ich darüber nachdenke, um so überzeugter bin ich, daß sich hier die Kommandozentrale einer Bande befindet, die auf der gesamten Welt ihre schmutzigen Geschäfte macht.«

»Und dieser Killer El Lobo? Was hat er mit der Sache zu tun?«

»Da tappe ich leider noch im Dunkeln. Aber er hat mir mal erzählt, er sei betrogen worden. Von seinem Auftraggeber. Mag sein, daß er sich rächen will. Auf jeden Fall hat er diesen Wohlfahrtsfritzen auf dem Gewissen. Und vielleicht Carmen Roja und ihre Tante. Oder den armen Willi Wurbs.«

Rocky versuchte, sich am oberen Türgriff hochzuziehen. Dabei stöhnte er wieder. Seine Schmerzen schienen wirklich groß zu sein.

»Warum tötet er seine Feinde nicht einfach? Warum treibt er dieses Spiel? Telefonanrufe und so weiter?«

Rockys Frage war doch gar nicht so dumm. Ich ersparte mir die Antwort, denn der Tajo kam in meinen Blick. Toledos Fluß, darüber schwebten die Kathedrale und der Alcázar. Der Tajo umfließt Toledo in einer engen Schleife, was die Stadt an einer Ausdehnung gehindert hat. So mußten die häßlichen Vorstädte weit außerhalb des historischen Stadtkerns errichtet werden, was Toledo seinen Charme behalten ließ.

»Was für ein Blick!« entfuhr es mir. Es war früher Nachmittag, die Sonne hatte in der Mittagszeit die alten Mauern aufgeheizt. Jetzt schienen sie von innen heraus zu glimmen, der rauhe Stein der Bauwerke schimmerte.

Der Autoverkehr hielt sich in Grenzen. Schnell hatte ich das Hotel von damals gefunden.

Ich ließ Rocky zunächst im Wagen sitzen und erkundigte mich nach einem Zimmer. Der Empfangschef war diesmal nicht der langbewimperte Beau, der versprochen hatte, mir meine Post nach New York nachzuschicken. Es war kein Problem, zwei Einzelzimmer zu bekommen.

Ich wuchtete die beiden Koffer aus dem Auto und trug sie zur Rezeption. »*Està una farmacia aqui*?«

Der Hotelmann deutete auf den Ausgang und zeigte nach rechts.

»*Està cerca*?« fragte ich.

»*Si, Señora. Està cerca.*«

Rocky aus dem Auto zu bekommen, war Schwerstarbeit. Sein Hexenschuß hatte ihn fast gelähmt. Nur langsam setzte er Fuß um Fuß in Richtung Hoteleingang, fest auf meine Schultern gestützt. Der Schweiß lief ihm vor Anstrengung oder vor Schmerz in den Kragen seines Safarianzuges.

»Halten Sie durch!« befahl ich. »Wenn Sie jetzt umfallen, brechen Sie sich bestimmt noch den Hals, Sie Glückspilz. Gleich sind wir am Aufzug angelangt.«

Der Hotelportier guckte erstaunt, als er uns beide sah. Ich deutete auf Rockys Kreuz. Der Zimmerboy hatte die Koffer bereits im Lift deponiert und hielt den Knopf gedrückt. Endlich schloß sich die Tür, und wir schwebten nach oben.

In Rockys Zimmer angekommen, deckte ich schnell das Bett auf.

»Sie müssen diesen Overall ablegen, bevor Sie in die Waagerechte fallen«, sagte ich, »bleiben Sie stehen, ich ziehe Sie aus.«

Ich zog den Reißverschluß hinunter und begann, Rokky aus seiner khakifarbenen Haut zu schälen. Er hatte eine behaarte Brust und ein paar Tätowierungen, Schlangen und Totenköpfe. Es sah ziemlich geschmacklos aus. Ich verkniff mir eine Bewertung seines Körperschmucks.

Sein Slip saß knapp und war violett-pink gemustert, mit lauter kleinen Elefanten drauf. »Wo gibt's denn solch schicke Dessous?« fragte ich. Rocky kam nicht zu einer Antwort. Er stöhnte, als ich den Anzug über seine Hüften nach unten schob.

»Und jetzt gehen wir zum Bett, und Sie setzen sich ganz sachte hin.«

Es dauerte Minuten, bis er endlich flach lag. Ich schob ihm das Kopfkissen unter den Rücken.

»Ich gehe jetzt zur Apotheke und hole ein Schmerzmittel. Wissen Sie, was Hexenschuß auf spanisch heißt?«

»*Lumbago*.«

»Alles klar. Dann bis gleich.«

Die Apotheke war wirklich ganz nah. Ich erstand ein Mittel, eilte ins Hotel und verabreichte Rocky eine ordentliche Dosis. Dann ließ ich die Rolladen halb herab und riet ihm, sich auszuruhen und zu schlafen.

In meinem Zimmer – es lag nebenan – duschte ich, wechselte Hose und T-Shirt und machte mich auf den Weg. Ich brannte darauf, das graue Haus wiederzusehen.

Das »Tor der Sonne«

Ich drückte die altertümliche Klinke an der Tür vorsichtig nach unten. Nichts geschah, die Pforte war verschlossen. Das graue Haus war noch toter, als mir meine Erinnerung zu Hause vorgespiegelt hatte. Die grüne Markise über dem Fenster im dritten Stock hing noch immer da.

Irgendwie mußte ich da rein kommen. Der Hinterhof! Viele alte Häuser haben einen rückwärtigen Eingang.

Der Mörder von Carmen Roja mußte ihn vor einigen Wochen benutzt haben, als er mir entwischt war.

Ich bog um die Straßenecke. Verstohlen hob ich den Kopf, prüfend, ob mich nicht doch jemand sah. Niemand war da, keine Gardine bewegte sich, kein Kopf schob sich zwischen die vielen Blumentöpfe auf den Balkonen.

Das gleiche beklommene Gefühl wie damals. Obwohl ich niemanden entdeckte, kam ich mir beobachtet vor. Ich lief wieder nach rechts und geradeaus. Das mußte der Parallelweg zu der Straße sein, an dem das graue Haus lag. Rechts von mir alte Mauern, aus denen Steine herausgebrochen waren, die nun auf dem Gehweg zu Staub zerfielen.

Die Mauer zum hinteren Eingang meines Hauses war so niedrig, daß ich über sie klettern konnte. Ich nahm meinen Mut zusammen und tat es. Tauben flatterten mit Protestgeschrei auf, eine Ratte floh hinter eine Mülltonne.

Irgend jemand hatte in diesem trostlosen Innenhof ein Kräuterbeet angelegt, rote Tomaten hingen schwer an ihren Stauden. Ich bemerkte, daß ich Hunger hatte, ein Tomatensalat mit viel Basilikum, das wäre jetzt das Richtige. Doch Basilikum hatte ich in Spanien noch nie als Gewürzkraut gesehen.

Fast hätte ich sie übersehen. Eine alte Frau saß auf einem niedrigen Holzschemel und starrte mich an. Sie mußte mich bereits eine Weile beobachtet haben.

»*Holà*», sagte ich freundlich. Jetzt hätte ich Rocky mit seinen Spanischkenntnissen gebraucht.

Die Alte bewegte leicht den Kopf.

»*Està es su casa*?« Ich wollte wissen, ob es das Haus der alten Frau sei.

Ihre Stimme war klar, als sie sagte: »*Tengo solo una habitación.*«

Ich interpretierte, daß sie in diesem Haus nur ein Zimmer bewohnen würde. Der Barmann hatte mir damals etwas von einer alten Frau erzählt, fiel mir wieder ein. Da sie sich nicht weiter für mich zu interessieren schien, schritt ich weiter auf das Haus zu. Die Hintertür war geöffnet, ich konnte ungehindert den zwielichtigen Hausflur betreten. Alte Kacheln, einige von ihnen beschädigt, waren vor langer Zeit an den Wänden angebracht worden. Sie zeigten bäuerliche Motive von Saat und Ernte, Alltagsszenen aus dem harten Leben der Landbevölkerung. Bei meinem ersten Besuch in dem Haus waren sie mir nicht aufgefallen. Aber ich war damals die Treppe hinaufgelaufen und hatte keine Zeit für kulturhistorische Beobachtungen gehabt.

Am Ende der Kachelung, etwa einen Meter von der verschlossenen vorderen Eingangstür entfernt, war ein Briefkasten angebracht. Er war nagelneu und aus festem, kühlen Metall. *Puerta del Sol* stand in Maschinenschrift auf einem weißen Schild. Na also. Hier saß also die Firma, die Gesellschafterin bei *Hilfe ohne Grenzen* war. Übersetzt hieß das ‚Tor der Sonne'.

Der Briefkasten hatte kein Sichtfenster, ich konnte leider nicht sehen, ob ein Brief drinlag. Mit meinen Fingern versuchte ich durch den Schlitz ins Innere zu greifen. Ich ertastete Papier, war gerade dabei, es zwischen meine Fingerspitzen zu bekommen, als jemand einen Schlüssel in das Türschloß steckte.

Erschreckt ließ ich die Briefkastenklappe fallen und versteckte mich hinter dem Treppenaufgang. Das war schwierig, denn hier lag allerhand Gerümpel. Mir war schummrig, mein Atem ging stoßweise.

Ich sah nur den Rücken des Mannes, der ins Haus trat, zum Briefkasten ging und die Post herausholte.

Als ich um die Ecke lugte, hatte er die Treppen nach oben bereits bestiegen. Seine Jacke war grün, das Haar dunkel, der Gang energisch.

Mir fiel ein, daß der Barmann aus der Tapa-Bar etwas von einem Mann in einer grünen Jacke erzählt hatte, der das graue Haus ab und zu besuchte. Vielleicht aber waren grüne Herrenjacken in Toledo gerade in Mode.

Es reichte mir für heute. Ich trat vorsichtig zwischen dem Gerümpel hervor und nahm den Weg, den ich gekommen war. Die alte Frau saß noch immer im verwilderten Nutzbeet.

»*Creo que me he equivocado de camino*«, log ich. Die Alte nickte verständnisvoll. Ihr schien es plausibel zu sein, daß sich Touristen in Toledo manchmal verlaufen können.

»*Toledo està lleno de extranjeros*«, rief sie mir nach, als ich das eine Bein bereits über der Mauer hatte.

Mein Magen knurrte. Die Tapa-Bar war in der Nähe. Und ich hätte das graue Haus im Blick, könnte den Mann mit der grünen Jacke mit meinem Teleobjektiv sogar fotografieren, wenn ich mich einigermaßen geschickt anstellen würde.

Die Plastikstühle standen noch immer vor dem *Meson Las Tapas*. Das Wiedererkennen ließ ein Gefühl der Geborgenheit in mir hochsteigen. Auch die Karte war noch dieselbe wie damals mit gebratenen Wachteln, Auberginen in Teig, eingelegten Champignons mit Knoblauch, gegrillten Gambas und anderen netten Schweinereien.

Jetzt fehlt nur noch der Kellner mit den leidlichen Deutschkenntnissen, dachte ich.

Und schon stand er vor mir. Ich orderte gebratene Tintenfischringe, gegrillte Gambaschwänze, Tomatensalat, Oliven, Auberginen in Teig und Rotwein.

»Nehmen Sie den aus Valdepenas«, riet er, »der ist besonders gut.«

»Ich weiß das«, entgegnete ich, »ich war vor ein paar Wochen schon einmal hier. Erinnern Sie sich an mich?«

Der Kellner musterte mich. Dann erhellte ein Lächeln sein Gesicht. »Si, Señora. Damals haben Sie zuerst den Weißen probiert und dann den Roten. Warum sind Sie schon wieder nach Toledo gekommen?«

»Ich habe hier noch etwas zu tun«, sagte ich. »Erinnern Sie sich, daß ich Sie damals nach dem Haus dort drüben gefragt habe?«

Er nickte. »Sind Sie wegen des Hauses gekommen?«

»Nein, natürlich nicht. Was sollte mich schon an einem verlassenen, verfallenen Haus interessieren?«

»Ich weiß nicht, Señora«, gab der Barmann zur Antwort, »aber verlassen ist das Haus nicht. Da wohnt noch jemand.«

»Meinen Sie die alte Frau?«

»Ja. Und eine Firma hat dort ein Büro.«

»Was ist das für eine Firma?«

Er zuckte die Schultern. Seine Mitteilsamkeit war an ihrer Grenze angelangt.

»Sie heißt *Puerta del Sol*», versuchte ich es noch einmal, »sagt Ihnen der Name was?«

»Dieser Name ist sehr bekannt in Toledo«, erklärte er, »die *Puerta del Sol* ist eines der Stadttore von Toledo.«

»Aber die Firma kennen Sie nicht?«

»No, Señora. Und jetzt will ich mich um Ihr Essen kümmern.«

Etwa eine Stunde lang ließ ich es mir schmecken. Meine Fotokamera lag auf dem Stuhl neben mir. Ich hatte das Objektiv und die Entfernung bereits eingestellt, so daß ich nur noch auf den Auslöser drücken mußte, wenn der »grüne Mann« im Türbogen erscheinen würde.

Für alle Fälle hatte ich nach einem Viertel Vino tinto nur noch Wasser bestellt, um einen klaren Kopf zu behalten. Ich schaute auf die Uhr. Gleich sieben. Es dämmerte bereits, die Tage waren jetzt kürzer als bei meinem ersten Besuch in Toledo.

Durch ein Fenster im dritten Stock schimmerte Licht. Ein leichter Wind kam auf. Mich fröstelte. Ich kramte ein großes Tuch aus meiner Tasche und legte es um meine Schultern.

Da! Das Licht im dritten Stock erlosch. Ich griff zu der Kamera, fuhr den automatischen Blitz aus.

Einige Augenblicke später öffnete jemand die Tür des grauen Hauses. Ein Mann trat auf die Straße, blieb einige Sekunden stehen, als wolle er prüfen, ob die Luft rein sei. Meine Hand griff die Kamera, hob sie kurz an, drückte den Auslöser. Der automatische Blitz tauchte die Szene in gleißende Helligkeit.

Der Mann mit der grünen Jacke schien zu meinem Tisch herüberzuschauen. Zum Glück saßen rechts und links von mir noch einige Leute, auch Touristen waren dabei; und die haben ja meistens Kameras.

Der Mann überquerte die Straße und kam direkt auf mich zu. Mein Herz pochte. Ich ließ das Tuch von meinen Schultern rutschen und legte es über das schwarze Kameragehäuse auf dem Stuhl. Mit einem Zahnstocher spießte ich die Oliven auf, die auf einem kleinen Teller vor mir standen, und ließ sie in den Mund gleiten.

Jetzt stand der Mann nur noch anderthalb Meter von mir entfernt. Er hatte dunkles dichtes Haar, das zu lang war und deshalb in sein Gesicht fiel. Er hob den Unterarm an und streifte sich den Blick frei. Seine Augen musterten die Leute, die hier saßen und mehr oder weniger lebhaft miteinander schwatzten. Ich blätterte in meinem Reiseführer. Eine kleine Weile blieb der Blick des Unbekannten auf mir liegen. Ich lächelte ihn auf die Art an, in der Frauen attraktive Spanier anlächeln würden. Der grüne Mann lächelte ebenfalls, doch nur mit dem Mund und nicht mit den Augen. Die suchten jetzt das Innere der Tapa-Bar nach dem Urheber des Blitzlichts ab. Ich widmete mich weiter den Oliven vor mir und machte ein harmloses Touristengesicht. Als der Barmann zur Tür herausschaute, winkte ich ihn heran.

»*La cuenta por favor*!«

Im Augenwinkel sah ich, wie sich der »Grüne« umdrehte und in der Dämmerung verschwand. Ich bezahlte die Rechnung und legte ein sattes Trinkgeld drauf. Für alle Fälle blieb ich noch eine Viertelstunde sitzen, machte mich dann auf den Weg. Niemand verfolgte mich.

Erst im Hotel ließ meine Anspannung nach. Meine Nerven war nicht mehr die besten. Wie erst würde ich reagieren, wenn's mal richtig brenzlig würde? Grappa, dachte ich, deine besten Jahre sind vorbei. Früher warst du eiskalt und rotzfrech, heute kriegst du Hitzewellen und Kälteschauer bei der kleinsten Aufregung. Ob die Wechseljahre mir bereits von Ferne zuwinkten? Quatsch, überlegte ich, frau ist so alt, wie sie sich anfühlt. Mit weichen Knien betrat ich den Lift und ließ mich hochheben.

Auf dem Weg in mein Zimmer kam ich an Rockys Zimmer vorbei. Hoffentlich schläft er sich gesund, der Arme, dachte ich. Die gerade überstandene Gefahr hatte mich milde gestimmt. Ich nahm mir vor, netter zu ihm zu sein. Ich legte mein Ohr an die Tür. Rockys Stimme klang durch die dünne Tür. Ich konnte deutlich hören, wie er sagte: »Ich werde mich wieder melden, wenn ich mehr weiß.«

Rocky Jedwabski saß bereits quietschvergnügt im Frühstücksraum, als ich durch die Tür trat. Die Produkte der europäischen Pharmaindustrie hatten alle Erwartungen erfüllt. Die Tabletten hatten ihm prima geholfen. Er sei nur noch ein bißchen steif im Kreuz, gestand er, morgen würde er wieder topfit sein. »Voll auf dem Dampfer!«

Ich betrachtete ihn. Sein Jungengesicht trug noch die Falten des Kopfkissens auf der Haut. Das blonde, kurzgeschnittene Haar stand kreuz und quer zur äußeren Form des Schädels. Er hatte sich mein Entsetzen über sein Safari-Outfit wohl zu Herzen genommen, denn er trug ein schlichtes helles T-Shirt und eine einfache Jeans. Auch die martialischen Springerstiefel waren im Zimmer geblieben.

»Eigentlich sind Sie ein ganz hübscher Bursche«, faßte ich das zusammen, was ich gerade begutachtet hatte. »Tut mir leid, daß ich gestern etwas grob zu Ihnen war.«

Ich winkte den Kellner heran und bestellte ein etwas üppigeres Frühstück, als es in Spanien üblich war. Die Leute hier verdrückten allenfalls einen kleinen, in Fett gebackenen Teigkringel und eine Minitasse schwarzen Kaffee.

Ich berichtete von meiner Observierung am gestrigen Abend.

»Als ich ins Hotel zurückkam, habe ich an Ihrer Tür gehorcht. Mit wem haben Sie telefoniert?«

Mit dieser Frage hatte er nicht gerechnet. »Mit meiner Mutter«, sagte er nach einer kleinen Pause, »sie macht sich Sorgen, wenn ich mich nicht melde. Ich habe ihr nur …«

»Ist gut«, unterbrach ich ihn, »ich hoffe, ich kann mich auf Sie verlassen. Wenn Sie ein mieses Spiel treiben, komme ich sowieso dahinter. Sagen Sie lieber gleich, was Sache ist!«

Sein Blick war ehrlich. Aber mit meiner Menschenkenntnis war es leider nicht weit her. Zu oft hatte ich Menschen geglaubt, weil sie mir sympathisch waren, zu oft war ich reingelegt worden. Aber – ein bißchen Risiko ist halt immer dabei, dachte ich.

»Der Mann gestern abend war bestimmt dieser Killer!« lenkte Rocky ab.

»Das glaube ich nicht. El Lobo kennt mich. Er hat mich bei der Beerdigung von Lasotta gesehen, weiß also, wie ich aussehe. Dem Typen von gestern war mein Gesicht völlig unbekannt. Kommen Sie! Wir müssen zu dem Haus zurück und die alte Frau fragen, welche Leute in dieser Firma ein und aus gehen. Und dann setzen wir uns in die Bar und warten auf den Mann. Und wenn er kommt, dann verfolgen wir ihn.« Ich war Feuer und Flamme.

»Wir brauchen eine Waffe«, meinte Rocky entschlossen.

»Brauchen wir nicht. Zuerst beobachten wir nur. Wir sehen aus wie harmlose Touristen, von denen es in Toledo Tausende gibt. Bis Sie eine Waffe organisiert haben, können Tage vergehen.«

»Sollen wir uns nicht lieber duzen?« fragte Rocky. »Das ist vielleicht unauffälliger.«

»Einverstanden. Hast du deine Pillen für heute schon genommen, kleiner Bruder?«

»Gleich mit dem ersten Stück Brot. Ich fühle mich blendend. Könnte Bäume ausreißen.«

»Immer langsam. Krame lieber deine Spanischkenntnisse zusammen. Wo hast du diese schöne Sprache noch mal gelernt?«

»Ich war Türsteher in einer Disco in Arenal. Mallorca. Das ist eine Insel im ...«

»Ich weiß, wo Mallorca ist. Also los!«

Wir nahmen das Auto, falls eine Verfolgungsjagd angesagt wäre. Fast genau vor dem grauen Haus fanden wir einen Parkplatz.

»Da oben ist die Frau aus dem Fenster geflogen. Dritter Stock«, raunte ich Rocky zu, als er sich – noch ein bißchen unbeweglich im mittleren Beckenbereich – aus dem Auto schraubte.

»Da oben?« fragte er und deutete mit dem Finger nach oben.

»Mein Gott!« Ich war genervt. »Kannst du dich nicht ein bißchen dezenter benehmen?«

»'tschuldigung.«

Wenige Minuten später waren wir beide über die Mauer geklettert und hatten den Hinterhof erreicht. Rokky verwickelte die alte Frau, die – wie gestern abend – vor ihrem Kräuterbeet saß, in ein ausführliches, spanisches Gespräch.

»Der Mann kommt immer am späten Nachmittag. Er leert den Briefkasten und telefoniert. Manchmal kommen auch andere Leute, doch nur für kurze Zeit. Niemand übernachtet dort oben. Die Firma bekommt ziemlich viel Post und ausländische Zeitungen. Die Alte hat ein Zimmer in diesem Bau hier. Putzt ab und zu die Treppe.«

»Hat sie vielleicht einen Schlüssel für die Firmenräume?« fiel mir ein.

»Weiß nicht.«

»Dann frag sie doch mal!«

Rocky trottete wieder zu der alten Frau hin.

»Hat sie nicht«, sagte Rocky, als er zurückkam.

»Schade.« Ich überlegte einen Moment. »Komm, wir setzen uns in die Tapa-Bar auf der anderen Seite und warten, bis der Mann kommt. Dann verfolgen wir ihn.«

Gesagt, getan. Der Kellner staunte nicht schlecht, als er mich schon wieder sah. Und diesmal in Begleitung. Er grinste anzüglich. Vermutlich glaubte er, ich hätte jemanden aufgegabelt. Auch egal.

Die Wartezeit wurde durch Rockys Anekdoten aus seinem jungen Leben verkürzt. Der Sozialismus in Polen habe die Menschen bis aufs Blut gepeinigt. Seine Mama sei sehr katholisch, der Vater abgehauen. Seine Lehre als Schlosser habe er hingeschmissen, dann hätte er die Reise nach Mallorca angetreten, dort unten Scheiß gebaut und ganz schnell ab in die Fremdenlegion. Rocky erzählte und erzählte, als wäre ein Teleprompter hinter meinem Kopf befestigt.

»Da!« Ich hatte die Tür des grauen Hauses nicht aus den Augen gelassen.

Der Mann war plötzlich aufgetaucht, ich hatte keine Ahnung woher. Rockys Geschichten hatten mich wohl einen Augenblick abgelenkt. Ohne nach rechts oder nach links zu blicken, steckte der Unbekannte den Schlüssel ins Schloß und verschwand im Flur. Die Tür fiel gemächlich zu.

»Das ist der Kerl!« Ich war ganz sicher, auch wenn der Typ heute eine dunkle Jacke trug und keine grüne. Es war dieser energische Gang und die Art, wie er das dunkle Haar mit dem Unterarm aus dem Gesicht strich.

»Was sollen wir tun?« Rocky war aufgeregt wie ein kleiner Junge.

»Warten«, brummte ich. »Wenn er rauskommt, verfolgen wir ihn. Wir müssen seinen Namen wissen, wo er wohnt und mit wem er sich trifft.«

»Wie im Film«, strahlte Rocky. »Das alles ist bombastisch!«

»Wenn er nur die Post holt und durch die Hintertür verschwindet, sehen wir alt aus«, versuchte ich seinen Elan zu dämpfen.

Wir hatten Glück. Der Mann brauchte nur eine Viertelstunde, um die Geschäfte der Firma *Puerta del Sol* zu erledigen.

Ich schmiß einen Geldschein auf den Tisch, packte meine Tasche, zog den Sonnenhut in die Stirn und befahl: »Ab zum Auto!«

Rocky rappelte sich hoch und trottete hinter mir her. Der Mann ging zielstrebig zu einem hellen Kleinwagen, der etwa hundert Meter vom grauen Haus entfernt geparkt stand. Er schaute nicht auf, als er sich eilig hinters Steuer klemmte. Unser Mietwagen wartete nur ein paar Meter entfernt.

»Du fährst«, zischte ich Rocky zu.

»Ich kann nicht!« kam es kläglich.

»Ich dachte, dein Kreuz ist wieder in Ordnung!«

Der Unbekannte startete sein Gefährt.

»Ich habe keinen Führerschein!«

»Das darf doch nicht wahr sein!« zeterte ich. »Warum habe ich dich eigentlich mitgenommen? Meinen Koffer schleppe ich allein, den Wagen fahre ich, ich bin deine Krankenschwester und bezahle auch noch alles! Verdammt noch mal ...«

»Da fährt er!« Der helle Kleinwagen zog flott an uns vorbei.

»Kannst du wenigstens allein einsteigen? Oder soll ich dich hintragen?« brüllte ich.

Rocky erwachte aus seiner Erstarrung, lief zur Beifahrerseite, öffnete die Tür und ließ sich mit einem unterdrückten Schmerzensschrei in die Polster fallen. Ich startete den Wagen, gab zuviel Gas und würgte den Motor ab.

»Scheiße!«

Beim zweiten Mal klappte es. Zum Glück war die Straße, an der das graue Haus lag, ziemlich gerade und bot eine gute Sicht. Nach kurzer Zeit hatte ich den hellen Wagen wieder im Blickfeld.

»Tut mir leid!« kam es zerknirscht von nebenan.

Der helle Wagen schlängelte sich wie ein kleines Insekt zwischen parkenden Autos, knatternden Mopeds und langsamen Fahrrädern hindurch. Der Verkehr nahm zu, wir fuhren aus der Altstadt hinaus und gelangten in ein modernes Geschäftsviertel. Der Wagen hielt plötzlich an, der Unbekannte schaltete die Warnblinkanlage ein, stieg aus und ging eilig durch eine Tür.

»Er will bestimmt dort oben hin!« Rocky deutete auf die erste Etage des Bürohauses. Auf die drei großen Fenster war das Zeichen der russischen Fluggesellschaft »Aeroflot« gemalt. Ich dachte daran, daß die Sachertorte aus Moskau kommen sollte.

Der Mann schien ein Anhänger kurzer Besuche zu sein, denn da war er schon wieder. In der Hand trug er ein kleines Kuvert. Ich tippte auf ein Flugticket.

Der Wagen des Unbekannten reihte sich erneut in den Verkehr ein. Wir blieben dran und gelangten an einen großen Parkplatz. Der Mann steuerte eine freie Bucht an, ich bog in die Parallelreihe ein und stoppte dort. Im Rückspiegel sah ich, wie der Mann sein nächstes Ziel zu Fuß ansteuerte, die Kathedrale von Toledo. Ihre beiden Türme, einer spitz und der andere von einer Kuppel gekrönt, erhoben sich mächtig über den hellen sauberen Platz. Der Unbekannte lief schnell, unter den rechten Arm hatte er einen größeren Umschlag geklemmt.

Ich scheuchte Rocky hinaus. »Ich gehe allein, du wartest hier und behältst sein Auto im Auge. Schau es dir mal näher an. Wir treffen uns wieder an unserem Wagen. Es ist besser, der Typ sieht uns nicht zusammen! Und merk dir alles, was er tut.« Weg war ich.

Der Mann hatte die Kathedrale bereits durch das Hauptportal betreten. Kühle Luft schlug mir entgegen. Meine Augen gewöhnten sich nur langsam an die Dämmerung. Das Gotteshaus hatte mehrere Schiffe, in denen hölzerne Betgestühle standen. Ich sah die Schatten von knienden, in sich versunkenen Menschen, deren Hände gefaltet waren.

Dazwischen Grüppchen von Touristen, die von ihren Reiseleitern durch das Innere des riesigen Baus getrieben wurden. Das Raunen der Besucher und der erlernte Singsang von gemurmelten Gebeten gaben der Szene einen beklemmenden Charakter.

Plötzlich entdeckte ich den Mann wieder. Er kniete in einem Seitenschiff und schien ins Gebet versunken. Mein Mut wuchs, und ich pirschte mich heran, setzte mich zwei Reihen hinter dem Unbekannten auf die Bank und wartete ab. Meine Augen verbarg ich im Schatten des Sonnenhutes. *Silencio – Lugar sagrado* war auf einem handgemalten Plakat zu lesen, und gleich daneben erfuhren die Besucher, in welchem Teil der Kathedrale sie sich befanden: In der *Capilla del Santisimo.*

Der Mann bekreuzigte sich und stand auf. Als er in die Tasche seiner dunklen Jacke griff, bemerkte ich, daß er keinen Umschlag mehr bei sich hatte. Er mußte ihn jemandem gegeben haben, und ich hatte nichts gesehen!

Der Mann stand nun vor einem kleinen Altarbild, vor dem Lichter brannten. Er warf einige Münzen in einen Schlitz und drückte auf einen Knopf. Dann bekreuzigte er sich noch einmal und bog ab Richtung Ausgang.

Ich trat an das Altarbild, doch da war nichts. Der Unbekannte hatte ein Licht für sein Seelenheil angemacht. Keine Kerze, sondern ein elektrisches Lämpchen, das zusammen mit vielen anderen in einem Glaskasten unter dem Heiligenbild angebracht war.

Moneda de 5 ptas, stand auf einem Schild, *se enciende una luz.*

Unwillkürlich lachte ich auf. Die moderne Zeit hatte in diesem alten Bau aus dem 15. Jahrhundert Einzug gehalten. Und als ob jemand meinen Eindruck noch verstärken wollte, hörte ich Flötentöne eines Konzertes von Bach durch Lautsprecher, die an den gotischen Säulen des Mittelschiffes angebracht waren.

Die Sonne blendete mich, als ich auf den Platz trat. Mißmutig schlenderte ich Richtung Auto. Wo war Rokky? Ich sah mich um und konnte ihn nicht entdecken. Meine Laune tendierte immer stärker gegen Null. Erst die mißlungene Observation und nun das.

Mein Blick streifte wieder über den großen Platz, blieb hier und da hängen, stöberte in engen Gassen, untersuchte Fassaden und Cafés. Rocky war nicht zu sehen.

Eine Gruppe junger Leute stob auseinander. Die beiden Männer, die dahinter zum Vorschein kamen, waren mir bekannt. Rocky unterhielt sich angeregt mit dem Unbekannten. Dieser griff nach Rockys Arm und schien ihm etwas zu erklären. Dann gingen die beiden auseinander.

Als Rocky vor mir stand, schaute ich ihn an, als hätte ich ein Gespenst vor mir.

»Ich hab uns ein Eis geholt«, strahlte er. »Willst du Milch- oder Fruchteis?« Er hielt mir zwei Eisbecher entgegen. Ich wählte Vanille.

»Habe ich das eben wirklich gesehen, oder war's eine Halluzination?« fragte ich.

»Wollten wir nicht herauskriegen, wie der Typ heißt?«

»Klar. Du hast dich also artig vorgestellt und ihn nach seinem Namen gefragt?«

»Glaubst du, ich bin blöd?« Es klang ein wenig gekränkt. »Ich hab ihn nach dem Greco-Haus gefragt. Er war sehr hilfsbereit und hat mir den Weg beschrieben.«

»Schön«, lobte ich, »das ist bestimmt der Beginn einer wunderbaren Männerfreundschaft. Und wo liegt der Nutzen für unsere Ermittlungen? Außer, daß er sich dein Gesicht merken konnte?« Langsam wurde ich wütend.

»Hier!« Rocky reichte mir eine Lederbrieftasche und widmete sich wieder seinem Eis.

Ich klappte das Teil auf: Eine Kreditkarte, ein paar Visitenkarten, ein deutscher Personalausweis und ein kleiner Schlüssel.

»Du hast ihm die Brieftasche geklaut?« rief ich begeistert. In Rockys Gesicht stand der pure Stolz über den geglückten Coup.

Ich schaute mich um. Bevor der Mann den Diebstahl bemerkte, mußten wir verschwunden sein.

»Laß uns los, bevor der Kerl wiederkommt«, rief ich Rocky zu. Wir düsten ab. Außerhalb der Stadtmauer stoppte ich den Wagen.

Dann schaute ich auf den Namen im Personalausweis. Es war die angeblich fälschungssichere Karte, die seit einigen Jahren ausgegeben wurde. »Urs Stäubli« stand dort zu lesen, geboren in Genf vor 38 Jahren. Ein Deutscher schweizerischer Abstammung, der das Aussehen eines feurigen Spaniers hatte!

»Er sieht nicht aus wie ein Germane«, murmelte ich, »vielleicht ein gefälschter Ausweis. Hast du eigentlich spanisch mit ihm gesprochen?«

»Zuerst schon. Doch dann sprach er deutsch mit mir. Er hat wohl gemerkt, daß mein Spanisch nicht ganz astrein ist.«

Die Kreditkarte lautete ebenfalls auf den Namen »Urs Stäubli«, die Visitenkarten trugen im oberen Teil das Firmenlogo: *Puerta del Sol - Im- und Export* und darunter die Adresse in Toledo. Ein kleines goldenes Tor prangte inmitten der weißen Karte.

»Eine schicke Karte haben die«, stellte ich fest, »kaum zu glauben, daß sich die Geschäftsräume in diesem verfallenen Haus befinden, aus dessen Fenster ab und zu Frauen geworfen werden.«

Meine Laune besserte sich. Endlich ein kleiner Erfolg.

In meiner Handfläche lag der kleine Metallschlüssel. »Für welches Schloß ist der wohl gedacht?« grübelte ich halblaut.

Rocky hatte sein Eis verputzt, zerknüllte den Becher und warf ihn aus dem geöffneten Fenster auf das Pflaster. Ich zuckte zusammen. Diese Geste war ein Schlag ins Gesicht einer bekennenden Getrenntmüllsammlerin.

»Wie ein Schlüssel zu einem Schließfach sieht er nicht aus«, dachte ich weiter nach, »es ist kein Autoschlüssel, und zu einem Türschloß gehört er auch nicht.«

»Könnte es der Briefkastenschlüssel sein?«

»Na klar!« Ich schlug mir vor die Stirn. »Der Typ holt ja immer die Post, bevor er ins Büro geht. Das hast du echt super gemacht, Rocky! Woher kannst du so gut klauen?«

»Hab ich mal gelernt.«

»Toledo ist ja auch die Stadt der Diebe«, fiel mir wieder ein.

»Und was machen wir jetzt?«

»Heute nichts mehr. Wir machen morgen weiter«, schlug ich vor, »wir plazieren uns vor der Tapa-Bar und warten, bis der Briefträger kommt. Dann räumen wir mit Hilfe des Schlüssels den Briefkasten aus und sind längst verschwunden, wenn Stäubli eintrudelt. Wie findest du diese Idee, Partner?«

Fußball und Schönheitspflege

Den Rest des Tages sollte Rocky zwischen Stuhl und Bett verbringen, um seinen Rücken zu schonen. Ich bummelte durch die Altstadt, mied die Straße, an der das graue Haus lag, und versuchte, mir Urlaubsgefühle einzureden. Eigentlich nicht schwer, denn die Sonne brannte mir auf die Nase; ich zog den Strohhut tiefer in die Stirn. Es war wie ein Slalomlauf, den Weg durch die geparkten Touristenbusse zu finden. Ich war nämlich unterwegs zu einer Sehenswürdigkeit, die mein Reiseführer in höchsten Tönen pries.

Der Tajo wird von einigen Brücken überspannt, die Toledo mit dem Umland verbinden. Die schönste ist die Alcántara-Brücke mit ihren Türmen, von denen einer aus dem 13. Jahrhundert stammt. Bereits in römischer Zeit soll es hier einen Steg über den Fluß gegeben haben. Ich schaute über die steinerne Brüstung nach unten. Das Wasser lag tief und war verschmutzt. Im Reiseführer hatte etwas von einem »rauschenden Fluß« gestanden. Das da unten war ein graugrünes Rinnsal.

Ich lief noch weiter bis zum Barockturm und kehrte wieder um. Menschentrauben kamen mir fröhlich plappernd entgegen, Männer zielten mit ihren Fotoapparaten oder Camcordern auf ihre Ehefrauen vor historischem Hintergrund. Nein, dachte ich, das wird nichts mit den Urlaubsgefühlen. Frustriert schlenderte ich ins Hotel zurück.

Der Empfangschef an der Rezeption gab mir den Schlüssel zu meinem Zimmer. »Da war Telefon für die Señora«, sagte er in gebrochenem Deutsch, »ein Señor. Ruft wieder an.«

»Wer? Hat er seinen Namen genannt?« Kaum jemand wußte, daß ich in Toledo war!

»No, Señora.«

Der Lift brachte mich nach oben. Liliencron, dachte ich, er ahnte, daß ich in Toledo war. Außerdem hatte er angekündigt, mich beobachten lassen zu wollen. Auf den Anruf konnte ich sehr gut verzichten.

Ich pochte an Rockys Zimmer, hörte ein »Herein« und trat ein. Mein Leibwächter saß leicht bekleidet auf dem Bett und pflegte seinen Körper. Er hatte geduscht, die Luft in dem kleinen Zimmer war feucht. Das Duschgel roch etwas streng. Ich kräuselte die Nase, ging zum Fenster und riß es auf.

»Puhh«, stöhnte ich, »die reinste Sauna. Kann ich noch irgendwie bei der Schönheitspflege behilflich sein?«

Es sollte ironisch klingen, doch dafür hatte er überhaupt keine Antenne. »Danke für das Angebot. Ich bin gleich fertig«, brummte er und massierte eine parfümierte Creme auf seinen Bizeps.

»Was macht der Rücken?«

»Prima. Ich hab stundenlang heißes Wasser drüber laufen lassen.«

»Wie erfreulich. Haben Euer Gnaden schon Pläne für den heutigen Abend?«

»Fernsehen. Europacup. Bierstadt gegen Madrid. Vorrunde.«

»Ach du lieber Himmel! Das hatte ich ja völlig vergessen.«

Der Abend war gelaufen. Ich besorgte was zu essen und eine Flasche Wein. Dann setzten wir uns auf Rockys Bett und zitterten mit der Bierstädter Mannschaft. Sie zogen den Spaniern mit drei zu null eins drüber.

Als ich kurz vor Mitternacht endlich im Bett lag, fiel mir ein, daß ich den Mann, der mich angeblich hatte anrufen wollen, völlig vergessen hatte.

Nachrichten aus der Heimat

Am nächsten Morgen rief ich Peter Jansen an. Wir hatten vereinbart, daß ich mich regelmäßig melden würde.

»Ich habe die Firma gefunden«, erzählte ich, »sie sitzt in dem Haus, aus dem die Frau geworfen wurde. Den Typen, der da rumschleicht, haben wir identifiziert.«

»Ich habe auch was für dich«, kam es durchs Telefon, »mein Kontaktmann bei der Bank hat geliefert. Die Firma *Puerta del Sol* überweist seit Jahren hohe Summen an die *HoG* beziehungsweise deren gemeinnützigen Trägerverein. Alle Gelder sind als Spenden ausgewiesen. Die *HoG* ihrerseits überweist den größten Teil an eine Transportfirma, die eine Lkw-Flotte unterhält. Diese Firma, sie heißt *Sotrans*, transportiert die Sachspenden in die Krisengebiete. Und stellt der *HoG* dafür natürlich saftige Rechnungen aus, die ungefähr die Höhe haben, in der die *Puerta del Sol* spendet. Mir liegen einige Kontoauszüge vor.«

»Und? Was soll das Geldgeschiebe?« Ich verstand nicht gleich.

»Mensch, Grappa! So wäscht man Geld blütenrein. Die klassische Methode! Leider hab ich noch nicht rausgekriegt, wem die *Sotrans* gehört, aber ich arbeite dran. Wann kommt dein Artikel? Ich habe heute eigentlich damit gerechnet. Wir müssen die Sache auf kleiner Flamme am Kochen halten.«

Ich überlegte. Ein bißchen was würde ich schreiben können, um das Interesse der Öffentlichkeit an dem Fall aufrecht zu erhalten. Auch wenn noch nicht viel passiert war, im Aufbauschen war ich nicht schlecht.

»Ich muß gleich zum grauen Haus«, berichtete ich, »wenn da alles glatt läuft, schreibe ich dir ein paar Zeilen. Im Hotel gibt es einen Modem-Anschluß für meinen Laptop. Wir müssen die Typen so durcheinanderwirbeln, daß sie Fehler machen.«

»Sei vorsichtig, Grappa«, bat Jansen, »die Kerle kennen keinen Spaß. Ich kann dich nicht aus Spanien rausholen. Wie klappt's eigentlich mit deinem Bodyguard? Taugt er was?«

»Kann ich noch nicht sagen. Meinen Koffer trage ich selbst, weil er einen Hexenschuß hat, Autofahren kann er auch nicht – die Anzeige in unserem Blatt war also ein voller Erfolg!«

»Du hast aber auch immer Pech mit Männern«, lachte er, »ich hätte dir ein erotisches Abenteuer mit einem knackigen Schwarzenegger-Verschnitt gegönnt! Sex, Gefahr, Sonne und Abenteuer. Das ist doch ein Cocktail, an dem du gerne mal nippst?«

»Schön, daß du dir Sorgen um mein Gefühlsleben machst«, entgegnete ich trocken, »ich habe den Männern ein für allemal abgeschworen. Der Aufwand lohnt nicht. Vielleicht ist es auch nur das fortschreitende Alter, das mich weise gemacht hat. Und sonst? Wie läuft's in der Redaktion?«

»Prächtig. WC Knall moderiert seit neuestem eine Fernsehsendung für den WDR. Gegen Honorar natürlich. Das hindert ihn daran, sich ins Blatt einzumischen.«

»Die Öffentlich-Rechtlichen lassen auch keine Chance verstreichen, ihr Programm am Zuschauer vorbei zu gestalten. Wann kriegt Knall denn eigentlich den Bundesnebenverdienstorden?«

Jansen prustete los. »Kann nicht mehr lange dauern. Seinen Beratervertrag mit der Brauerei hat er verlängert, bei der Stadtsparkasse ist er auch gut im Geschäft, von den Jubiläumsveranstaltungen, auf denen er auftritt, ganz zu schweigen. Da klingelt's in der Kasse!«

»Und wie geht es dir?«

»Wenn du wissen willst, ob ich wieder rückfällig geworden bin, dann kann ich mit einem klaren Nein, antworten.«

»Prima. Du siehst, mit etwas gutem Willen und Durchhaltevermögen läßt sich viel schaffen.«

Jansen schwieg ein paar Augenblicke. »Deine unglaubliche Sensibilität, mit schwierigen Problemen umzugehen, hat mich schon immer fasziniert, Grappa. Ich danke dir herzlich für deinen Zuspruch.«

»Hab ich was Falsches gesagt?« Ich war verdutzt.

»Nein, Grappa. Du doch nicht!« Es klang ironisch. »Und jetzt mach dich an die Arbeit. Mit den rustikalen Dingen des Lebens wirst du besser fertig. Ich warte auf deinen Artikel.«

Der Postmann kommt

Rocky postierte sich vor dem grauen Haus an der Eingangstür. Sie war nur angelehnt. Ich war hinterrücks über den verwilderten Garten in das Gebäude eingestiegen. Wir hatten vereinbart, daß Rocky zweimal die Autohupe drücken sollte, falls sich Stäubli nähern würde.

Und so stand ich mit beiden Beinen in dem Papiermüll hinter dem Treppenaufgang und verbarg mich. Den Briefkastenschlüssel hielt ich in der Hand.

Zum Glück arbeiten die spanischen Briefträger genauso gewissenhaft wie ihre deutschen Kollegen – sie sehen zu, daß sie möglichst schnell mit dem Austragen der Post fertig sind. Die Tür wurde aufgedrückt, ich lugte um die Ecke. Der Postmann steckte einiges an Papier in den Kasten der Firma *Puerta del Sol – Im- und Export*. So schnell wie er aufgetaucht war, verschwand er wieder. Die Tür fiel zu, dann herrschte wieder Stille im Hausflur.

Auf Zehenspitzen tapste ich zum Kasten, steckte den Schüssel ins Schloß und griff zu. Da hörte ich über mir ein Geräusch. Es war ein Treppenknarren. Mit dem Bündel Post in der rechten Hand stolperte ich zur Hintertür. Nichts wie weg!

Ich sah einen Schatten in meinem Rücken, der im Halbdunkel des Flures näher kam. Meine Hand öffnete sich, und die Briefumschläge samt Schlüssel fielen zu Boden zwischen den Müll und die Plastiktüten unter dem Treppenaufgang. Jemand griff meine Schulter und drehte mich zu sich um. »*Adelante, Señora!*«

Die Stimme von Urs Stäubli ließ keinen Widerspruch zu.

»*Perdone*«, stammelte ich, »*conoce usted la ciudad? Quisiera ir al castillo de San Servando.*«

Ein Blick in sein Gesicht sagte mir, daß es keinen Sinn hatte, die Touristin zu spielen, die bei der Suche nach einer Burg ausgerechnet in diesem Hausflur gelandet war.

»Sie können deutsch mit mir reden«, sagte Urs Stäubli. »Also vorwärts! Die Treppe hoch.«

Ich wollte mich losreißen, doch er setzte meinen Arm als Hebel ein. Ein Schmerzensschrei entrann meinen Lippen. Stäubli drückte mich die wackelige Stiege hoch.

Wenn ich erst in diesem Büro bin, dachte ich, fliege ich durchs Fenster – genau wie Carmen Roja. Zwei Etagen hatte ich noch, um das zu verhindern. Ich dachte an Rocky. Er saß draußen im Auto und suchte die Straße nach Stäubli ab. Verdammt, schoß es mir durch den Kopf, warum hatte ich nicht mit sowas gerechnet. Urs Stäubli hatte bereits in seinem Büro gesessen, als wir im Hotel noch in den Federn lagen.

»Was wollen Sie von mir?« brüllte ich Stäubli an. »Lassen Sie mich sofort los, Sie Flegel!«

Die Angst wich einer grenzenlosen Wut. Ich hatte keine Lust, mein Leben auf dem Pflaster einer Gasse in Toledo zu beenden. Mein Fuß spannte sich, und ich trat hinter mich. Urs Stäubli taumelte und fluchte, konnte sich aber noch am Treppengeländer festhalten. Er ließ mich kurz los. Ich trat noch mal zu, diesmal mit der ganzen Kraft, die ich hatte. Stäubli bekam meinen Schuh voll in den Unterleib. Er schrie auf, verlor endgültig die Balance und fiel. Das war's.

Mein Atem ging stoßweise. Ich rannte zur Tür, drückte sie auf. Mein Leibwächter saß auf dem Beifahrersitz und hörte Radio.

»Rocky!« schrie ich. »Komm her, er ist hier!«

Sekunden später stand Rocky neben dem Körper von Urs Stäubli. »Ist er tot?« fragte er verdattert.

»Nicht direkt«, gab ich cool zurück, »guck mal!« Urs Stäubli begann sich wieder zu bewegen.

»Fessle ihn ans Geländer«, befahl ich, »damit wir in Ruhe verschwinden können!«

»Womit soll ich ihn fesseln?«

»Du liebe Güte! Kannst du denn nichts allein machen? Nimm seinen Gürtel!«

Flugs sammelte ich die Post ein, die wild verstreut auf dem Boden lag. »Los jetzt! Wir hauen ab. Bist du endlich fertig?«

»Soll ich ihn mir mal vornehmen?« fragte Rocky. »Er könnte uns noch wichtige Informationen geben ...«

»Wir sind nicht bei der Fremdenlegion! Der redet sowieso nicht. Außerdem haben wir keine Zeit. Oder sollen wir warten, bis seine Kumpanen nach ihm suchen?«

Rettende Fragezeichen

Flink glitten meine Finger über die Tastatur des Laptops. Nach einer Stunde hatte ich den versprochenen Artikel, auf den Peter Jansen wartete, zusammen. Rokky saß schweigend neben mir, wir hatten uns einen kleinen Imbiß aufs Hotelzimmer kommen lassen.

»Wie findest du diese Überschrift? *Gute Taten nur als Tarnung? – Verdient Hilfsorganisation an Geldwäsche?*«

»Hört sich gut an«, kaute Rocky. »Hast du Urs Stäubli auch erwähnt?«

»Noch nicht«, antwortete ich und schnappte mir einen kalten Hähnchenschenkel, »Stäubli behalte ich als Trumpfkarte im Ärmel. Ich will ja schließlich an die Hintermänner herankommen.«

»Einen tollen Beruf hast du«, meinte Rocky. In seinem Jungengesicht stand Bewunderung.

»Das täuscht. Solche Stories wie diese hier sind kein Journalistenalltag. Meistens hängst du auf langweiligen Pressekonferenzen rum, mußt mit Leuten reden, die so aufregend sind wie eine amtliche Bekanntmachung, oder läßt dir was von Politikern in den Block diktieren. Werde bloß kein Journalist. Es gibt genug gescheiterte Existenzen in diesem Job.«

»Ich habe vielleicht einen neuen Job in Aussicht«, erzählte er. »Aber das hängt noch von einigen Dingen ab.«

»Ach ja?« Mein Interesse hielt sich in Grenzen, denn ich bastelte gerade an der Unterzeile. »Hör mal zu: *Spanische Briefkastenfirma überweist hohe Spenden an ,Hilfe ohne Grenzen' – Wußte Mordopfer Lasotta von Geldern aus dunkler Quelle?*«

»Woher weißt du das mit dem Geld?«

»Ein Kollege hat es rausgekriegt. Er hat zum Glück Belege darüber. Und bei allen anderen Sachen hab ich vorsichtig formuliert, gefragt statt behauptet, angedeutet statt ausgesprochen. Ein wichtiger Trick in dem Job, weil juristisch einwandfrei.«

Ich erhob mich. Der Artikel war fertig. Das Faxkabel lag griffbereit, ich stöpselte es in den Laptop und in die Faxleitung neben dem Hoteltelefon, aktivierte das Modem und gab die Nummer des *Bierstädter Tageblattes* ein. Ein Mausklick und ab!

Der Stoff, aus dem Schokoladentorten sind

»Ein Telefongespräch für Sie, Señora«, sagte eine Frauenstimme.

Das Fax war gerade weg, Peter Jansen konnte es also auf keinen Fall sein. Ich hob den Hörer ab.

»Wenn Sie gestern für mich erreichbar gewesen wären«, sagte die kühle Stimme von El Lobo zu mir, »dann hätte ich Ihnen gesagt, daß man Sie bereits erwartet.«

»Woher wissen Sie, wo ich bin?« Eine bessere Frage fiel mir nicht ein.

»Die Spur, die Sie hinterlassen, ist unübersehbar«, entgegnete der Killer, »besonders Ihr junger Freund benimmt sich ziemlich unkonventionell. Soll er Sie beschützen?«

»Eigentlich schon. Doch bisher ist es leider umgekehrt.«

El Lobo lachte. »Ich rufe an, weil ich eine wichtige Information für Sie habe. Fahren Sie wieder zurück nach Bierstadt. Die Sachertorte ist dort inzwischen angekommen. Innerhalb der nächsten zwei Wochen wird sie verschickt. In Toledo ist für Sie nichts mehr zu erfahren.«

»Wir wollten sowieso gerade los.«

»Sehr vernünftig. Und passen Sie unterwegs auf. Ich möchte, daß Sie gesund in Bierstadt ankommen. Ich brauche Sie noch.«

»Wann endlich zeigen Sie mir Ihr Gesicht, Sie verdammter …«

»Aber, aber«, unterbrach er mich, »eine Dame flucht nicht.«

»Auf Ihre Knigge-Tips kann ich verzichten«, zickte ich, »aber lassen wir das. Darf ich Sie auch was fragen?«

»Nur zu.«

»Was genau versteckt sich hinter dem Namen Sachertorte?«

»Was? Das wissen Sie noch immer nicht? Sie enttäuschen mich, Frau Grappa. Ich hätte Sie für pfiffiger gehalten. Aber ich will Ihr Informationsdefizit gern auffüllen. Die Sachertorte ist etwa 2,5 Kilogramm schwer und rund 280 Millionen Dollar wert. Ihre Bestandteile sind nicht Schokolade, Teig und Buttercreme sondern waffenfähiges Plutonium.«

»Ach du Schreck! Etwa das Zeug, aus dem man Atombomben bastelt?«

El Lobo antwortete nicht mehr. Er hatte den Hörer aufgelegt.

Ich muß raus aus der Sache, dachte ich panisch, das war kein Gesellschaftsspiel mehr. Waffenhandel – das wäre ja noch gegangen. Das Verschieben ein paar alter NVA-Möhrchen in Krisengebiete der Dritten Welt. Eine Giftgasfabrik für ein Folterregime in Afrika. Viele deutsche Firmen bessern ihre Bilanzen auf, indem sie Geschäfte am Kriegswaffenkontrollgesetz vorbei machen. Aber Plutonium? Ein Schauder lief mir den Rücken herab. Ich dachte an die Bilder von Hiroshima und Tschernobyl. An die Atomwaffentests der Amerikaner auf dem Bikini-Atoll und die Versuche der Franzosen in Mururoa.

»Wer war das?« wollte Rocky wissen.

»Ein Freund«, erklärte ich abwesend.

»Und warum redest du mit ihm über Atombomben?« ließ er nicht locker.

»Hör zu, Kleiner«, sagte ich, »wir machen uns vom Akker, und zwar pronto. Ich lade dich in Bierstadt bei deiner Mama ab, und du vergißt, daß du jemals mit mir in Spanien gewesen bist. Hast du's begriffen?«

»Behandle mich nicht wie einen Idioten«, forderte mein Bodyguard, »ich ahne, was da läuft. Die Sache ist dir plötzlich zu heiß, und du hast die Hosen voll.«

»Und wenn schon. Das ist meine Sache.«

Wir schwiegen uns eine Weile an.

»Laß uns den Brüdern den Deal versauen«, schlug Rocky dann vor.

»Ach ja?« Ich lachte auf. »Und wie willst du das machen? Du bist hier nicht in der Wüste bei deinen lächerlichen Nahkämpfen mit einem Messer zwischen den Zähnen. Diese Sache hier wird auf internationalem Parkett ausgetragen, dort trägt man Maßanzüge, Brillantuhren und reist in Privatjets. Was meinst du, was passiert, wenn du in deinem Safarianzug dort auftauchst und ihnen ihr Spielzeug wegnehmen willst? Die lachen sich schlapp und pusten dich weg in Null Komma nichts!«

Rocky reagierte nicht auf meine Provokationen. In seinem Jungengesicht stand die Entschlossenheit, die Welt vor einer nuklearen Katastrophe zu bewahren.

»Du bist feige!« schleuderte er mir entgegen. »Gerade jetzt lohnt es sich weiterzumachen!«

»Laß mich in Frieden«, unterbrach ich ihn grob. »Die atomare Gefahr ist heutzutage vorbei – das kannst du in jeder Zeitung nachlesen.«

»Und warum will dann jemand das Zeug haben, aus denen die Dinger gemacht werden?«

Ich seufzte. Wo er recht hatte, hatte er recht.

»Laß uns erst mal aus Toledo rausfahren«, schlug ich vor, »dann sehen wir weiter. Bist du soweit?«

Die Fäden der Erkenntnis

Durch das Gespräch mit El Lobo hatte ich die Briefe an die Firma *Puerta del Sol* fast vergessen. Wir fuhren auf der Autopista Richtung Madrid.

»Falls wir keinen Flug zurück bekommen, müssen wir in Madrid noch einmal übernachten«, erklärte ich. »Ich kenne ein gemütliches Hotel in der Nähe des Flughafens. Die Zimmer sind zwar klein, aber das Restaurant ist spitze. Ich kann Tapas im Moment nicht mehr sehen. Heute abend ist mir nach Lammkeule zumute.«

»Du willst das Leben wohl noch genießen, bevor die Bombe fällt«, mutmaßte Rocky mit Grabesstimme. Das Wissen um die Konsistenz der Sachertorte hatte ihm die Petersilie verhagelt. Ich hatte ihn nicht für so sensibel gehalten.

Ich bog auf einen Autobahnrastplatz ab, suchte einen Parkplatz weit weg vom Restaurant und stoppte. »Laß uns endlich sehen, was in dem Briefkasten war.«

Rocky reichte mir die eine Hälfte der Post, ich öffnete die Umschläge. Auf den ersten Blick war's ein voller Flop. Rechnungen und Bestellungen.

»Was heißt *articulos de piel*?«

»Lederzeugs«, antwortete Rocky. »Spanien exportiert Lederartikel in alle Welt. Bei mir sind auch nur Rechnungen oder Bestellungen. Hier ... das könnte interessant sein!«

Er reichte mir einen Umschlag, auf dem ein Foto lag. Es zeigte einen Mann mit graumeliertem Haar, außergewöhnlich prägnanten Gesichtszügen und dunklen Samtaugen.

»Irgendwoher kenn ich den Typ«, grübelte Rocky, »aber mir fällt's nicht ein.«

»Ich kann dir sagen, wer das ist«, sagte ich mit belegter Stimme, »der Mann heißt Max Lidor, ist Literaturprofessor und sitzt im Rollstuhl.«

»Woher weißt du das?«

»Er hat im Flugzeug neben mir gesessen. Ich habe nett mit ihm geplaudert.«

»Genau! Jetzt weiß ich wieder! Der BKA-Bulle hat seine Papiere kontrolliert! Wie kommt sein Foto in den Briefkasten von *Puerta del Sol*?«

»Das würde ich auch gern wissen.«

Ich drehte das Foto um. *Max Lidor* stand dort in Druckbuchstaben und darunter eine Zahl: *50.000 $*.

Mir wurde heiß. In meinem Kopf verknüpfte ich einige Fäden miteinander.

»Was hast du?« fragte Rocky. »Du guckst so komisch.«

»Sie wollen Max Lidor umbringen. Und der Killer kriegt 50.000 Dollar dafür.«

»Und warum?«

»Irgendwie hängt er mit drin«, versuchte ich zu erklären. »Ich weiß nicht wie, aber ich werde es rauskriegen.«

»Der Mann kann noch nicht mal laufen!«

»Und wenn schon? Intelligenz kann für manche Leute gefährlicher sein als intakte Beine. Zum Glück kann der Killer seinen Auftrag nicht ausführen, weil wir das Bild haben. Max Lidor hat also noch einen kleinen Aufschub.«

»Wir müssen ihn warnen!«

»Daran habe ich auch schon gedacht. Doch – ich kenne seine Adresse nicht. Er hält sich irgendwo im Gebirge auf, in den *Sierra de Gredos*, in einem Haus. Er macht Urlaub. Mit seiner Familie. Wenn alles stimmt, was er mir während des Fluges erzählt hat.«

Meine Hände zitterten, als ich den Wagen vom Parkplatz lenkte und ihn in den Autostrom einfädelte. Endlich wußte ich, wer El Lobo war.

Wolf und Lamm

Die Maschine, die abends ab Madrid nach Düsseldorf flog, war ausgebucht. Wir kamen in dem kleinen Hotel unter und nutzten den letzten Abend zu einem fürstlichen Mahl, ganz wie ich es geplant hatte. Die Spanier verstehen die exzellente Zubereitung von Lamm. In guten Restaurants gibt es Backöfen aus Stein, die mit Holzkohle vorgeheizt werden. Das Stück vom Lamm – meist Schulter oder Keule – braucht dann nur noch gewürzt und hineingeschoben werden, nachdem die Holzkohle ausgeräumt worden ist. Das Ergebnis ist sensationell.

Das Fleisch war so zart, daß es von den Knochen fiel. Dazu Weißbrot und Tomatensalat mit dicken weißen Bohnen. Klar, daß über dem Ganzen eine Wolke von Knoblauch schwebte. Der rote Rioja war süffig mit jenem eigenartigen Holzton, der je nach Qualität des Weines im Gaumen kratzt oder ihn liebevoll streichelt.

»Wie soll es jetzt weitergehen?« unterbrach Rocky meine Gedanken. Er hatte sich ein mächtiges Stück Lamm auf seinen Teller geladen und kaute voller Inbrunst. Nach jedem Bissen nahm er einen Schluck Wein, spülte sich den Mund damit aus und schluckte alles runter. Ich konnte mich kaum von dem grauenvollen Anblick, jenseits aller bürgerlichen Tischsitten, losreißen.

»Die Sachertorte ist in Bierstadt«, antwortete ich, »und irgendwann wird sie auf Reisen gehen. *Hilfe ohne Grenzen* hängt da mit drin. Mir bleibt nichts anderes übrig, als meine Informationen ans Bundeskriminalamt weiterzugeben.«

»Und was willst du erzählen?« Rocky leerte das Glas, schenkte sich ein neues ein und holte sich das nächste Stück Lamm von der Platte.

»Daß die Firma *Puerta del Sol* Aufträge entgegennimmt und im Geschäft der internationalen Atommafia kräftig mitmischt, wenn nicht gar den Ton angibt. Im Klartext: Hier können durchgeknallte Diktatoren Stoff bestellen, um die halbe Welt zu vernichten. Urs Stäubli ist einer ihrer Agenten. Er hat in Toledo das Büro der Aeroflot besucht und sich bestimmt ein Ticket nach Moskau gekauft. Da kommt das Zeug schließlich her. Du kannst überall nachlesen, daß es kein Problem ist, in der Ex-UdSSR an waffenfähiges Plutonium, Lithium 6 oder anderes Zeug heranzukommen. Das ist nur eine Frage des Preises. 280 Millionen sind kein Pappenstiel.«

»Wie kommst du auf 280 Millionen?«

»Die Sachertorte kostet so viel.«

»Und welche Rolle spielt El Lobo? Glaubst du, daß du ihm trauen kannst? Vielleicht will er selber nur an die Torte ran?«

»Mach dir mal keine Sorgen«, versuchte ich seine Bedenken zu zerstreuen, »als Journalist muß man unabhängig bleiben, unbestechlich sein und den Überblick behalten.«

»Ach ja? Dafür hat dich dieser Wolf schon ganz schön um den Finger gewickelt.«

»Du spinnst.« Wütend spießte ich das letzte Stück Fleisch auf und ließ es im Mund verschwinden.

»Dann machen wir also weiter?«

»Klar.« Ich erhob mein Glas. »Habe ich jemals etwas anderes vorgehabt?«

Fische mit schlechtem Image

In Bierstadt war alles wie immer. Nein, etwas hatte sich geändert. Chefredakteur WC Knall war für die nächsten Monate aus dem Verkehr gezogen.

»Er liegt in der Klinik. Er hatte einen Unfall.« Peter Jansen sah nicht so aus, als würde er vor Mitleid zerfließen.

»Das tut mir aber leid«, log ich. »Was hat er denn?«

»Beim ‚Montags-Talk' ist etwas Schreckliches passiert. Es ging um eine kritische Auseinandersetzung über die Haltung von Tieren in Gefangenschaft. Die Sendung fand im Zierfisch-Aquarium des Bierstädter Zoos statt. WC stand vor einem riesigen Bassin und interviewte den Zoodirektor, als er plötzlich über ein Kabel stolperte. Den Rest kannst du dir denken.«

Ein warmes Gefühl stieg in mir auf. »Erzähl mehr!« flehte ich. »Hat er sich etwa weh getan?«

»Allerdings. In dem Becken waren Piranhas.«

»Diese kleinen, süßen Fische aus dem Amazonas mit den messerscharfen Zähnen?« jubelte ich.

»Genau die. Na ja, er brüllte wie am Spieß, und das live – vor laufender Kamera. Natürlich haben sie ihn schnell da rausgeholt. War halb so tragisch.«

»Willst du etwa sagen, daß er nicht angeknabbert worden ist?«

»Keine Sorge«, beruhigte mich Jansen, »ein paar Wunden hat er schon. Ein Finger ist, glaub ich, weg. Aber – Knall hat einen schweren Schock ... und sein Toupet ist im Eimer. Es dümpelte noch eine Weile an der Wasseroberfläche und versank dann. Niemand hat sich getraut, es rauszuholen. Ich hatte bis dahin gar nicht gewußt, daß er einen Mottenfifi trägt.«

»Und warum sagt man diesen Fischen nach, daß sie einen Ochsen in ein paar Sekunden völlig skelettieren können? Warum versagen sie so gnadenlos?«

Jansen grinste. »Alles Vorurteile.«

»Jemand muß sie vorher mit was Leckerem gefüttert haben«, mutmaßte ich. »Sonst wären sie nicht so zurückhaltend gewesen. Meinst du, ich sollte mal bei ihm in der Klinik vorbeischauen?«

»Laß das mal lieber«, riet er dann, »du mußt da nicht nachhelfen. Er hat den Antrag auf Vorruhestand schon gestellt, der Verleger hat zugestimmt. Tränen der Erleichterung sollen ihm dabei über die Wangen gelaufen sein. Die Ära Knall geht ihrem Ende entgegen.«

»Der Journalismus in unserer Republik wird Minuten brauchen, um sich von diesem Verlust zu erholen«, prophezeite ich. »Werden sie dich jetzt zum Chef machen?«

»Ich rechne nicht damit.« Jansen schien darüber nicht unglücklich zu sein. »Ich habe einen dunklen Punkt in meiner Vita. Außerdem ist Karriere nicht alles im Leben.«

»Finde ich auch«, stimmte ich zu, »komm, laß uns besprechen, wie wir die Geschichte zu einem guten Ende bringen.«

Toter Fisch in Roh

Asiatische Klänge umperlten mich, als ich das Sushi-Restaurant betrat. Eine niedliche Japanerin empfing mich am Eingang, sie trug ein prächtiges Gewand und trippelte mit zierlichen Schritten vor mir her.

»Bitte schön, gnädige Flau«, zirpte die Asiatin.

Liliencron schraubte sich ein charmantes Lächeln heraus, als er mich sah.

»Liebe Frau Grappa!« Er sprang auf. »Ich habe mir erlaubt, schon mal eine kleine Kollektion Sushi und Sashimi zu ordern. Ich hoffe, Sie nehmen mir meine Voreiligkeit nicht übel?«

»Sehr aufmerksam«, flötete ich. »Sie wundern sich sicherlich, daß ich Sie sprechen will, oder?«

»Nein«, antwortete er schlicht. »Ihre Erlebnisse in Spanien haben Ihnen wohl gezeigt, daß die Sache gefährlicher ist, als Sie bisher dachten. Ihr Artikel war sehr aufschlußreich – auch wenn er für mich natürlich keine neuen Fakten enthielt. Ich freue mich auf jeden Fall, daß wir nun doch zusammengekommen sind.«

Das hast du Peter Jansen zu verdanken, dachte ich.

Lautlos waren zwei Kellnerinnen herangetrippelt und stellten zahlreiche Schälchen auf den Tisch, in denen sich kleine Bröckchen zugeschnittener Fisch oder gerollte Teigteilchen befanden.

»In der japanischen Küche unterscheidet man zwischen Sushi und Sashimi«, dozierte Liliencron, »die Sushi-Basis ist Reis, der zuvor mit Essig gesäuert wird. Darauf werden Scheiben von rohen Krustentieren oder Fisch plaziert. Für Nori-Maki-Sushi werden Algen mit gesäuertem Reis bestrichen, gefüllt und aufgerollt. Sehen Sie hier!«

Er deutete auf vier Rollen, die auf einem schwarzen Lacktablett lagen. Es sah ziemlich malerisch aus. Bei dem Gedanken an rohen Fisch allerdings drehte sich mir der Magen um.

»Dies hier ist Ura-Maki-Sushi«, fuhr er fort, »die Reisschicht ist diesmal außen, und beim Date-Maki-Sushi wird der rohe Fisch in einen Omeletteteig eingerollt. Sashimi dagegen ist roher Fisch oder Krustentiere. Das hier ist die Sauce.« Liliencron deutete auf eine Schale, in der eine dunkelbraune Flüssigkeit schwamm. »Es handelt sich um Sojafond, der mit frischem grünen Meerrettich verrührt wird.«

»Vielen Dank für die Einführung in die japanische Küche«, sagte ich und versuchte zu lächeln, »es gibt für Sie also ein Leben neben dem BKA. Woher rührt Ihre Vorliebe fürs Japanische?«

»Die japanische Kultur hat mich schon immer fasziniert«, gestand er, »also war es nur eine kleine Überwindung für mich, für zwei Jahre nach Japan zu gehen. Ich habe dort in einer Anti-Terror-Einheit gearbeitet. Internationaler Beamtenaustausch.«

Ich klemmte ein Nori-Maki-Sushi zwischen die Stäbchen und führte es zum Mund. »Ißt man die Dinger ganz, oder sollte man erst mal dran knabbern?« wollte ich wissen.

»Wie Sie wollen.«

Es schmeckte grauenhaft. Ich weiß nicht, ob es der rohe Fisch oder der saure Reis war, aber mir blieb der Bissen sozusagen im Mund hängen. Es gab für mich nur zwei Möglichkeiten – ausspucken oder runterschlucken. Ich tat das letzte und spülte mit einer Tasse grünen Tee nach, der so heiß war, daß ich mir den Gaumen verbrannte. Ich schloß die Augen. Mein Kleinhirn spuckte Visionen von spanischem Lammbraten, italienischer Pasta und griechischen Fleischbällchen aus. Es gab so viele wunderbare Gerichte auf dieser Welt.

»Das ist nichts für mich«, keuchte ich. »Kriegt man hier eine Schale Reis – ohne alles?«

»Es tut mir sehr leid.« Liliencron wirkte etwas zerknirscht. »Ich wollte Ihnen wirklich nur eine Freude machen und den Neubeginn unserer Zusammenarbeit auf möglichst nette Art feiern. Sollen wir woanders hingehen?«

»Bloß nicht.« Mein Bedarf an Essen war für den heutigen Tag gedeckt. »Aber Sie sollten mir jetzt endlich sagen, was Sie über die Sachertorte wissen.«

»Sie haben recht. Schließlich arbeiten wir jetzt zusammen.«

Liliencron ließ die Stäbchen sinken. Die Kellnerin räumte die halbleeren Schälchen weg.

»Sachertorte ist eine Bezeichnung für nukleares Material, das von international tätigen Schmugglerkreisen gehandelt wird.« Liliencron drückte sich sehr vorsichtig aus.

»Diese Information ist nicht neu für mich. Wer hat das Zeugs bestellt, und wo soll es hin?«

»Das wissen wir leider noch nicht. Nur, daß der Schmuggel über Moskau, Spanien, Deutschland läuft. Auf spanischer Seite ist eine Firma in Toledo involviert, die Firma, die Sie in Ihrem Bericht erwähnt haben. Wer in Deutschland Ansprechpartner ist – darüber liegen uns noch keine Informationen vor.«

»Wie wär's denn mit der Firma *Hilfe ohne Grenzen*? Schließlich zahlt *Puerta del Sol* hohe Spenden an die *HoG* und hält Gesellschafteranteile. Die *HoG* hat durch ihre Transporte die Möglichkeit, die Sachen außer Landes zu schaffen. Wer kontrolliert schon humanitäre Hilfe? Und so bekäme der Mord an Lasotta wenigstens einen Sinn!«

Liliencron schüttelte den Kopf. »Uns fehlen die Beweise. Leider! Einer unserer Agentinnen wäre es fast gelungen, an eine Probe des waffenfähigen Materials heranzukommen. Sie hat sich als Interessentin ausgegeben. Sie war unterwegs zu einem Treffpunkt, an dem die Übergabe stattfinden sollte. Seitdem haben wir jeden Kontakt zu der Frau verloren.«

»Die Agentin hieß Carmen Roja?«

»Woher wissen Sie das?«

»Von Brinkhoff« Ich erzählte ihm, wie ich Carmen Roja auf dem Pflaster hatte liegen sehen – tot –, aus dem Fenster eines grauen Hauses in Toledo geworfen.

»Ich hab noch versucht, den Mörder zu erwischen, doch er war schon weg. Und als ich unten ankam, hatte sich die Leiche in Luft aufgelöst. In einer Puderdose, die auf dem Pflaster lag, fand ich eine Bierstädter Telefonnummer. Es war die Durchwahl ihrer Tante Carlotta bei der *HoG*.«

Liliencron pfiff durch die Zähne. »Also deshalb tauchten Sie plötzlich in der Sache auf. Eine Weile dachte ich wirklich, daß Sie mit El Lobo zusammenarbeiten würden.«

»Der hat sich erst später gemeldet. Aber – was ist eigentlich mit Carmens Tante Carlotta passiert? Ist sie wieder aufgetaucht?«

»Nein«, antwortete der BKA-Mann. »Wir behandeln den Fall als normale Vermißtensache. Kann aber sein, daß sie durch das Kartell aus dem Verkehr gezogen wurde.«

»Das Kartell?«

»Ein Arbeitstitel für die andere Seite. Mehr nicht. El Lobo steht in ihren Diensten.«

»Kennen Sie diesen Mann?« Ich hatte das Foto von Urs Stäubli aus der Tasche geholt, das ich in Toledo geschossen hatte. Es war noch nicht einmal so schlecht geworden, obwohl meine Hand damals vor Aufregung gezittert hatte. Stäubli war gut zu erkennen.

»Nein, nie gesehen!« Der Ermittler hatte nur einen kurzen Blick auf das Foto geworfen. »Wer soll das sein?«

»Der Typ heißt Urs Stäubli, und er arbeitet für die Firma *Puerta del Sol.*«

»Woher kennen Sie seinen Namen?« lauerte Liliencron. Er hatte seinen milden Blick verloren.

»Betriebsgeheimnis«, entgegnete ich lapidar.

»Haben Sie das Foto noch jemandem gezeigt?«

»Bisher nicht.«

»Können Sie es mir überlassen? Ich werde versuchen, etwas über diesen Stäubli herauszubekommen.«

»Aber gern.« Ich reichte ihm den Abzug. »Ich habe ja noch das Negativ.«

»Sie wissen jetzt eine Menge«, sagte Liliencron, nachdem er das Foto in seiner Brieftasche verstaut hatte. »Werden Sie die Informationen journalistisch verwerten?«

»Im Moment nicht«, sagte ich wahrheitsgemäß, »jetzt sind Sie am Ball. Wenn der Deal mit dem Plutonium zustande kommt, gehen Hunderttausende von Menschen hops. Zeigen Sie, daß Sie nicht nur mit japanischen Häppchen klarkommen. Was nützt Ihnen der schönste Fisch, wenn er nuklear verseucht ist? Hier geht's um mehr.«

»Und was sollte ich Ihrer Meinung nach tun?« Eine merkwürdige Frage, die mir der BKA-Mann da stellte. Schließlich war er der Fachmann.

»Schauen Sie sich *Hilfe ohne Grenzen* mal genauer an. Ich wette, daß die Wohlfahrtsorganisation bald den Super-Hilfstransport losschickt, von dem Luise Lasotta nach dem Tod ihres Mann gesprochen hat. Diese Ladung sollten Sie überprüfen. Und zwar gründlich.«

Liliencron blickte mich an. »Genau das werde ich tun.«

»Sie haben ein bißchen Sojasauce auf Ihrem Schlips.« Ich deutete auf einen dunkelbraunen Fleck, der sich auf der gelb-grün gemusterten Designer-Krawatte zu verteilen begann.

Cervantes und seine Zeit

Zwei Dinge interessierten mich an der Zeitung des nächsten Tages: *Hilfe ohne Grenzen* gab bekannt, daß in den nächsten Tagen ein Hilfstransport mit medizinischen Geräten und Nahrungsmitteln in die Türkei geschickt werden würde – um von dort aus in den Irak transportiert zu werden. Eine einmalige humanitäre Hilfe für die notleidende Zivilbevölkerung, die noch immer unter den Folgen des Golfkriegs leiden müsse. Die *HoG* brachte zwar keine 500 Lkw auf die Beine, sondern wollte nur mit 250 Brummis auf die große Reise gehen. Die Transporter sollten jeweils im Abstand von zwei Tagen in kleinen Gruppen starten.

Doch die zweite Meldung elektrisierte mich stärker. Im Kulturteil des *Bierstädter Tageblattes* wurde ein Vortrag angekündigt. Der deutschsprachige Literaturwissenschaftler Prof. Dr. Max Lidor war von der Kulturstiftung eingeladen worden, einen Vortrag über »Cervantes und seine Zeit« zu halten. Es geht los, dachte ich, high noon in Bierstadt-City.

Zwanzig Minuten später saß Rocky auf meinem Sofa, beide Katzen neben sich. Ich hatte Kaffee gekocht und einen eingefrorenen Apfelkuchen in die Mikrowelle geschmissen, nachdem ich ihn über die neuesten Entwicklungen informiert hatte.

»Lecker«, mampfte Rocky und kraulte der Katze den Nacken. »Meine Mama macht auch immer Apfelkuchen, doch da sind noch Haselnüsse drauf. Solltest du auch mal probieren. Schmeckt prima!«

»Man kann nicht alles im Leben haben«, entgegnete ich. »Ich werde mich um den Wolf kümmern, wenn er seinen Vortrag in Bierstadt hält. Du behältst Liliencron im Auge. Er kennt dich nicht. Ich will wissen, was der Typ treibt.«

»Ich hatte eigentlich gedacht, daß ich mich nachts auf den Hof der Wohlfahrtsfirma schleiche und die Lkw untersuche«, maulte Rocky, »warum soll ich den BKA-Bullen überwachen?«

»Ich muß wissen, was er unternimmt. Ich habe ihm das Foto von Stäubli gezeigt, und er hat ziemlich merkwürdig darauf reagiert.«

»Wieso?«

»Wenn er *Puerta del Sol* wirklich überwacht hat, dann müßte er Stäubli eigentlich kennen. Mein Gefühl sagt mir, daß er lügt. Die Frage ist nur – warum tut er das?«

Zwei Tickets und ein Plan

Mein verhinderter Bodyguard war in Bierstadt wesentlich nützlicher als im feindlichen Ausland. Er rief mich an, nachdem Liliencron nach einigen Besorgungen ins Polizeipräsidium zurückgekehrt war.

»Zuerst ist er vom Hotel ins Präsidium gefahren. Ich stand noch da und überlegte, ob ich ihm nachgehen soll, als er schon wieder auftauchte. Er hat sich in seine Karre geschwungen und ist zum Stadion gefahren.«

»Ja und?«

»Er hat zwei Eintrittskarten für das BVB-Spiel gekauft.«

Komisch, dachte ich, Liliencron sieht nicht aus, als würde er sich für Fußball interessieren. Aber warum eigentlich nicht?

»Das Spiel ist erst Samstag, also in zwei Tagen«, rechnete ich nach, »am besten ist, du kaufst dir auch ein Ticket und gehst mit ihm hin. Dich kennt er noch nicht.«

»Schon passiert. Er sitzt auf der Westtribüne, Block K, Reihe 1, Sitz 34 und 35. Ich habe Platz 37 gebucht. Krieg ich die 21 Mark von dir wieder?«

»Guter Junge«, lobte ich, »Tante Grappa bezahlt alles – wie immer. Du sagst, er hat zwei Tickets gekauft. Also muß er mit jemandem verabredet sein. Was hat er danach gemacht?«

»Nichts weiter. Er ist wieder in sein Büro gefahren. Er hat nur mal kurz angehalten und einen Brief eingeworfen. Dann ist er im Bullenkloster verschwunden.«

Ich lachte. Rocky hatte manchmal eine unkonventionelle Art der Bezeichnung. Aber irgendwie wirkte das Bierstädter Polizeipräsidium tatsächlich wie ein Kloster – ein modernes allerdings. Ein lichter Innenhof mit zurückhaltendem Grün, über dem sich vielen Etagen erhoben.

»Gegen wen spielt Bierstadt eigentlich?« Ich war fußballmäßig nicht mehr auf dem aktuellen Stand.

»Schalke.«

»Ich werde euch am Samstag nicht aus den Augen lassen«, kündigte ich an.

»Und wie willst du das machen?«

»Brinkhoff muß mir helfen. Und er wird es hoffentlich tun.«

Dann erklärte ich Rocky meinen Plan.

»Klasse«, sagte er und schnalzte anerkennend mit der Zunge, »so kannst du ihn beobachten und hast noch einen super Platz für das Match.«

Schwarz-gelb über alles

Bierstadt im Fußballfieber. Schalke 04 und der BVB – zwei Erzrivalen, von denen der eine nicht verkraftet hatte, daß der andere zu Meisterschaftsehren gekommen war. Schwarz-gelb hatte außerdem bei den letzten vier Bundesligabegegnungen über blau-weiß triumphiert – der Stachel der Erniedrigung saß tief und war mit Widerhaken versehen. Für die Ordnungskräfte bedeutete dies einen 24-Stunden-Dienst, um die jeweiligen Fans »bei Laune« zu halten.

Polizei, Bundesgrenzschutz, Polizeireiterstaffel und Sondereinsatzkommando – alles war auf den Beinen, um

Ausschreitungen zu verhindern. Die Straßen um das Stadion wurden großräumig abgesperrt, wilde Parker abgeschleppt. An den Bundesbahn- und S-Bahn-Strecken wurden die anreisenden Fans von den Beamten und ihren Hunden auf unterschiedlichen Wegen ins Stadion begleitet – ohne daß sie sich begegnen konnten. Hooligans wurden vor dem Stadion nach Waffen durchsucht, besoffene Fans und Krakeeler in einen Bus gebracht, der mit Einzelzellen ausgestattet war. Zusätzlich tasteten die Ordner des Vereins am Eingang die Fans nach Wunderkerzen, Knallfröschen und anderen Dingen ab, die bei Freude oder Frust in die Luft gehen könnten.

Bewaffnet mit einer sogenannten »Arbeitskarte« versuchte ich, den Weg in die Polizeigondel zu finden, die sich über dem Rasen erhob. Heimische und gegnerische Fans machten ein glattes Durchkommen fast unmöglich. Von den Rängen klangen Sprüche wie »Ihr könnt nach Hause fahren« oder das herzergreifende »Borussia«-Lied. Zwischendurch drangen Schreie nach »Super-Andy« und »Sammer, Sammer« an mein Ohr.

Abgekämpft schaffte ich es schließlich, meinen Sitzplatz zu erreichen. Von hier oben hatte ich nicht nur das Spielfeld, sondern auch sämtliche Sitzreihen im Blick. Brinkhoff erwartete mich bereits. Niemand sonst nahm Notiz von mir, denn die Polizeibeamten hatten alle Hände voll zu tun. Funkgeräte knarrten, Stimmen krähten, Kommandos wurden gegeben. Als der Stadionsprecher die Mannschaftsaufstellung bekanntgab, schwoll der Geräuschpegel wieder an. Per Lautsprecher wurden die Vornamen der Spieler genannt, die 42.000 Zuschauer brüllten unisono die Nachnamen. Ich fand's klasse.

Brinkhoff tat derweil meinen Job. Er hatte sich vor einem kleinen Monitor plaziert, der mit sechs Kameras verbunden war, die die Zuschauerränge beobachteten. Die Kameras konnten per Fernbedienung aus allen Ecken des Stadions Bilder auf den Monitor zaubern. Per Knopfdruck konnten einzelne Szenen vergrößert werden, und zwar so gut, daß man trotz großer Entfernung Menschen identifizieren konnte.

Die Kamera beobachtete den Zugang zwischen West- und Südtribüne.

»Da!« Brinkhoff zoomte auf einen Mann. Als er sich nach rechts wandte, um nach seinem Platz Ausschau zu halten, erkannte ich das Profil von Liliencron. Zur Feier des Tages hatte er auf seinen Pferdeschwanz verzichtet und trug sein Haar offen.

Kurze Zeit später saß der BKA-Mann eingekeilt zwischen BVB-Fans. Der Platz neben ihm war noch leer.

»Fahren Sie ein wenig nach rechts«, bat ich Brinkhoff.

Er tat es. »Sehen Sie den jungen Mann mit dem dunkelblauen Sweatshirt?« Ich deutete auf einen blauen Punkt auf dem Monitor. »Das ist einer meiner Mitarbeiter. Ich habe ihn zur Sicherheit dort plaziert. Liliencron kennt ihn nicht.«

»Das hätten Sie mir vorher sagen sollen.« Brinkhoff schien verschnupft. »Und wer ist der Mann?«

Ich erklärte ihm, daß Rocky in alles eingeweiht sei und mir in Toledo aus der Patsche geholfen hätte.

Brinkhoff richtete das Kameraauge wieder auf den Sitz 34 der ersten Reihe. Inzwischen war der Platz neben Liliencron nicht mehr frei. Ich konnte nicht sehen, wer da saß. »Können Sie näher ran?«

Der Hauptkommissar tippte auf das Elektronikpult vor sich. Der Bildausschnitt vergrößerte sich. Liliencron und der Mann unterhielten sich angeregt. Das gibt's doch nicht, dachte ich.

Brinkhoff drückte noch einmal auf einen Knopf, und aus einem Drucker schob sich ein farbiges Bild der Männer heraus, das mit Datum und genauer Uhrzeit versehen war. Beide waren eindeutig zu identifizieren.

»Bei Ausschreitungen oder Übergriffen während des Spiels erstellen wir so die Beweise«, erklärte Brinkhoff, »sie gelten vor jedem Gericht der Welt als Indiz. Jetzt muß ich nur noch rauskriegen, wer der Mann ist, mit dem sich mein verehrter Kollege so anregend unterhält.«

»Das kann ich Ihnen sagen. Der Kerl heißt Urs Stäubli, hat einen deutschen Paß und arbeitet für eine spanische Ex- und Importfirma namens *Puerta del Sol*. Ich hab ihn vor fünf Tagen in Toledo getroffen.«

Brinkhoff sah mich stumm an. Dann wandte er sich wieder dem Pult zu, zoomte so nah ran wie möglich und ließ ein Foto nach dem anderen aus dem Drucker sausen.

»Ich habe übrigens auch ein Foto dieses Herrn«, sagte ich, »aufgenommen in Toledo. Das Bild habe ich neulich Liliencron gezeigt, und er hat mir gesagt, daß er den Mann niemals gesehen hat.«

Brinkhoff ließ die beiden Männer nicht aus den Augen. Das Spiel hatte inzwischen begonnen, doch weder Liliencron noch Stäubli hatten Interesse an den sportlichen Leistungen. Der Dialog hatte an Heftigkeit zugekommen, sie schienen sich zu streiten.

»Ich wundere mich, daß Sie noch leben«, sagte Brinkhoff trocken und sah mich ziemlich merkwürdig an. »Wenn dieser Mann wirklich Urs Stäubli ist, dann haben Sie sich mit einem der berüchtigtsten Verbrecher eingelassen, der zur Zeit auf diesem Erdball herumläuft. Gegen ihn ist El Lobo ein Heiliger. Stäubli hat Spaß daran, seine Opfer umzubringen und vorher noch zu foltern. Der Mann ist geisteskrank.«

Ich schluckte. »Und warum trifft sich Ihr Kollege mit ihm?«

»Darauf weiß ich noch keine Antwort«, grübelte Brinkhoff, »aber ich kenne Leute, die werden es mir sagen. Vielleicht ist ja alles ganz harmlos. Das Bundeskriminalamt versteht sich auf verdeckte Ermittlungen.«

»Liliencron als Undercover-Agent? Das glauben Sie doch selbst nicht! Die beiden sind Komplizen, das sieht doch jedes Kind.«

Brinkhoff schwieg.

Ich gab dem Hauptkommissar eine leicht geschönte Kurzfassung der Sachertorten-Story. Max Lidor erwähnte ich nicht.

»Du lieber Himmel!« Mir wurde heiß und kalt zugleich. »Wir haben Rocky ganz vergessen. Stäubli kennt ihn, denn Rocky hat ihm seine Papiere geklaut und ihn ans Treppengeländer gefesselt. Schnell, gehen Sie nach rechts!«

Brinkhoff zoomte auf Platz 37. Er war leer. In diesem Augenblick schoß Andreas Möller nach einer gelungenen Vorlage von Julio Cesar das Eins zu Null. Wie das Ei ins Netz flutschte – das war vom Allerfeinsten. Alles, was im Stadion nur ansatzweise schwarz-gelb war, wurde geworfen, geschwenkt, geschüttelt.

Vorübergehende Nordwanderung

Rocky hatte das einzig Richtige getan, als er Stäubli neben Liliencron entdeckte, er hatte sich aus dem Staub gemacht. Irgendwie war es ihm gelungen – an den Ordnern vorbei – in die Polizeigondel zu gelangen. Ich informierte ihn schnell über die Identität Stäublis.

»Ich wußte gleich, daß der Kerl stinkt«, kommentierte er knapp.

»Wie soll es jetzt weitergehen?« wollte ich von Brinkhoff wissen.

»Eigentlich geht es Sie ja überhaupt nichts an«, meinte der Hauptkommissar, »aber ich sag's Ihnen. Ich werde meine Vorgesetzten informieren.«

»Also wollen Sie Liliencron nicht fragen, warum er sich mit Stäubli getroffen hat?« interessierte ich mich. Brinkhoff traute ihm wohl doch nicht über den Weg.

»Vorläufig nicht. Die Aufklärung einiger Morde und die Verhinderung eines illegalen Atomgeschäftes sind wichtiger als meine Neugier. Die wird noch früh genug befriedigt.« Und an Rocky gewandt fragte er: »Hat Stäubli Sie eigentlich gesehen?«

Der zuckte nur mit den Schultern. »Ich hab gerade auf was anderes geachtet. Als ich wieder hingeguckt hab, saß Stäubli da. Es wäre also möglich, daß er mich beäugt hat.«

»Dann sollten Sie gut auf sich aufpassen, Herr Jedwabski«, riet Brinkhoff. »Stäubli ist gefährlich.«

»Logo«, nickte Rocky. »*No problema*. Und was ist mit Frau Grappa? Immerhin weiß der BKA-Bulle, daß sie an der Sache dran ist.«

Brinkhoff sah mich nachdenklich an. »Das stimmt allerdings. Sie sollten die nächsten Tage nicht in Ihrer Wohnung verbringen. Haben Sie Bekannte, bei denen Sie wohnen können?«

Ich schüttelte den Kopf. »Das kommt gar nicht in Frage. Ich kann schon auf mich aufpassen.«

»Du kannst bei mir und Mama einziehen«, schlug Rokky vor.

»Das fehlte noch«, knurrte ich. »Und was ist mit meinen drei Katzen? Ich habe sie gerade erst bei meiner

Nachbarin abgeholt. Die Tiere fallen in eine tiefe Depression, wenn ich sie schon wieder allein lasse.«

»Die Viecher nimmst du mit zu uns. Mama kommt aus der Landwirtschaft, sie mag Katzen.«

»So könnte es gehen«, meinte Brinkhoff. »Ich kann Sie leider nicht unter Polizeischutz stellen – Liliencron würde das sofort merken.«

»Meinetwegen.« Die Argumente gingen mir langsam aus.

Brinkhoff begleitete uns noch so lange, bis ich aus meiner Wohnung die Katzen und ein paar Kleider geholt hatte. Am selben Abend zog ich in ein winziges Gästezimmer, das sich in einem alten Zehn-Familienhaus im Bierstädter Norden befand. Hier würde mich bestimmt niemand finden!

Eine gute Beziehung

Rockys Mutter war eine stämmige, kleine Frau mit gesunder Gesichtsfarbe und blauer Kittelschürze. Wenn sie mit ihrem Sohn polnisch redete, stemmte sie die Arme auf die Hüften und sah ihm direkt in die graublauen Augen. Rocky hatte eine Menge Respekt vor ihr.

»Warum nennt sie dich Thadeusz?« Ich saß eingekeilt zwischen Mutter Jedwabski und einer riesigen Schrankwand an der Kaffeetafel, die liebevoll mit Blumendecke und Trockengesteck geschmückt war.

»Ich heiße Thadeusz«, gestand er. »Doch das kann kaum jemand aussprechen. Also hab ich mich Rocky genannt.«

»Sylvester Stallone?«

Rocky nickte. »Die Boxerfilme. Ich find den Typ super.«

Rockys Mama, die kaum deutsch sprach, hatte mitgekriegt, was ich gefragt hatte. Sie ließ auf ihren Sohn einen temperamentvollen Wortschwall niederprasseln.

Ich grinste. »Gefällt ihr wohl nicht, oder?«

»Mama ist konservativ.« Rocky zuckte mit den Schultern. Sein Gesichtsausdruck lag zwischen peinlich berührt und betroffen. Er sagte etwas zu ihr. Ihr Gesicht verlor die Strenge, sie strich ihm über sein blondes Stoppelhaar und tätschelte seine Wange. Rocky lächelte.

»Ihr versteht euch aber prima«, stellte ich fest und spürte so etwas wie Rührung.

»Mama ist ... ich meine, ich wohne noch zu Hause, weil ...« Rockys Mund wollte weitere Worte formen, doch es klappte nicht.

»Du mußt dich doch nicht dafür entschuldigen, daß du dich mit deiner Mama gut verstehst«, sagte ich, »sowas wie euch beide, gibt es nicht oft. Also sei froh darüber.«

Rocky nickte und stach mit der Kuchengabel in den Streuselkuchen. Das Stück flog vom Teller, quer über den Tisch und landete auf dem Teppich. Rockys Mama prustete los. Eine meiner Katzen sprang vom Sofa und schaute sich den Streusel näher an. Wieder keine Maus! Frustriert sprang sie auf den Fernseher, der niedrig stand und mit einem Brokatdeckchen gekrönt war. Mama lachte wieder, dann lachten wir alle. Die Spannung war weg.

»Morgen früh spricht Max Lidor über den Dichter Cervantes. Der Vortrag findet im Goldsaal der Westfalenhallen statt. Kommst du mit?« fragte ich ein paar Stunden später.

»Nö. Ich will mir die Lastwagen mal genauer ansehen, die die nächsten Tage losfahren sollen. Sie stehen auf dem Betriebshof von *Hilfe ohne Grenzen*. Irgendwann müssen sie ja beladen werden.«

»Das ist bestimmt längst passiert«, warf ich ein, »die Pressekonferenz ist schon Montag mittag. Die Sachertorte werden die erst in letzter Sekunde dort verstecken. Schließlich kostet das Teil 280 Millionen Dollar. Willst du 250 Lkw untersuchen? Das dauert Jahre!«

Er blieb bei seinem Plan, ich gab nach. »Paß nur auf, daß du Urs Stäubli nicht in die Hände fällst«, warnte ich, »er mag dich bestimmt nicht besonders. Wer läßt sich schon gern die Papiere stehlen?«

Die Erde der Mancha

»Seit den Zeiten der Römer wogen im Land des spanischen Dichters Cervantes die Weizenfelder«, erzählte Max Lidor, »es ist das Gebiet um Alcalá de Henares. Die Landschaft ist schlicht und unscheinbar wie eine alte Bauernküche. Die Menschen, die hier leben, sind mürrisch und mögen keine Fremden. Und doch ist dieser Landstrich berühmt geworden durch den Dichter Miguel de Cervantes Saavedra, dem Schöpfer des unvergänglichen Narren und Helden Don Quixote de la Mancha.«

Max Lidor, der Mann, den ich für El Lobo hielt, saß aufrecht in seinem Rollstuhl und ließ die wachen Augen über das Publikum schweifen. Seine Stimme war dunkler als die des Wolfes, doch die Melodie stimmte. Und vor allen Dingen das Lachen.

Ich hatte mich in den hinteren Teil des Goldsaals verdrückt, direkt neben ein großes Blumengesteck aus Fließbandnelken und weißen Rosen. Etwa 40 Menschen waren gekommen, um dem bekannten Literaturwissenschaftler zu lauschen. Er ist es, dachte ich, er muß es sein, sonst ergibt alles keinen Sinn.

Ich hörte seine Stimme, ohne die Worte verstehen zu wollen. Ja, es waren die kurzen klaren Sätze, die ihre Spannung durch Veränderungen der Lautstärke und der Geschwindigkeit erhielten. So hatte El Lobo am Telefon gesprochen. Mir fiel wieder ein, daß der Auftragskiller schon in viele Rollen geschlüpft war. Ein Mörder, der Experte für spanische Literatur war.

Ich drückte mich hinter den Blumenkübel und fixierte den Redner durch zwei Nelken hindurch. Das dichte Haar erschien mir nicht mehr so grau wie damals im Flugzeug, die Gesichtszüge wirkten entspannter.

»Der Himmel ist hier endlos und weit. Das Klima ist rauh und martert seine Bewohner im Sommer wie im Winter. Genauso sind die Menschen – hart und streng. In der Mancha ist die Erde ein Feind, der beherrscht werden muß. Hier ist das Klima ein Gegner, der gezähmt werden will. Und hier wurde Cervantes' Held Don Quixote geboren.«

Eigentlich hatte ich Lidor vor dem Vortrag schon ansprechen wollen, doch es hatte nicht geklappt. Er wurde mit einem Rollstuhltaxi direkt vor den Goldsaal gefahren und war dort von einem Angestellten der Westfalenhallen in Empfang genommen worden. Keine Chance für mich, ihn mit einem forschen »Hallo, Lobo!« zu begrüßen.

Irgendwann brauste Applaus auf, der Vortrag war zu Ende. Lidor verbeugte sich und fixierte das Publikum. Ich erhob mich. So war ich nicht zu übersehen. Lidors Blick krallte sich in meinen Augen fest. Dann lächelte er, aber nur ein bißchen.

Eine junge Frau kam mit einem Blumenstrauß herangestöckelt. Wenig später wurde der Killer über eine Rampe von der leicht erhöhten Bühne nach draußen geschoben. Der Rollstuhl bewegte sich in Richtung Hotel. Ich folgte ihm.

»Hallo, Herr Lidor!« trompetete ich hinter ihm her. »Erinnern Sie sich noch an mich?«

Lidor wandte sich um. »Frau Grappa! Welch nette Überraschung.«

Jetzt war ich mir endgültig sicher. Er sprach meinen Nachnamen perfekt italienisch aus, irgendwie melodisch mit einem hinreißend weichen R und einem ganz kleinen A am Schluß, der an leichtes Schluckauf erinnerte.

»Sie können gehen«, sagte Lidor zu dem jungen Mann, der ihn bis vor den Eingang geschoben hatte. »Ich habe eine Freundin getroffen, die mich begleiten wird.«

»Ich finde es nett, daß Sie mich als Freundin bezeichnen, obwohl wir uns kaum kennen.«

»Immerhin sind Sie zu meinem Vortrag gekommen«, lächelte er. »Wir sollten einen Drink zusammen nehmen und uns unterhalten«, schlug er dann vor. »Am besten in meinem Hotelzimmer. Durch die Tür, rechts zum Aufzug und dann mit dem Lift in den fünften Stock. Wenn Sie mir helfen wollen? Der Gang ist ein bißchen eng. Das Hotel ist nicht besonders behindertengerecht gebaut.«

Stumm schob ich das Gefährt Richtung Aufzug, drückte auf die 5, und ab ging's.

Das Hotelzimmer war geräumige Mittelklasse. Auf dem niedrigen Tischchen vor dem Fernseher standen Getränke und ein Obstkorb.

»In der Minibar ist Champagner«, sagte Lidor, »ich habe damit gerechnet, daß Sie kommen, wenn Sie die Ankündigung in der Zeitung lesen.«

Ich beugte mich zu dem kleinen Kühlschrank hinunter. Im Augenwinkel beobachtete ich, wie sich Max Lidor aus dem Rollstuhl in einen Sessel zog. Die Beine blieben schlaff.

Ich öffnete den Champagner und goß zwei Gläser voll.

»Auf unser Wiedersehen!« prostete mir Lidor zu. »Und jetzt erzählen Sie, Frau Grappa. Wie ist es Ihnen in Spanien ergangen? Und vor allem – was macht Ihre spannende Story, an der Sie gearbeitet haben?«

»Die Story läuft immer noch«, erzählte ich, »und Spanien war für mich aufschlußreicher als erwartet. Und was ist mit Ihnen? Wie war Ihr Urlaub in den Bergen? Wie geht's Ihrer Frau und den lieben Kleinen?«

»Die Bergluft bekommt mir immer wieder gut.« Er schlich um den heißen Brei herum. »Meine Frau und die Kinder lieben die Berge genauso wie ich.«

Ich leerte das Champagnerglas und goß sofort nach. Der Mann ist nicht zu kriegen, dachte ich niedergeschlagen. Oder er ist wirklich ein harmloser Professor, der Wölfe nur aus dem Märchen kennt. Ich hatte keine Ahnung mehr, was ich hier noch sollte. Irgendwie mußte ich noch ein bißchen Smalltalk machen, und dann nichts wie weg!

Ein Klopfen an der Tür unterbrach meine Fluchtphantasien.

»Zimmerservice!« sagte eine Männerstimme.

»Hotelangestellte glauben immer, daß ein Rollstuhlfahrer besondere Betreuung braucht«, seufzte Lidor. »Würden Sie die Tür bitte öffnen?«

Als ich im Türrahmen vor dem Mann stand, der hineingelassen werden wollte, spürte ich einen harten Gegenstand in meiner Magengrube. Ich hob den Kopf und sah in das markante Gesicht von Urs Stäubli.

»Guten Tag«, sagte der Schweizer mit deutschem Paß. »Ich möchte nur sehen, ob alles in Ordnung ist.«

Er war schneller

Der Gegenstand in meiner Magengrube war ein Schießeisen. Völlig überrascht stolperte ich rückwärts in das Zimmer zurück. Es war keine Zeit mehr, Max Lidor zu warnen.

»Wo ist er?« Stäubli sah an mir vorbei ins Zimmer. Der Sessel, auf dem der Wolf noch eben mit gelähmten Beinen gesessen hatte, war leer.

»Keine Ahnung«, stammelte ich. Stäubli gab mir einen Stoß, ich taumelte gegen den Kühlschrank. Die Flaschen klirrten. »Sie rühren sich nicht vom Fleck«, befahl er, »sonst …«

Der bringt mich sowieso um, dachte ich, nachdem er Lidor erledigt hat. Stäubli hatte sich zur Tür des Badezimmers geschlichen, die Pistole schußbereit in der Hand. Wenn Lidor da drin ist, hat er keine Chance zu entkommen, ging es mir durch den Kopf, und danach bin ich dran.

Plötzlich sah ich einen Arm mit einem Revolver zwischen Fußboden und unterem Ende der Tagesdecke, die auf dem Bett lag, hervorschnellen, hörte ein dumpfes Plopp. Stäubli war nach hinten über gefallen.

»Ist er tot?« stotterte ich.

»Natürlich«, meinte Lidor. »Oder glauben Sie, ich treffe auf diese Entfernung daneben?« Er war inzwischen unter dem Bett hervorgekrochen, hatte sich mit einem fachmännischen Blick davon überzeugt, daß Stäubli den Löffel auch wirklich abgegeben hatte, und sich wieder in den Sessel gesetzt.

»Tut mir leid, Frau Grappa«, entschuldigte er sich, »normalerweise übe ich meinen Job in aufrechter Haltung aus. Aber die Situation hat mir keine andere Wahl gelassen.«

»Macht nichts«, meinte ich großzügig, »ich werd's keinem verraten. Wußten Sie eigentlich, daß auf Ihren Kopf 50.000 Dollar ausgesetzt sind?«

Ich erzählte ihm die Geschichte mit dem Foto im Postkasten der Firma *Puerta del Sol*.

»Seit diesem Zeitpunkt weiß ich, daß Sie El Lobo sind«, schloß ich meinen Bericht.

»Urs Stäubli hatte bereits seit einigen Wochen den Auftrag, mich zu töten. Er kannte aber mein Gesicht nicht.«

»Und woher hatte er plötzlich ein Foto von Ihnen?«

»Lasottas Beerdigung. Ihr Kollege hat es gemacht.«

»Also doch! Warum hat er mir nichts davon erzählt?« Typisch Willi, dachte ich, immer nur die halbe Wahrheit, immer ein Hintertürchen offen lassen, immer eine gezinkte Karte in der Hinterhand. Dann hast du dich selbst ausgetrickst, du armer Bluthund.

»Das bedeutet ja, daß Willi Kontakt zu jemandem aus dem Kartell hatte!« schloß ich messerscharf. »Warum haben die ihn dann umgebracht? Die Sache wird immer verworrener.«

»Vielleicht, weil er dabei war, ihnen den Sachertorten-Transport zu verderben«, mutmaßte Lidor. »Ich kannte Ihren Kollegen nicht näher – aber halten Sie es für möglich, daß er jemanden erpreßt hat?«

»Willi ein Erpresser?« Ich überlegte. »Möglich ist alles. Er wollte mir kurz vor seinem Tod etwas mitteilen. Aber dazu kam es leider nicht mehr.«

Während unserer Plauderei hatte ich fast vergessen, daß anderthalb Meter von mir entfernt eine Leiche auf dem fesch geblümten Teppichboden des Hotelzimmers lag.

»Was machen wir mit dem Toten?«

»Wir müssen ihn hier raus schaffen«, stellte Lidor fest.

»Und wie?«

»Sie setzen Stäubli in den Rollstuhl und fahren ihn nach draußen. Jeder wird glauben, daß ich es bin. Sind Sie mit dem Auto hier?«

»Sicher. Ich parke hinter dem Saal. Ich mache das aber nicht allein. Schließlich haben Sie ihn erschossen.«

»Machen Sie sich keine Sorgen. Niemand weiß, daß ich laufen kann. Ich komme fünf Minuten später nach. Die Leute sollen glauben, daß Sie Professor Lidor aus dem Hotel rollen. Da kann ich ja schlecht neben Ihnen hergehen.«

»Und wenn mich jemand anspricht?« Ich spürte den Angstschweiß, der auf meiner Stirne perlte.

»Wenn, wenn ... Machen Sie die Sache nicht komplizierter, als sie ist.« Lidor wurde ärgerlich. »Wo genau steht Ihr Auto?«

Ich erklärte ihm den Weg zum Parkplatz im Rücken des Goldsaals. Der Weg dorthin betrug bestimmt gute 200 Meter.

»Dann los!« Lidor hievte Stäubli hoch und ließ ihn in den Rollstuhl plumpsen. Dann griff er nach dem Kopf des Toten und meinte: »Wir haben Glück. Aus der Wunde ist kaum Blut ausgetreten. Es wird gehen, wenn ich ihm meinen Hut tief ins Gesicht ziehe.«

»Wollen Sie ihm das Ohr nicht abschneiden?« hörte ich mich fragen. Ein trockenes Lachen würgte in meinem Hals.

Wenige Minuten später stand ich auf dem Hotelflur und schob den Toten vor mir her. In der Hotelhalle machten mir alle freundlich Platz, als ich mit dem Rollstuhl zum Ausgang strebte. Die Schwingtür fegte den Hut von Stäublis Kopf. Ein freundlicher Mann, der gerade das Hotel betreten wollte, bückte sich und reichte mir den Kopfputz. Ich sagte »Danke« und drückte das Teil zurück auf des Schweizers Haupt.

An meinem Auto angelangt, wartete ich. Der Japaner stand ungerührt da. Er hatte schon viel mitgemacht, war im Graben gelandet, nächtens in den unmöglichsten Gegenden herumgekurvt – eine Leiche jedoch hatte ich noch nie mit meinem Auto transportiert.

Da kam Lidor. Er hatte einen flotten, federnden Gang.

»Alles klar gegangen?« fragte er. Ich nickte stumm.

Lidor zerrte Stäubli vom Rollstuhl auf den Beifahrersitz und befestigte den Körper mit dem Sicherheitsgurt. Ich klappte derweil die Rücksitzbank um. Der Rollstuhl paßte jetzt prima hinein, doch nun war für Lidor kein Platz mehr.

»Ich nehme ein Taxi und folge Ihnen in fünf Minuten«, versprach er, »beschreiben Sie mir bitte den Weg.«

Ich hatte mich für den Rombergpark als Ablageort entschieden und sagte etwas vom Eingang »Am Tierpark«. Er lag ein bißchen abseits. Dann startete ich den Japaner. Es waren etwa fünf Kilometer zurückzulegen, in jeder Kurve hatte ich Angst, daß Stäublis Kopf auf meine

Schulter fallen würde. Doch die Sicherheitsgurte taten brav ihre Pflicht.

Die Sonne kam freundlich hinter den Wolken hervor, als ich den kleinen Parkplatz erreichte. Jetzt war Warten angesagt.

Ich drückte das Radio an, um mich abzulenken. Der Lokalsender brachte einen Beitrag über die Rattenplage in Bierstadt. Empörte Bürger machten die Stadt dafür verantwortlich, daß es mehr Ratten als Menschen in Bierstadt gäbe, und forderten rigorose Bejagungs- und Vergiftungsaktionen. Der Stadtkämmerer wollte gerade die desolate Finanzlage der Stadt beklagen, als es leicht an mein Fenster klopfte. Lidor war eingetroffen.

Wir warteten, bis ferne Spaziergänger keine Gefahr mehr für uns werden konnten, setzten Stäubli wieder in den Rollstuhl und schoben ihn in den Rhododendrongarten des Parks. Die Büsche standen so hoch, daß niemand sehen konnte, daß wir den toten Körper auf der Bank plazierten. Da saß er nun. Neben ihm auf der Rückenlehne prangte ein kleines Messingschild in der Sonne: *Diese Bank wurde gespendet von der Stadtsparkasse Bierstadt.*

»Tut mir leid«, sagte Lidor, »aber Sie können schlecht mit einem leeren Rollstuhl zurück ins Hotel. Also müssen Sie mich jetzt schieben. Für den Fall, daß uns doch jemand gesehen hat.«

Lidor nahm Stäubli den Hut vom Kopf und setzte sich in das Gefährt. Wenige Minuten später waren wir wieder auf dem Weg zum Hotel. Alles war glatt gegangen. Ich atmete auf.

»Und jetzt?« fragte ich, als ich den Wagen die Auffahrt hochlenkte.

»Sie müssen mich noch in mein Zimmer bringen. Schließlich kann ich ja nicht aufstehen und laufen.«

Der Pförtner des Hotels nickte uns freundlich zu, als ich den Rollstuhl in Richtung Lift schob.

Der Countdown läuft

Der tote Mann im Rombergpark verdrängte am Montag morgen alle anderen Nachrichten auf die hinteren Seiten der Lokalblätter. Ich hatte keinen Wochenenddienst gehabt, ließ mich also von der Berichterstattung überraschen.

Unbekannter Mann saß tot auf einer Parkbank titelte es auf der Eins. Ich las weiter:

Eine furchtbare Entdeckung machte am gestrigen Sonntag nachmittag die Rentnerin Elfriede K. Sie führte gerade ihren Foxterrier spazieren, als sie einen Mann entdeckte, der leblos auf einer Holzbank im Rhododendrongarten des Rombergparkes saß. Elfriede K. alarmierte die Parkaufsicht. Ein Notarzt konnte nur noch den Tod des Mannes feststellen. Die Polizei geht von einem Gewaltverbrechen aus, die genaue Todesursache soll die Obduktion klären. Die Identität des Mannes ist noch unbekannt. Er hatte keinerlei Papiere bei sich. Hinweise nimmt die Kripo Bierstadt entgegen.

In den Bericht war ein Foto des Toten eingeklinkt. Auch die Privatsender und das lokale Radio hielten sich schadlos, sendeten die abenteuerlichsten Spekulationen und stellten die gewagtesten Thesen auf. Niemand jedoch knüpfte eine Verbindung zu den Morden an Hermann Lasotta und Willi Wurbs. Wie auch?

Keiner kannte den Toten, auch die Polizei hatte ihren Mund gehalten. Urs Stäublis plötzliches Hinscheiden bekam ausgerechnet durch Willi Wurbs' ehemaligen Brötchengeber *Tele Modern Life* noch eine romantische Note. *TML* verpaßte der Leiche in den Morgennachrichten den Namen »der schöne Tote aus dem Rhododendrongarten«.

Ich befand mich wieder in meiner Wohnung. Gestern abend noch hatte ich meine Sachen und die Katzen gepackt und war umgezogen. Die Gefahr durch Stäubli existierte schließlich nicht mehr. Ich schaute auf die Uhr. Brinkhoff war bestimmt schon im Büro.

»Hallo, Herr Hauptkommissar«, begann ich das Telefongespräch. »Warum erzählen Sie den Medien, daß der Tote im Rombergpark unbekannt ist? Sie wissen doch, daß er Stäubli heißt.«

»Befehl von oben«, meinte der Hauptkommissar knapp. »Hatte Stäubli eigentlich Kontakt zu Ihnen aufgenommen? Vielleicht haben Sie ihn sogar erschossen ... in Notwehr natürlich.«

Ich lachte. »Sie machen Scherze, Herr Hauptkommissar. Ich weiß noch nicht mal, wie man eine Knarre in Gang bekommt. Fragen Sie lieber Ihren superschlauen Kollegen vom BKA! Er war schließlich einer der letzten, der Stäubli lebend gesehen hat, oder? Vielleicht war er's.«

Brinkhoff antwortete nicht sogleich. Schließlich sprach er mit einer Journalistin, deren Beruf es war, alles auszuplaudern, was sie erfahren hatte.

»Liliencron war Stäublis Geschäften auf der Spur. Deshalb das Treffen im Fußballstadion. Verdeckte Ermittlungen. Liliencron wollte durch Stäubli an den Kopf der Sachertorten-Bande herankommen. Fast wäre es ihm gelungen, denn er hatte Stäublis Vertrauen. Leider ist diese Informationsquelle nun auch versiegt.«

»Sagen Sie, Brinkhoff, glauben Sie wirklich an dieses Märchen?«

»Ich habe Liliencrons Angaben überprüft«, erklärte Brinkhoff. »Sie stimmen alle. Seine Vorgesetzten waren über die Kontakte zu Stäubli informiert. Mein Kollege hat eine blütenweiße Weste.«

Ich gab es auf und sagte: »Tschüs.« Die Uhr teilte mir mit, daß ich in einer Stunde in der Redaktion erwartet wurde. In der Küche steckte ich zwei Weißbrotscheiben in den Toaster und warf die Kaffeemaschine an. Dazu noch ein Fünf-Minuten-Ei und etwas Parmaschinken. Der Tag hatte erst begonnen, und ich brauchte Kraft für das, was kommen würde.

Jetzt noch unter die Dusche, dann schmierte ich mein Gesicht mit der Anti-Knitter-Creme für die reifere Frau ein und schminkte mich. Ich wählte einen blutroten Lippenstift und einen dunkelblauen Lidschatten. Das Ergebnis war ziemlich dramatisch. So hätte ich auch in einer italienischen Oper auftreten können. Um mich weiter auf den Tag einzustimmen, schmiß ich die Wahnsinnsarie der *Lucia di Lammermoor* von Gaetano Donizetti in den CD-Player. Das waren noch Zeiten, als Frauen so richtig schön durchdrehen durften!

Durchgestylt und gut gelaunt betrat ich das Pressehaus. Der erste, den ich traf, war Amadeus Viep. Er hatte die übliche Leidensmiene aufgesetzt, die sich auch nicht änderte, als er eine Lichtgestalt wie mich auf sich zukommen sah.

»Schlecht geschlafen, schlecht geträumt, schlecht gefrühstückt?« Ich wollte ihm den Wind aus den Segeln nehmen.

»Nur überarbeitet«, antwortete er, »du erinnerst dich doch an Luises Plan mit dem Super-Hilfstransport? Heute ist eine Pressekonferenz angesetzt. Dort werden die Einzelheiten bekanntgegeben.«

»Und was hat das mit dir zu tun?« wollte ich wissen.

»Ich habe zwei volle Wochen meiner Freizeit geopfert, um Luise bei der Organisation zu helfen«, erklärte er eingeschnappt, »immerhin ist sie meine Schwägerin. Durch die Arbeit hat sie den Schmerz über den Tod von Hermann vergessen.«

»Ich finde es rührend, wie du dich um deine Mitmenschen kümmerst«, lobte ich ihn, »Hilfsbereitschaft und Menschlichkeit sind heutzutage Werte, die nur noch schwer zu finden sind. Es soll sich ja um 250 Lkw handeln – ist es dabei geblieben?«

»Sicher. Auch wenn du in einem Artikel der *HoG* dunkle Geldgeschäfte unterstellt hast, wird sich an unserer humanitären Aufgabe nichts ändern. Die Zeit wird zeigen, was übrig bleibt. Gute Taten oder vage Beschuldigungen.«

»Die haben dich ja ganz schön eingewickelt«, stellte ich fest.

»Glaub, was du willst«, schnaubte Viep und ließ mich stehen.

»Was ist dem Viep denn über die Leber gelaufen«, fragte ich, als ich in Jansens Büro saß, »er spielt beleidigte Leberwurst, nur weil wir es gewagt haben, kritisch über die *HoG* zu berichten.«

»Er sitzt inzwischen im Vorstand des Trägervereins«, berichtete Jansen und drückte seine Zigarette aus. »Da kann er sich richtig austoben in punkto Wohltätigkeit.

Hier bei uns schätzt ja niemand seine Bemühungen, uns moralisch zu erhöhen. Willst du Kaffee?«

»Aber immer. Um 13 Uhr gibt die *HoG* eine PK. Die letzte Runde beginnt. In einem der 250 Lkw ist die Sachertorte versteckt.«

»Die Polizei ist informiert.« Jansen reichte mir einen Becher mit Kaffee. »Sie haben eine Durchsuchung geplant. Aber erst, wenn die Medien wieder weg sind. Luise Lasotta und Amadeus Viep wissen noch von nichts.«

»Es wird spannend«, frohlockte ich. »Hab ich dir schon gesagt, daß der Tote aus dem Rombergpark der Typ ist, der mich in Toledo aus dem Verkehr ziehen wollte? Er ist mir bis hierher gefolgt.«

»Sag mir bloß noch, daß du ihn erschossen hast!« Erschrecken spiegelte sich in Jansens Gesicht.

»Nicht direkt. Aber das ist eine andere Story, die ich dir später erzähle. Jetzt müssen wir die Welt vor einer nuklearen Katastrophe retten!«

Ich stand schon in der Tür, als Jansen sagte: »Ich weiß jetzt, wem die Transportfirma *Sotrans* gehört.«

»Ach ja?«

»Hermann und Luise Lasotta. Und einem stillen Teilhaber, den ich noch nicht kenne.«

Ich pfiff durch die Zähne. »Dann kennen wir den Weg des Geldes. *Puerta del Sol* macht illegale Geschäfte, das Geld dafür wird an den gemeinnützigen Trägerverein der *HoG* überwiesen. Der Verein gibt das Geld an die *HoG* weiter, an der die spanische Firma beteiligt ist. Das ganze natürlich steuerfrei. Die *HoG* sammelt nebenher ganz normal Spenden, überweist Riesensummen an die *Sotrans* für die Bereitstellung der Lkw. Gleichzeitig werden Schmuggelgüter wie Waffen oder Sachertorten unbemerkt außer Landes geschafft.«

»Und das Geld landet blütenweiß auf Lasottas Konto, das jetzt seine Frau übernommen hat. Meinst du nicht, daß wir die Rolle von Luise Lasotta bisher unterschätzt haben?«

»Wer seinen Pudel ‚Leopold von Hohenschwanstein' nennt, kann kein schlechter Mensch sein«, witzelte ich. »Ich finde den stillen Teilhaber viel interessanter. Wie können wir den Namen herausbekommen?«

Eine Witwe lädt ein

Die Wohlfahrtsorganisation *Hilfe ohne Grenzen* hatte sich viel Mühe gegeben, ihre neuen guten Taten medienwirksam in Szene zu setzen. Die Pressekonferenz fand in einem Sitzungssaal des Bierstädter Rathauses statt und sollte von einem Mittagessen in einem nahegelegenen Restaurant gekrönt werden. Für die Fotografen hatte die *HoG* extra einen Bus gechartert, um sie zu dem Hof zu kutschieren, auf dem die ersten zwanzig Brummis auf ihre Abfahrt warteten.

Amadeus Viep saß neben seiner Schwägerin Luise Lasotta. Die Witwe war dem Anlaß entsprechend gekleidet: Würdig und ein wenig feierlich. Sie hatte keine Ähnlichkeit mehr mit der schrillen Gestalt, die noch vor wenigen Wochen die Werke eines Malers angepriesen hatte – mit ihrer Albinoratte im Schlepptau.

Die Stühle waren inzwischen fast alle besetzt. Amadeus Viep hatte die Pressekonferenz professionell vorbereitet. Auf den Tischen lagen stapelweise Mappen mit Papieren, in denen die guten Taten der *HoG* zusammengefaßt waren. Ich blätterte. Von der Versorgung von Erdbebenopfern im Kaukasus, Rettung von vietnamesischen Bootsflüchtlingen, Speisung von Vertriebenen aus Ruanda bis zur Betreuung Leprakranker in Asien war alles dabei, an dem ein mildtätiges Herz Freude haben mußte.

Hinter den einzelnen Aktionen waren die Spendensummen fein säuberlich aufgeführt. Mal 250.000 Mark, mal 386.000 oder 170.000 Mark. Hermann Lasotta hatte die meisten Aktionen höchstselbst betreut, war in die Krisengebiete gefahren und hatte die Verhandlungen mit den Behörden geführt. Zum Beweis hatte *HoG*-Pressechef Amadeus Viep der Mappe Fotos seines Schwagers beigelegt: Lasotta gönnerhaft strahlend, umgeben von mageren schwarzen Kindern, Lasotta händeschüttelnd mit einem UNO-Vertreter in Bosnien oder Lasotta teetrinkend mit einem Oberhäuptling in Nepal.

»Wir werden mit dieser Aktion das Vermächtnis meines verstorbenen Mannes weiterführen«, hörte ich Luise Lasotta sagen. »Im Morgengrauen werden sich die ersten zwanzig von insgesamt 250 Lastkraftwagen in Richtung

Türkei bewegen. Ihr Bestimmungsort ist – wie Sie ja bereits wissen – der Irak. Nach langen Verhandlungen, die mein Mann noch begonnen hatte, ist es der *HoG* gelungen, die Zusicherung zu erhalten, alle Grenzen ungehindert passieren zu können. Die Zivilbevölkerung im Irak ist durch die Strafmaßnahmen der USA nach dem Golfkrieg von humanitärer Hilfe so gut wie abgeschnitten.«

»Wieviel ist für diese Aktion gespendet worden?« fragte ich.

»Das können wir noch nicht sagen«, meinte Frau Lasotta, »es gehen noch immer Gelder ein. Die Hilfsbereitschaft ist unglaublich groß. Wenn wir die Aktion abgeschlossen haben, werden wir Ihnen eine Pressemitteilung schicken. Damit Sie nicht wieder auf dumme Gedanken kommen, Frau Grappa.«

Einige Berufskollegen kicherten. Doch Schadenfreude von Leuten, für die der Job aus dem braven Wiederkäuen unrecherchierter Informationen besteht, läßt mich grundsätzlich kalt.

»Wer wird die Verteilung der Güter vor Ort übernehmen?« fragte ich ungerührt weiter.

»Wir haben ein Abkommen mit örtlichen Vertretern des ‚Roten Halbmondes' geschlossen«, beantwortete Amadeus Viep die Frage.

»Dann sind Sie also sicher, daß die Hilfe die Bevölkerung direkt erreicht?«

»Da sind wir sicher, Frau Grappa«, sagte die Witwe ärgerlich. »Wir gehen mit den Spenden der Menschen sorgsam um.«

Ich lächelte, notierte ein paar Worte auf meinem Block und hielt von nun an den Mund. Viep und Frau Lasotta gaben den anderen Kollegen bereitwillig Auskunft, die Stimmung im Saal war getränkt von Ergriffenheit über die Mildtätigkeit.

»Wem gehören eigentlich die 250 Lkw, die die Sachen transportieren?« mischte ich mich wieder ein.

»Wir arbeiten seit Jahren mit einer Transportfirma zusammen«, erklärte Luise Lasotta. Ihr Blick flackerte. »Warum stellen Sie diese Frage?«

»Ich bewundere nur das Organisationsgenie, das diese Aktion plant und bis zur Reife führt«, sülzte ich. »Hat diese Firma auch einen Namen?«

»Natürlich, Frau Grappa«, sagte die Witwe. Ihre Stimme schrillte ein bißchen. »Offen, ehrlich, sauber – das ist die Devise der *HoG*. Die Frage kann ich Ihnen aber dennoch nicht beantworten. Da uns die Firma die Lkw zu einem – nun ja – geringen Preis zur Verfügung gestellt hat, möchte sie nicht genannt werden. Tu Gutes und rede nicht darüber – Sie verstehen?«

Ich nickte. Natürlich verstand ich. Luise Lasotta wollte nicht unbedingt erzählen, wie sie das Spendengeld in die eigene Tasche schaufelt, dachte ich.

Als der Bus mit rund 20 abgefütterten Medienvertretern kurz vor 15 Uhr auf dem Gelände der »Firma« ankam, hörte ich die Klänge einer Ethno-Band. Rundfunk und Fernsehen hatten ihre Übertragungswagen zwischen Pkw geparkt, die kreuz und quer auf dem Hof standen. Ich schaute mich um, ob ich Bekannte aus der Szene entdeckte. Natürlich, mein Kollege Amadeus Viep stand gerade vor einem blauen TV-Ü-Wagen. Er hatte bereits ein Interview gegeben.

Auf dem weitläufigen Innenhof war eine kleine Bühne aufgebaut worden. Ein Stehpult mit Mikrofon und mehrere Blumengestecke sollten die Festlichkeit der Veranstaltung unterstreichen. Vor der Bühne reihte sich ein Klappstuhl an den anderen.

Ich ließ meine Augen durch die Sitzreihen gleiten. Eigentlich hatte ich Rocky Jedwabski erwartet. Dafür erblickte ich Liliencron. Er stand im hinteren Teil des Innenhofes, von wo aus er alles überblicken konnte, in der Hand ein Funkgerät.

Die Ethno-Band legte eine Pause ein, und einige Leute applaudierten. Die Stuhlreihen hatten sich inzwischen gefüllt, Fotografen schlichen übers Gelände, Fernsehleute schleppten Kabel. Luise Lasotta posierte für die Fotografen.

Ich schaute mich um. Noch immer keine Spur von Rokky. Unauffällig schlenderte ich zu den Lkw. Sie trugen keine Aufschrift, graue Planen waren fest über der Ladung verzurrt. Die Kennzeichenschilder der Autos waren nagelneu, alle waren in Bierstadt zugelassen. Ich konnte nichts Verdächtiges entdecken.

Die anderen Medienvertreter hatten ihre Bilder und Interviews mittlerweile gemacht, der Hof war schon fast leer. Nur die Lkw lagen wie große, graue Buckelrinder auf dem Hof. Hier passiert heute nichts mehr, dachte ich.

Da stürmten plötzlich Männer auf den Hof. Sie trugen graue Overalls, Pistolengürtel, hatten Rambogesichter und rochen nach Sondereinsatzkommando. Endlich kam Schwung in die Sache. Ich gab meinem Fotografen ein Zeichen. Unauffällig verließ er seinen Posten in einem Winkel des Geländes und begann mit seiner Arbeit.

Gruppenweise erklommen die Bullen die Lkw. Knappe Kommandos erschallten.

Liliencron stand auf einmal neben mir. Er hatte eine überraschend gesunde Gesichtsfarbe, trug das Haar offen und schien ausgesprochen gut gelaunt. »Guten Tag, Frau Grappa«, sagte er. »Ich habe damit gerechnet, Sie hier zu treffen.«

»Ich nehme an, Sie suchen die Sachertorte. Hoffen Sie wirklich, ausgerechnet heute etwas zu finden?«

»Heute fangen wir an«, antwortete er, »wir werden jeden der 250 Lkw gründlich untersuchen. Heute beginnen wir mit den ersten zwanzig.«

Liliencron wollte noch etwas ergänzen, doch ein aufgeregtes Gekrächze aus dem Funkgerät verhinderte das. Der BKA-Mann sagte: »Ich komme«, und rannte davon. Ich hinterher.

Dann sah ich, was los war. Zwei SEK-Leute schleppten einen Körper aus einem altersschwachen Schuppen. Mein Herz blieb stehen. Es war Rocky. Sie mußten ihn erwischt haben. Ich begann zu frieren.

Die Männer legten den schlaffen Körper auf einen der Tische im Hof. Ich stürzte zu ihm. Rockys Gesicht war voller Wunden, ein Riß klaffte oberhalb der Stirn. Getrocknetes Blut hatte die Haare verklebt, der Körper war verschnürt wie ein Paket.

»Er gibt noch Lebenszeichen von sich«, stellte ein Beamter sachlich fest.

»Wo ist ein Arzt?« schrie ich.

»Der Rettungswagen ist unterwegs«, sagte jemand. Ich legte mein Ohr an Rockys Mund. Er atmete.

Als ich mich wieder aufrichtete, hatte sich Liliencrons Blick in mich verkrallt. »Wer ist das?« wollte er wissen.

»Mein Mitarbeiter.« Mit dem Handrücken wischte ich mir eine Träne von der Wange.

»Und wie heißt der Mann?« Liliencron ließ nicht lokker.

»Rocky Jedwabski. Wann kommt denn endlich der Krankenwagen, verdammt noch mal!«

»Was hat dieser Mann hier zu suchen? Haben Sie ihn hierher geschickt?«

»Lassen Sie Ihren Kasernenhofton«, brüllte ich, »sehen Sie denn nicht, daß es ihm schlecht geht?«

Ein Martinshorn erschallte, wenige Sekunden später fuhr ein Rettungswagen der Bierstädter Feuerwehr auf den Hof. Ein junger Arzt sprang heraus und durchtrennte die Stricke, mit denen Rocky noch immer gefesselt war.

»Er hat viel Blut verloren«, meinte er nach einer kurzen Untersuchung, »aber er kommt durch. Vermutlich schwere Gehirnerschütterung. Auf den ersten Blick kein Schädelbruch.«

Ich atmete auf. Rocky war jung und hart im Nehmen. »In welches Krankenhaus bringen Sie ihn?«

»Unfallklinik.«

Mit geübten Handgriffen wurde Rocky in eine Alufolie eingewickelt, auf eine Trage gelegt und in den Wagen geschoben. Dann startete der weiß-rote Kombi mit lautem Geheul.

»Sie werden mir einiges erklären müssen.« Schon wieder Liliencron!

»Suchen Sie nach der Sachertorte und lassen Sie mich in Ruhe, Sie aufgeblasenes Arschloch!«

Ich drehte mich um und stapfte zum Parkplatz. Langsam wich die Beklemmung von mir. Als ich mich durch den Innenstadtverkehr quälte, tauchte ein neues Problem vor mir auf. Wie sollte ich Rockys Mama beibringen, daß ihr ein und alles schwerverletzt im Krankenhaus lag?

Mama knallt durch

Die alte Frau hatte wortlos ihre Kittelschürze ausgezogen, sich in einen schwarzen Mantel gehüllt, die Handtasche vom Garderobenbrett gegriffen, und los ging's. Ich hatte ihr – in Ermangelung von polnischen Sprachkenntnissen – mit Händen und Füßen erklärt, daß ihr Sohn krank sei und wir jetzt zu ihm hinführen.

An der Information der Klinik nannte man uns die Zimmernummer. Als wir die Tür zum Raum öffneten, saß Liliencron an Rockys Bett, schüttelte ihn heftig und sprach laut auf ihn ein.

Mich packte die kalte Wut. »Lassen Sie ihn zufrieden!« brüllte ich. Rockys Mutter hatte meiner Reaktion entnommen, daß der Mann mit dem Pferdeschwanz, der am Bett saß, ihrem Sohn nicht wohl wollte. Mit einem Schwall von polnischen Schimpfwörtern stürzte sie sich auf den BKA-Mann und haute ihm mit ihrer großen Handtasche immer wieder eins um die Ohren. Liliencron schrie vor Schreck auf. So hatte sie ihn schnell in eine Ecke des Zimmers getrieben. Der Angegriffene versuchte sich zu wehren, doch gegen Mamas polnisches Temperament hatte er null Chancen. Die alte Frau schimpfte und kreischte, und sie hieb weiter auf ihn ein. Liliencron hielt die Arme vor den Körper, um den Schlägen mit der Handtasche auszuweichen. Aber Mama Jedwabski landete einen Treffer nach dem anderen.

Ich hatte mich derweil auf Rockys Bettkante gesetzt und sah dem Spektakel zu. Dann übermannte mich jenes warme, dunkle Gefühl, das langsam in einem aufsteigt, sich in Magenhöhe zu Glucksern formt, die Luftröhre empor perlt, um sich in schallendem Lachen zu entladen.

Durch das Geschrei, Getöse und Gelächter angelockt, stand plötzlich eine Häubchenträgerin im Raum. »Was passiert denn hier?« fragte sie humorlos.

»Ein mittlerer Vulkanausbruch«, erklärte ich, »die Frau da …« Ich deutete auf Mama, die inzwischen mit den bloßen Händen zulangte, da ihr die Handtasche heruntergefallen war »... die Frau ist die Mutter des Patienten.«

In diesem Augenblick sagte Rocky mit schwacher Stimme: »Mama.«

Frau Jedwabski hielt inne, ließ den Kriminaldirektor des Bundeskriminalamtes links liegen und stürzte zu ihrem Sohn. Sie griff nach der Hand des Verletzten, Tränen schossen in ihre Augen, und sie streichelte sein Gesicht. Zärtliche Koseworte, die außer Rocky niemand verstand, erfüllten den Raum.

»Hauen Sie ab, Mensch!« zischte ich Liliencron zu. Ziemlich derangiert schlich er aus dem Zimmer.

Ich trat an Rockys Krankenlager. Er war noch immer bleich, sein Kopf war von einem dicken weißen Verband umhüllt. In seinen Venen steckten eine Kanüle und ein Schlauch.

»Bruder, du machst Sachen«, stammelte ich hilflos. Rocky deutete ein Lächeln an. »Weißt du, wer dich so zugerichtet hat?«

»Ich habe die Lkw beobachtet«, flüsterte er. »Da waren Männer, die aufgeladen haben.«

»Bleib ganz ruhig«, bat ich, »laß dir Zeit.« Ich streichelte seine Hand.

»Die Fracht wurde aus einem Lagerhaus geholt«, fuhr er fort. Er hatte eine schwere Zunge, die die Worte kaum formen konnte. »Ich bin da rein, tat so, als wäre ich einer von denen. Dann hab ich von hinten einen Schlag verpaßt bekommen.«

»Es ist glimpflich abgegangen«, tröstete ich ihn. »Kein Schädelbruch, nur eine Gehirnerschütterung und eine Platzwunde. Bald bist du wieder fit.«

Rocky schloß die Augen. Die paar Worte hatten ihn angestrengt.

»Heute nacht«, murmelte er, »da wird die Sachertorte versteckt. Lkw Nummer fünfzehn. Steht schon auf dem Hof.«

»Was sagst du?« Ich war elektrisiert.

»Heute nacht.«

Der große Bluff

In der Redaktion warteten der Fotograf und Peter Jansen bereits auf mich. »Schön, daß du auch schon kommst«, blaffte mich Jansen an, »in einer Stunde muß der Artikel in der Bezirksredaktion vorliegen. Also – worauf wartest du noch?«

»Tut mir leid«, entgegnete ich. »Sie haben Rocky Jedwabski erwischt.«

»Deinen Leibwächter?«

»Genau den. Er hat sich gestern nacht auf dem Hof der *HoG* umgeschaut«, erklärte ich. »Da hat ihm jemand eins übergezogen. Wo ist der Kaffee?«

Jansen reichte mir einen großen Becher. »Wie geht's ihm?«

»Es sah schlimmer aus, als es tatsächlich ist. Ich komme gerade aus der Klinik. Stell dir vor, er wäre tot! Und ich hätte Schuld!«

Die heiße, schwarze Flüssigkeit verbrannte mir den Gaumen. Ich fühlte mich, als hätte ich einen Marathonlauf hinter mir – ausgelaugt und fertig!

»Grappa«, meinte Jansen, »du mußt mit dem Artikel beginnen! Ich habe 50 Zeilen eingeplant. Schaffst du das?«

»Kein Problem«, sagte ich heldenhaft. Ich nahm noch einen Schluck Kaffee und machte mich an die Arbeit.

Lasotta-Witwe: Ich erfülle Hermanns Vermächtnis – 250 Hilfs-Brummis starten in den Irak - das war die Überschrift.

Anschließend reihte ich die Fakten aneinander.

»Mehr hast du nicht auf der Pfanne?« meinte Jansen enttäuscht, als er den Artikel gegengelesen hatte.

»Morgen kommt dafür der ganz große Hammer«, versprach ich. »Heute nacht wird die Sachertorte in einem Lkw versteckt. Und ich werde da sein.«

»Bist du sicher?«

»Rocky hat's mir gesagt.«

Jansen pfiff durch die Zähne. »Jetzt verstehe ich!« rief er aus.

»Was verstehst du?«

»Warum sie die Torte mit der ersten Fuhre wegschaffen müssen.«

»Ich verstehe noch immer nicht!«

»Mensch, Grappa! Das ganze ist ein riesiger Bluff! Die Firma *Sotrans* ist eine winzige Klitsche. Ich hab mich erkundigt. Die besitzen nur 20 Lkw.«

»Aber – der Transport besteht doch aus insgesamt 250 Brummis!«

Jansen sprang auf und schlug sich vor die Stirn. »Versteh doch! Nur diese 20 Lkw gehen auf die Reise. Die *HoG* zahlt aber für 250 Lkw an die *Sotrans*. Und wer steckt sich das Geld ein?«

Ich wußte, wer.

Begegnung im Zweierpack

Bekleidet mit einer schwarzen Hose und einem dunkelblauen Sweatshirt hatte ich mich hinter einem der Ziergehölze postiert, die auf dem Hof der Wohlfahrtsorganisation *Hilfe ohne Grenzen* angepflanzt worden waren. Seit zwei Stunden fror ich hier, denn die Nächte waren schon ziemlich kühl in diesem späten Sommer. In einer praktischen Umhängetasche trug ich eine starke Taschenlampe.

Lkw Nummer fünfzehn. Die Brummis waren am Dach mit Schildern und Ziffern versehen. Auf dem Hof standen zwanzig von ihnen, sie alle waren am Nachmittag von der Polizei durchsucht worden. Im Morgengrauen sollten sie starten.

Ich rieb meine Hände und hauchte sie mit meinem Atem an. Es war kurz vor 24 Uhr. Die Geisterstunde brach bereits an. Ich war kein Nachtmensch, langsam fielen mir die Augen zu. Mein Magen knurrte.

Nichts rührte sich. Die einzige Lichtquelle, an der ich mich orientieren konnte, war eine halbblinde Funzel, die an der Ecke des Lagerhauses angebracht worden war. Zwischen mir und dem Schuppen lagen hundert Meter Luftlinie. Gleich halb eins. Mir schien, daß der einzige Ort auf der Welt, an dem heute nacht nichts stattfinden würde, dieser Hof sein würde.

Da! Motorengeräusche. Zuerst leise, dann kamen sie näher. Ein schwacher Lichtschein huschte über die Laster. Ein Auto fuhr über den Hof, parkte ordentlich vor dem Lagerhaus und stoppte. Der Fahrer löschte die Scheinwerfer. Ich hörte eine Autotür zufallen. Dann Schritte. Ich lugte zwischen den Zweigen des Gesträuchs hervor. Ein Mann ging hochaufgerichtet zu dem Lagerhaus, in der rechten Hand trug er einen größeren Koffer.

Platz genug für 2,5 Kilo Plutonium, dachte ich. Die Gestalt öffnete die Tür zu dem Gebäude, ich sah ein Licht, die Tür fiel hinter dem Mann ins Schloß.

Hundert Meter bis zu diesem Fenster, hinter dem der Schatten des Mannes noch zu sehen war. Die müßte ich schnell schaffen. Ich wollte gerade lossprinten, als ich ein anderes Geräusch hörte. Wieder ein Auto, doch diesmal ohne Licht. Der Wagen fuhr langsam, fast geräuschlos vor und hielt an. Der Fahrer blieb eine Weile im Fahrzeug sitzen, dann öffnete sich leise die Tür, und er stieg aus. Auch er war groß und trug einen Koffer in der Hand. Er blickte sich um, dann schlich er auf das Lagerhaus zu und verschwand darin.

Jetzt oder nie! Ich preschte über den Hof, drückte mich an die Tür und horchte. Nichts. Sachte betätigte ich die Türklinke. Ich war drin. Das Licht kam von links, ich folgte dieser Spur.

Stimmen drangen an mein Ohr. Ich huschte näher, blieb zwischen zwei Regalen, die mit Kartons beladen waren, stehen.

»Das ist gegen die Abmachung!« sagte einer der Männer.

»Ihnen bleibt nichts anderes übrig, als sich damit abzufinden«, hörte ich den zweiten sagen.

»Das kann ich nicht hinnehmen!« Der Ton des ersten Mannes war erregt. Seine Stimme war mir vertraut.

Der zweite Mann lachte. Auch dieses Lachen kannte ich nur zu gut.

Ich trat zwischen den Regalen vor. »Guten Abend, die Herren!« sagte ich mit fester Stimme.

Dr. Egbert von Liliencrons Lider flatterten, als er mich sah. Plötzlich hielt er einen Revolver in der Hand, mit der Mündung in meine Richtung.

»Lassen Sie Ihre Waffe stecken«, riet Max Lidor dem BKA-Mann, »Frau Grappa ist keine Gefahr für uns.«

»Da bin ich anderer Meinung«, widersprach Liliencron und kam auf mich zu. Er übersah einen der beiden Koffer, fiel über ihn und schlug lang hin. Die Waffe schlitterte in meine Richtung. Klar, daß ich zugriff.

Liliencron rappelte sich hoch und schaute dümmlich.

»Dilettant!« schleuderte ihm Lidor verächtlich entgegen. Dann kam der Wolf auf mich zu, streckte die Hand aus und forderte: »Die Waffe bitte!«

Ich wich zurück, streckte den Arm aus und hielt ihm den Ballermann unter die Nase. »Gehen Sie zurück, aber fix! Und hoch die Flossen, alle beide!«

Lidor gehorchte. »Er ist der Kopf der Bande!« erläuterte er und deutete auf Liliencron. »In dem Koffer ist die Sachertorte. Geben Sie mir schon die Waffe!«

»Sie bleiben, wo Sie sind!« schrie ich. »Was ist in dem anderen Koffer?«

»Geld.«

»Glauben Sie ihm kein Wort«, mischte sich Liliencron ein. »Er hat den Koffer mit dem Plutonium mitgebracht. Er ist El Lobo. Ich habe mich als Kontaktmann des Irak ausgegeben, um zu verhindern, daß das Zeug außer Landes gebracht wird. In dem Koffer ist eine erste Rate der 280 Millionen Dollar. Er ist drauf reingefallen.«

»Und warum haben Sie mich mit der Waffe bedroht?«

»Weil ich dachte, daß Sie gemeinsame Sache mit dem Wolf machen! Weil Sie eben so plötzlich aufgetaucht sind! Jetzt aber weiß ich, daß wir beide auf derselben Seite stehen.«

»Sparen Sie sich Ihr Gesülze!« fuhr ich ihn an.

»Es ist genau umgekehrt«, behauptete Lidor. »Er hat das Plutonium mitgebracht. Ich habe nur Geld in meinem Koffer. Überlegen Sie sich gut, wem Sie glauben, Frau Grappa!«

»Ich weiß nicht, wer lügt und wer die Wahrheit sagt«, teilte ich mit. »Das sollen andere herausfinden. Haben Sie Handschellen dabei?«

Er nickte.

»Dann her damit!«

Liliencron griff mit einer Hand an seinen Gürtel. Da baumelten sie.

»Langsam herausholen, ganz, ganz langsam!« befahl ich, die Knarre noch immer in Position.

»Ketten Sie sich aneinander!«

»Sie können doch nicht …« wandte Liliencron ein.

»Ich kann. Wird's bald?«

Lidor hielt das Handgelenk hin. Liliencron ließ die Metallfesseln zweimal zuschnappen.

»Und jetzt den Schlüssel für die Handschellen!« forderte ich. »Rausholen und zu mir werfen!«

Ich bückte mich, ohne die beiden aus den Augen zu lassen, und steckte den Schlüssel ein. Dann blickte ich mich um, entdeckte, was ich suchte, und sagte: »Langsam zurückgehen, bis Sie mit dem Rücken an der Leiter stehen. Ja, so ist es gut.«

Mit einem groben Strick aus naturbelassener Kokosfaser band ich den jeweils freien Arm der beiden an die riesige Aluminiumleiter. Als ich die Stricke festgezurrt hatte, ließ ich die Waffe sinken und atmete erst einmal durch.

»Was haben Sie vor?« Max Lidor hatte diese Frage gestellt.

»Ich nehme die Koffer und bringe sie der Polizei«, gab ich bekannt, »die können sich damit herumschlagen. Schönen Abend noch, die Herren!«

Ich griff die Koffer. Beide hatten eine ähnliche Form, einer war ein wenig schwerer.

»Ich bitte Sie, die Koffer auf keinen Fall zu öffnen!« Max Lidors Stimme klang so, als befände er sich noch in der Situation, Befehle erteilen zu können.

»Ach ja? Und welchen der beiden meinen Sie?«

»Beide. Wer Wege geht, die nicht für ihn bestimmt sind, könnte Schaden nehmen.«

»Nett ausgedrückt. Aber keine Sorge, die Polizei wird mir diese Aufgabe abnehmen. Und jetzt tschüs!«

»Das können Sie doch nicht machen«, jammerte Liliencron. »Der Mann ist ein Killer. Er wird mich umbringen.«

»Das wird er nicht tun«, beruhigte ich ihn, »solange er mit Ihnen an der Leiter hängt. Also versuchen Sie, sich mit ihm zu vertragen.«

Ich steckte die Waffe in die Tasche und ging Richtung Tür.

»Schade, daß Sie mir nicht vertrauen, Frau Grappa!« Lidor war wesentlich gelassener als Liliencron.

»Sie hätten mir die ganze Wahrheit sagen sollen. Zum Beispiel, daß Sie beide sich heute abend hier treffen«, entgegnete ich. »Vertrauen ist eine Sache auf Gegenseitigkeit. Für mich jedenfalls. Sie haben mich menschlich enttäuscht.«

»Das war in der Tat ein Fehler, der mir nicht hätte passieren dürfen«, räumte der Wolf ein. »*Perdone*.«

Ich drehte mich um, löschte das Licht und verließ den Schuppen.

Zwei Koffer, zwei Männer

Nur schnell weg, dachte ich, irgendwo am Straßenrand anhalten und Hauptkommissar Brinkhoff aus dem Bett holen. Im Kofferraum des Japaners lagen die beiden Koffer, einer mit ein paar Millionen Dollar gefüllt und der andere mit 2,5 Kilogramm waffenfähigem Plutonium. Für gewöhnlich transportierte ich an dieser Stelle einen 20-Liter-Sack Katzenstreu und 30 Dosen Katzenfutter der unterschiedlichsten Geschmacksrichtungen.

Ich bog in eine kleine Seitenstraße, stoppte neben einer großen Platane und holte mein Handy aus der Handtasche. Im Licht der Taschenlampe suchte ich Brinkhoffs Privatnummer aus meinem Notizbuch. Ich tippte sie ein und wartete.

»Ja?« meldete sich eine verschlafene Stimme. Das war seine Frau. Sie schien späte Anrufe gewöhnt, denn sie reichte widerspruchslos den Hörer ein Bett weiter.

»Hier Grappa, tut mir leid«, begann ich, »ich störe eigentlich nicht gern um diese Zeit. Aber ich habe zwei Koffer in meinem Auto. In einem ist Plutonium, in dem anderen ziemlich viel Geld. Soll ich die Sachen morgen während der Dienststunden vorbeibringen, oder hätten Sie jetzt Zeit?«

Natürlich hatte er jetzt Zeit. »Öffnen Sie die Koffer auf keinen Fall«, warnte er mich, »da müssen Experten dran. Wegen der Strahlung. Außerdem ist Plutonium hochgiftig. Den Koffer mit dem Geld lassen Sie auch besser zu. Wegen der Spurensicherung.«

Ich versprach es. An dem Plutoniumkoffer hatte ich sowieso wenig Interesse, der Anblick von ein paar Millionen, fein säuberlich verpackt, hätte mich schon eher angeturnt.

Ich steuerte vorsichtig zum Polizeipräsidium. Brinkhoff wartete bereits, im Schlepptau etwa zehn Männer, die für die späte Uhrzeit einen ziemlich munteren Eindruck machten. Im Gegensatz zu mir, der Tag hatte es in sich gehabt, und mir fielen bald die Augen zu. Die Realität meines weichen Bettes schien mir im Moment erstrebenswerter als die gelungene Aufklärung eines Millionenschmuggels.

Ich stieg aus und wollte den Kofferraum aufschließen.

»Geben Sie mir den Schlüssel«, herrschte mich ein Polizeibeamter an.

»Ich hab die Koffer eingepackt, also packe ich sie auch wieder aus«, schnippte ich.

»Das ist unser Sprengstoffexperte«, erklärte Brinkhoff.

»Also meinetwegen.«

Der Experte pirschte zum Hinterteil des Japaners, steckte mit geübtem Griff den Schlüssel ins Schloß, drehte einmal kurz um, und die Klappe ließ sich öffnen.

»Toll«, sagte ich zu Brinkhoff, »genauso mache ich das auch immer.«

Der Hauptkommissar grinste.

»Und jetzt erzählen Sie mal der Reihe nach. Ich habe übrigens Herrn von Liliencron informieren lassen, ein Streifenwagen fährt an seinem Hotel vorbei.«

»Das hätten Sie sich sparen können«, meinte ich trokken, »Ihr Kollege befindet sich in einem Lagerhaus der Firma *Hilfe ohne Grenzen*. Mit der einen Hand ist er an

El Lobo gefesselt, und beide haben eine große Leiter im Kreuz, die sie am Weglaufen hindert.«

Ich gab Brinkhoff eine Kurzfassung der nächtlichen Ereignisse. Er pfiff durch die Zähne.

»Und wer hat welchen Koffer gehabt?« wollte er dann wissen.

»Eine gute Frage«, räumte ich ein, »beide gingen mit einem Koffer rein. Aber wer nun welches Teil reingeschleppt hat, das konnte ich nicht sehen. Es war ganz einfach zu dunkel.«

»Schöner Mist!« Ich hatte Brinkhoff noch nie fluchen gehört. »Alle beide werden behaupten, daß ihnen der Koffer mit dem Geld gehört.«

»Das haben sie bereits getan«, bestätigte ich.

Mich wunderte, daß Brinkhoff sich überhaupt nicht für die Identität des fieberhaft gesuchten Wolfes interessierte.

»Sind die immer noch nicht fertig?« Ich deutete auf die Sprengstoffexperten, die mit den beiden Koffern in einem Nebengebäude verschwunden waren. Die Müdigkeit ließ mich undeutlich sprechen.

»Lange kann es nicht mehr dauern.« Brinkhoff hatte es kaum gesagt, als ein Mann aus dem Fenster des Baus guckte und ihn heranwinkte.

Der Hauptkommissar befahl kurz, daß ich warten solle, und ließ mich stehen. Es dauerte nicht lange, bis er wieder aufkreuzte. Er guckte etwas gequält.

»Und? Was war drin?« Meine Neugier war kaum noch zu zügeln.

»Ich darf Ihnen nichts sagen«, lautete die lapidare Auskunft. Ich glaubte, mich verhört zu haben.

»Das können Sie mit mir nicht machen«, schnippte ich, wieder hellwach.

»Ich komme in Teufels Küche«, klagte Brinkhoff. »Das BKA und der BND haben eine strikte Nachrichtensperre verhängt. Aber weil Sie es sind …«

»Wie gütig!« höhnte ich.

»Regen Sie sich doch nicht so auf, Frau Grappa«, bat der Hauptkommissar. »Ich verstehe ja, daß Sie enttäuscht sind. Also gut. In einem der Koffer haben wir einen Stahlzylinder gefunden. Der Aufschrift nach zu urteilen, ist er mit einer radioaktiven Substanz gefüllt. Morgen folgen weitere Untersuchungen. Aber offiziell existiert der Koffer nicht. Übergeordnete Gründe. Die Bevölkerung darf nicht beunruhigt werden. Befehl des Innenministers. Ich bitte Sie, sich daran zu halten.«

»Ich werde den Teufel tun!« rief ich wütend. »Ich veröffentliche meine Story trotzdem. Sie gehört mir, ich habe viele Wochen daran gearbeitet. Zum Glück gibt es sowas wie Pressefreiheit in unserem Lande!«

»Tun Sie, was Sie wollen. Die Geschichte wird Ihnen niemand offiziell bestätigen. Den Koffer gibt es nicht. Basta.«

»Und was ist mit dem anderen Koffer? Ist er auch nur ein Phantom?«

»Es tut mir leid für Sie«, sagte Brinkhoff.

»Warum nur habe ich die Dinger nicht geöffnet und den Inhalt fotografiert?«

»Dann wären Sie jetzt tot«, meinte Brinkhoff trocken. »In dem zweiten Koffer war kein Geld, sondern eine Bombe. Unsere Leute haben ihn durchleuchtet, bevor sie ihn geöffnet haben. Der Auslöser war mit dem Schloß verbunden. Wir haben den Koffer aufgeschnitten und die Elektronik unschädlich gemacht.«

Mein Blut fiel in die Füße, mir wurde schummrig. »Was wäre passiert ... der Koffer stand genau neben dem Plutonium ...« Ich konnte nur noch stammeln.

»Der Stahlzylinder ist sprengstoffresistent«, erklärte Brinkhoff, »es hätte wenigstens keine nukleare Katastrophe gegeben. Sie allerdings hätten die Detonation nicht überlebt. Auch wenn Sie ziemlich hart im Nehmen sind.« Es klang wie ein Kompliment.

»Deshalb hat er mir gesagt, daß ich die Koffer auf keinen Fall öffnen soll«, erinnerte ich mich, »er wollte mich schützen.«

»Wer?«

»Der Mann, den Sie El Lobo nennen.«

»Dann hat er den Koffer mit dem Sprengstoff mitgebracht, und Liliencron hatte das Plutonium«, schloß Brinkhoff messerscharf. »Ich hatte immer so eine Ahnung.«

»Wo sind die beiden?« gähnte ich.

»Sie werden gerade abgeholt. Wenn Sie wollen, können Sie bleiben.«

»Sehr gütig«, sagte ich. Dann fiel mir noch etwas ein: »Warum haben Sie mich noch nicht gefragt, wer der Wolf ist?«

»Weil ich es weiß. Max Lidor.«

»Sie verblüffen mich. Wie sind Sie drauf gekommen?«

»Das ist ein Geheimnis«, grinste Brinkhoff.

Ein Polizeitransporter fuhr mit aufgeblendeten Scheinwerfern auf den Hof des Präsidiums, bremste kräftig und blieb stehen. Ihm entstiegen Lidor und Liliencron, jeder mit eigenen Handschellen gefesselt. Sie wurden dicht an mir vorbeigeführt.

Als der Wolf mich sah, lächelte er. »Schön, daß Sie diesmal meinen Rat befolgt und den Koffer nicht geöffnet haben, Frau Grappa.«

»Ich lerne dazu«, gab ich zurück. »Falls Sie meine Hilfe brauchen, Herr Lidor, lassen Sie es mich wissen!«

»Genug gequatscht«, blaffte der Polizist, der Lidor führte. Er versetzte ihm einen unsanften Stoß in den Rükken.

Ich wandte mich ab. »Bis morgen«, sagte ich zu Brinkhoff. »Ich werde Sie anrufen, wenn ich ausgeschlafen bin.«

Einfach vergessen

Ich wachte erst auf, als die Katzen mich mit ihren Schnurrbarthaaren an der Nase kitzelten. »Ist ja gut, ich lebe noch«, gähnte ich.

Erst unter der Dusche wurde ich langsam wach, die Ereignisse in der vergangenen Nacht drängten sich nur langsam durch den Schleier in meinem Kopf.

Das war's dann wohl, dachte ich. Wochenlange Recherchen mit einem Ergebnis, das gegen Null tendiert. Die Polizei und die Politik würden Max Lidor zum Sündenbock abstempeln, würden versuchen, ihm alles in die Schuhe zu schieben. Die Beteiligung eines BKA-Ermittlers am Deal mit Atommaterial würde das Vertrauen des

Volkes in die Sauberkeit der Ordnungsbehörden schwer erschüttern.

Ich überlegte. Es mußte doch eine Möglichkeit geben, der geballten Ordnungs- und Staatsmacht ein Schnippchen zu schlagen!

Brinkhoff war nicht besonders begeistert, daß ich mich mit ihm treffen wollte, murmelte etwas von Schwierigkeiten, die er bekommen würde.

»Dann treffen wir uns in meiner Wohnung«, schlug ich vor. »Da sieht uns niemand.«

Als der Hauptkommissar klingelte, war ich wieder einigermaßen munter.

»Es hat bereits erste Vernehmungen gegeben«, berichtete er. »Liliencron behauptet, den Koffer mit dem Sprengstoff bei sich gehabt zu haben. Er habe dem Wolf das Plutonium abjagen wollen, um die Welt zu retten.«

»Und wie hat er den Sprengstoff erklärt?«

»Als legitimes Mittel, um einen international gesuchten Verbrecher zu eliminieren.«

»Und warum hat mich Lidor vor diesem Koffer gewarnt?«

»Intuition. Er hat wohl damit gerechnet, daß Liliencron ihn reinlegen wollte.«

»Und was passiert jetzt?«

»Liliencron ist wieder frei. Lidor wird heute dem Haftrichter vorgeführt.«

»Sie haben den Typen laufen lassen?« schrie ich empört.

Brinkhoff zuckte zusammen. »Anordnung von oben«, meinte er dann.

»Und was wird Lidor vorgeworfen?«

»Mord, Verstoß gegen das Kriegswaffenkontrollgesetz, Zugehörigkeit zu einer kriminellen Vereinigung.«

»Welchen Mord?«

»Lasotta, Wurbs und Stäubli. Vielleicht auch Carmen und Carlotta Roja.«

»Blödsinn«, wandte ich ein, »ich habe Carmen Roja selbst aus dem dritten Stock eines Hauses fallen sehen. Lidor parkte genau um diese Zeit vor dem Haus.«

»Dann können Sie ihn ja entlasten«, sagte Brinkhoff. Es klang nicht besonders interessiert. »Wir haben in Lidors

Hotelzimmer übrigens eine Waffe gefunden. Die ballistische Untersuchung hat ergeben, daß Stäubli mit ihr umgebracht worden ist.«

»Ich weiß. Stäubli ist von Lidor in Notwehr umgebracht worden. Ich war dabei und habe mit ihm zusammen die Leiche in den Rombergpark geschafft.«

Brinkhoff sah mich erstaunt an. Ich erzählte ihm von dem Vorfall im Hotel.

»Na gut«, räumte Brinkhoff ein, »dann wäre er in diesem Punkt entlastet. Bleiben noch die Morde an Lasotta und Wurbs. Und natürlich der Mordversuch an Ihnen.«

»Und was ist mit Liliencrons Waffe? Haben Sie die auch untersucht?«

»Was meinen Sie? Wir haben keine Waffe bei ihm gefunden!«

Ich griff mir an den Kopf. Ich hatte Liliencrons Ballermann noch immer in meiner Handtasche! »Moment.« Ich sprang auf und holte meine Tasche aus dem Flur.

»Da!« In meiner Hand lag der Revolver, den Liliencron beim Stolpern über den Koffer verloren hatte. »Diesen Revolver hat Ihr Kollege gestern nacht aus der Jacke gezogen und auf mich gerichtet!«

»Das sagen Sie erst jetzt?«

»Ich hab's einfach vergessen.«

Zwei Stunden später lag das Ergebnis der kriminaltechnischen Untersuchung vor. Die Kugel, die auf mich abgefeuert worden war, stammte aus Liliencrons Waffe.

Als zwei Kripobeamte ihren BKA-Kollegen in dessen Hotelzimmer festnehmen wollten, fanden sie nur ein Zimmermädchen vor, das den Raum feudelte.

Übergeordnete Interessen in einer Bananenrepublik

Liliencron blieb verschwunden, Max Lidor saß noch immer in Untersuchungshaft. Ich hatte nicht das Gefühl, daß die Behörden großes Interesse daran hatten, die Morde aufzuklären. Wenigstens erhielt ich eine Besuchserlaubnis für den Wolf.

Eine Woche lang war er nun schon im Knast. Vor meinem geistigen Auge sah ich ihn in einer dunklen Zelle bei Brot und Wasser schmachten. Ich hatte oft genug über die Zustände in Gefängnissen berichtet, um zu wissen, daß das Bild natürlich nicht stimmte.

Ich mußte meine Handtasche an der Pforte lassen und wurde nach Waffen durchsucht. Dann führte mich ein Mann, dessen Berufsbezeichnung Justizvollzugsbeamter war, in einen Raum. »Warten Sie bitte!«

Ich tat es. Nach zehn Minuten wurde ich unruhig. Nach weiteren fünf betrat der Gefängniswärter das Zimmer. »Entschuldigen Sie«, stammelte er, »aber der Häftling ist heute morgen verlegt worden.«

»Wie bitte?«

»Es sollen weitere Vernehmungen stattfinden. Er ist jetzt in der JVA Wiesbaden. Das Bundeskriminalamt hat den Fall übernommen.«

Schade, dachte ich, ich hätte noch gern mit ihm gesprochen. Vielleicht würden wir uns während seines Prozesses wiedersehen.

In der Redaktion beriet ich mit Jansen, wie die Story noch zu retten sei.

»Wir lassen die Plutoniumsache fallen und beschränken uns auf den Bluff mit den angeblichen 250 Lkw«, schlug er vor. »Dann decken wir auf, wem die Firma *Sotrans* gehört. Betrug kommt auf jeden Fall dabei heraus. Lasotta und seine Frau haben seit Jahren mit diesem Trick Gelder in die eigene Tasche abgezweigt.«

»Es fehlt die politische Dimension«, maulte ich, »es werden Geschäfte mit Nuklearmaterial gemacht, und unsere Regierung ist machtlos dagegen. Früher hat sich das organisierte Verbrechen mit Alkohol- und Drogenschmuggel abgegeben – heute kann sich jeder durchgeknallte Diktator bei denselben Leuten eine Bombe bestellen, um die halbe Welt wegzupusten.«

»Du hast ja recht«, räumte Jansen ein, »aber wir haben als Journalisten auch Verantwortung. Was passiert, wenn wir unseren Lesern erzählen, wie einfach es heutzutage ist, sich hochgiftiges Plutonium zu beschaffen? Das führt zur Hysterie!«

»Oder es führt dazu, daß das Teufelszeug entsprechend bewacht und nicht in der Welt verschoben wird!«

»Grappa, du bist naiv!« attestierte Jansen. »Solange es das Zeug gibt, werden auch immer Leute da sein, die es haben wollen. Die Geister, die wir gerufen haben, werden wir nicht mehr so einfach los …«

»Schön gesprochen.« Ich hatte verloren. »Es gibt Argumente, die knüppeln alles nieder. Besonders das Märchen von der Verantwortung der Journalisten. Komisch, daß uns das immer dann einfällt, wenn uns der Mut fehlt, uns mit den Mächtigen im Staat richtig anzulegen! Unterdrückte Nachrichten sind schlimmer als Nachrichten, die jemanden beunruhigen könnten. Vor Journalisten Angst haben, müssen nur die, die Grund dazu haben!«

»Nimm's nicht so schwer, Grappa! Du bleibst trotzdem die Größte.« Jetzt zog Jansen sein Tröstungsprogramm ab. »Dafür habe ich noch ein wunderschönes Geschenk für dich!«

»Und was sollte das sein?«

»Du erinnerst dich doch an den stillen Teilhaber bei *Sotrans*?«

»Und?«

»Ich weiß jetzt seinen Namen. Er heißt Liliencron.«

Zwei Stunden später hatte ich die stark entschärfte Fassung meiner Geschichte fertig:

Betrüger-Trio schaufelt Millionen in eigene Tasche – Flüchtiger BKA-Beamter in Straftaten verwickelt.

Im Text vermied ich es, auf die Morde an Lasotta und Wurbs einzugehen, auch El Lobo erwähnte ich nicht mehr. Warum nur hatte er Lasotta umgebracht, wer hatte ihm den Auftrag dazu gegeben? Und was war mit dem armen Willi Wurbs?

Von den fünf Toten – Carmen, Carlotta, Willi, Lasotta und Stäubli – konnte ich nur drei einem Mörder zuordnen. Carmen ging auf Stäublis Konto, Lasotta und Stäubli hatte der Wolf auf dem Gewissen. Fehlten noch Wurbs und Carlotta.

Ich stellte mir das Telefon zurecht und drückte die Ziffern.

»Justizvollzugsanstalt Wiesbaden«, meldete sich eine Frauenstimme. Ich fragte nach der voraussichtlichen Ankunftszeit des Häftlings Max Lidor, der aus der JVA Bierstadt nach Wiesbaden verlegt worden war.

»Wir erwarten heute keine Überführung aus Bierstadt«, lautete die lapidare Antwort.

Ich drückte erneut ein paar Tasten.

»Hallo, Herr Brinkhoff«, flötete ich, »was ist das schon wieder für ein mieser Trick? Warum haben Sie Lidor wegbringen lassen und wohin?«

»Weitere Vernehmungen. Mehr kann ich nicht sagen.«

»Daran glaube ich nicht.«

»Das ist Ihr Problem.« Sehr freundlich war der Hauptkommissar nicht, er hielt mich wohl für eine Nervensäge. Doch auf solche Empfindlichkeiten hatte ich noch nie Rücksicht genommen.

»Und wie kommt es, daß die JVA in Wiesbaden nichts von einem Untersuchungsgefangenen weiß?«

»Nachrichtensperre.«

Es hatte keinen Sinn. »Und Liliencron?« wechselte ich das Thema. »Haben Sie eine Spur?«

»Nein, noch nicht. Wir wissen aber inzwischen, daß er Ihren Kollegen auf dem Gewissen hat, diesen Wurbs.«

»Erzählen Sie!«

»Erinnern Sie sich an den Film mit dem falschen Zeugen? Dieser Zeuge war Urs Stäubli. Er sollte sich an Wurbs heranmachen, um an ein Foto des Wolfes zu kommen. Zu selben Zeit hatte Wurbs aus seinem Fotoarchiv alle Bilder von Lasotta herausgesucht. Auf einem Foto waren Lasotta und Liliencron zusammen abgebildet. Mit diesem Foto hat Wurbs versucht, Liliencron um ein paar Tausender zu erleichtern. Wurbs wußte zwar nicht genau, um was es ging, doch er hat so getan, als ob. Liliencron ist da wohl in Panik geraten. Das Foto und den Erpresserbrief haben wir in Liliencrons Hotelsafe gefunden. Er hat vergessen, ihn zu leeren, als er sich aus dem Staub gemacht hat.«

»Wie dumm von ihm!«

»Das kann man wohl sagen«, meinte Brinkhoff trokken. »Was wird eigentlich morgen in der Zeitung stehen, Frau Grappa?«

»Eine interessante Geschichte«, kündigte ich an, »ohne die beiden Koffer – ganz wie Sie es sich gewünscht haben!« Der Groll kroch wieder in mir hoch.

»Das verzeihen Sie mir wohl nie?«

»Nein. Es sei denn, Sie sagen mir, wo ich den Wolf finde«, versuchte ich einen Deal.

»Also gut«, seufzte Brinkhoff. »Wir haben ihn gehen lassen. Dafür hat er dem Verfassungsschutz und dem BKA alle Informationen über das Kartell gegeben. Die Beteiligten werden in den nächsten Tagen Besuch erhalten.«

»Das glaube ich nicht«, entfuhr es mir, »der Geheimdienst hat ihn umbringen lassen, weil er zuviel weiß. So wird ein Schuh daraus!«

»Sie sehen zuviel fern«, behauptete Brinkhoff, »wir leben schließlich nicht in einer Bananenrepublik.«

»Ach ja?«

Rockys Nebenjob

Rockys Gesundheitszustand hatte sich gebessert. Er trug zwar noch einen Verband um den Kopf, seine Gesichtsfarbe jedoch war rosig, und er saß aufrecht in den Kissen.

»Hallo, kleiner Bruder«, begrüßte ich ihn mit einem Kuß auf die Wange, »die Schwestern beschweren sich schon, daß du zu heftig mit ihnen flirtest. Wie fühlst du dich?«

»*No problema*. Alle sind total gut drauf hier.«

»Ich hab schon gedacht, sie hätten dich umgelegt«, bekannte ich, »mir wurde ganz schlecht bei dem Gedanken. Auch wenn du nicht gerade eine große Hilfe für mich warst und unser Blatt viel Geld gekostet hast, hätte es mir doch ziemlich leid getan. Besonders für deine Mutter.« Warum fiel es mir immer so schwer, etwas Nettes zu sagen?

»Der Polizist war auch schon hier«, berichtete Rocky, »Herr Brinkhoff. Er will mir helfen, einen Job bei der Polizei zu kriegen. Als Gegenleistung.«

»Was meinst du mit ‚Gegenleistung'?«

Rocky wurde verlegen. »Ich wollte es dir ja schon von Anfang an sagen.«

»Was?«

»Bist du auch nicht sauer auf mich?«

»Das kann ich erst sagen, wenn ich's weiß!«

»Ich hab dem Bullen ein paar Sachen erzählt. Er hat mich … na ja, er hatte deine Anzeige gelesen. Dann rief er mich plötzlich an. Er meinte, ich sollte mich auf das Inserat melden.«

»Du hast mich ausspioniert?« brüllte ich.

»Ich hab von Spanien aus nur ein paar Mal bei ihm angerufen.«

Mir fiel das Telefongespräch wieder ein, daß ich zufällig mitbekommen hatte. »Das darf doch nicht wahr sein, du verdammter Mistkerl!«

»Er hat gesagt, daß er nur will, daß dir nichts passiert!« Rockys Gesicht war hochrot gefärbt.

»Herzlichen Dank!« höhnte ich. »Warum glauben nur immer alle, daß sie auf mich aufpassen müssen?«

»Tut mir leid«, kam es zerknirscht.

»Schönen Tag noch«, zischte ich, »und viel Spaß bei deiner Karriere als Polizist!«

Das Krankenhauspflegepersonal zuckte zusammen, als ich die Tür ins Schloß schubste.

Der Tag war für mich gelaufen. Abends köpfte ich eine Flasche Chianti, dann ließ ich mir von einem besseren Pizzaservice Antipasti, Salat und Lasagne heranschleppen. Gutes Essen verscheucht normalerweise meine schönsten Depressionen. Doch heute abend wollte das nicht so richtig klappen. Ich dachte an Lidor und beneidete ihn. Er nahm auf niemanden Rücksicht, schlich als einsamer Wolf durch die Welt, nur sich und seinem Gewissen verpflichtet. Gejagt, aber trotzdem frei. Ein Verbrecher, aber gebildet, kultiviert und ehrenhaft.

Ich hatte die Flasche halb geleert, als das Telefon läutete.

»Ich wollte mich nur von Ihnen verabschieden«, sagte Max Lidor, »und mich bei Ihnen bedanken …«

»Ich habe gerade an Sie gedacht!« rief ich in die Muschel. »Wo sind Sie?«

»Ich bin frei. Aber das wissen Sie sicher schon. Wie geht es Ihnen?«

»Nicht gut«, antwortete ich wahrheitsgemäß, »meine Zeitung hat mit den Behörden einen Deal gemacht. Ich durfte kein einziges Wort über die Sachertorte schreiben, sondern mußte mich auf die Betrügereien beschränken. Warum hat die Polizei Sie laufen lassen?«

»Ich habe mit den Behörden zusammengearbeitet«, erklärte Lidor, »in den nächsten Wochen wird es zu Rücktritten und Festnahmen in Behörden und Ministerien kommen. Das Kartell ist so gut wie vernichtet. Doch der weltweite Schmuggel mit Atommaterial wird dadurch nicht aufhören, solange die Nachfrage besteht. Andere werden kommen und neue Kartelle gründen.«

»Das erinnert mich an die Hydra in der griechischen Sage. Man kann ihr noch so oft den Kopf abschlagen, er wächst immer wieder nach. Was werden Sie jetzt tun?«

»Ein neuer Auftrag führt mich ins Ausland.«

»Sie arbeiten noch immer in Ihrem Job?«

»Sicher. Ich liebe meinen Beruf. Schockiert?«

»Nicht besonders. Ich liebe meinen Beruf schließlich auch. Trotz allem. Darf ich Sie noch etwas fragen?«

»Gern.«

»In wessen Auftrag haben Sie Lasotta umgebracht?«

»Seine Frau war meine Auftraggeberin. Angeblich wollte sie ihn loswerden, weil er sie betrogen hat. Das war aber nicht die Wahrheit. Lasotta wollte aussteigen. Die Sache mit dem Plutonium war ihm zu heiß.«

»Die eigene Frau?«

»Das Kartell hat sie unter Druck gesetzt. Außerdem – Frauen sind keine bessere Menschen«, lachte Lidor. »Sonst noch Fragen? Ich bin etwas in Eile. Meine Maschine geht gleich.«

»Warum haben Sie gegen das Kartell gearbeitet?«

»Bei einer Atombombe hört der Spaß auf. Außerdem hasse ich es, belogen zu werden. Jeder, der mich engagiert, weiß, daß er mir über die wahren Gründe für seinen Auftrag die Wahrheit sagen muß. Das gilt auch für Frau Lasotta.«

»Was ist mit Carlotta Roja passiert?«

»Ihre Buchführung ist exzellent. Carlotta Roja lebt. In meinem Haus in den *Sierra de Gredos*. Ich selbst habe sie dorthin gebracht. Sie konnte mir wertvolle Informationen geben.«

»Das freut mich. Wenigstens eine, die es geschafft hat, unbeschadet aus der Sache rauszukommen! Wo werden Sie hinfliegen?«

»Nach Rom. Ich bedanke mich für Ihre Hilfe, Frau Grappa. Es war eine Freude für mich, mit Ihnen zu telefonieren und Sie kennenzulernen. Wenn Sie mal meine Dienste benötigen ...«

»Um Gottes willen«, lachte ich, »bisher habe ich meine Feinde noch selbst in den Griff bekommen. Ein paar Intrigen hier oder ein paar spitze Bemerkungen da ... ich setze eher auf psychische Gewalt. Die hinterläßt keine abgeschnittenen Ohren, sondern hübsch geknickte Seelen.«

»Und ich dachte schon, Sie hätten überhaupt keine niederen Triebe! Falls es trotzdem einmal nötig sein sollte, geben Sie ein Inserat in der spanischen Zeitung *El Pais* auf. Ich lese sie regelmäßig.«

»Und was soll in diesem Inserat stehen?« machte ich das Spiel mit.

»Grappa sucht Wolf«, schlug der Wolf vor.

»Werde ich über Ihren nächsten Auftrag etwas in der Presse lesen?«

»Mit Sicherheit. Also – leben Sie wohl! Und danke für alles.« Das Gespräch war beendet.

Unfehlbar

Liliencron wurde ein paar Tage später in der Schweiz festgenommen, als er in Genf gerade sein Nummernkonto plündern wollte. Ich nahm diese Nachricht mit zurückhaltendem Interesse auf, verfaßte einen kleinen Zweispalter für unser Blatt. *Flüchtiger BKA-Betrüger in der Schweiz gefaßt* lautete die Titelzeile.

Mit Rocky hatte ich mich wieder versöhnt. Er hatte es geschafft, an einer Polizeischule angenommen zu werden. Luise Lasotta saß in Untersuchungshaft – wegen Betruges und Anstiftung zum Mord – und wartete auf ihren Prozeß. Leopold von Hohenschwanstein war von meinem Kollegen Amadeus Viep adoptiert worden. Er konnte es einfach nicht lassen, Gutes zu tun.

Ich dachte oft an El Lobo. Er war zwar ein Mörder und verdiente Verachtung, doch er betrieb seinen Job auf hohem Niveau. Meine Schwäche für Profis aller Art war nun mal ausgeprägt. Ich ertappte mich dabei, wie ich in den überregionalen Blättern die Berichte über Katastrophen, Morde und Anschläge genau studierte. Doch nirgendwo fand ich ein Indiz dafür, daß El Lobo seine Hand im Spiel hatte.

Bis zu diesem Tag. Ich blätterte in einem politischen Magazin. Gerade wollte ich es gelangweilt beiseite legen, als mein Blick auf ein Foto fiel. Papst Johannes Paul der Zweite, der unfehlbare Kopf der katholischen Kirche, empfing ein paar Bischöfe aus der Dritten Welt. Neben dem milde lächelnden Polen mit den großen Ohren standen zwei Männer, die wohl der Begrüßungsdelegation des Vatikans angehörten. Beide trugen die Berufskleidung von Patern – lange, schmale dunkle Gewänder.

Der Geistliche, der links vom Heiligen Vater stand, war Max Lidor. Jetzt wußte ich, was El Lobo in Rom zu erledigen hatte!

Schönes NRW
Reiseführer
zu den historischen Stadt- und Ortskernen in Nordrhein-Westfalen

Malerische Altstädte, über Jahrhunderte gewachsen und von Generationen behutsam gepflegt: Dieser Reiseführer ist ein unentbehrlicher Begleiter für alle, die das historische Nordrhein-Westfalen entdecken möchten.

In übersichtlicher Gliederung wird der Weg zu Sehenswürdigkeiten, aber auch zu empfehlenswerten Restaurants, zu Geschäften und Stadtfesten gewiesen. Wissenswertes zur Geschichte sowie praktische Tipps und Anreise-Hinweise machen Lust auf Ausflüge ins Ruhrgebiet und ins Rheinland, nach Westfalen und ins Münsterland, ins Bergische Land und in die Eifel.

Die schönsten Biergärten im Revier

Biergartenführer Ruhrgebiet

In München und Umgebung sind Biergärten eine Weltanschauung. Bringt der Frühling die ersten wärmenden Sonnenstrahlen, dann schwärmen die Freunde dieser einzigartigen Freiluft-Kultur aus. Unter Schatten spendenden Kastanien sind alle gesellschaftlichen Schranken aufgehoben. Studenten und Schlipsträger hocken beieinander, um bei Maß und Brotzeit über Politik, Fußball oder das Wetter zu diskutieren.

Inzwischen findet diese Art des „Dolce Vita" aber auch nördlich des Weißwurst-Äquators eine hohe Akzeptanz, immer mehr Freiluft-Schänken nach bajuwarischem Vorbild wurden in den letzten Jahren eröffnet. Vor allem im Ballungsraum Ruhrgebiet, wo die Menschen danach dürsten, irgendwo im Grünen ihr Bier zu genießen. Statt eines süffigen Hellen wird hierzulande ein herbes Pils bevorzugt, statt einer Schweinshaxe darf's auch eine Currywurst sein.

Wir stellen die schönsten Biergärten des Reviers in einem handlichen Führer vor, geben Tipps und Hinweise zur Anreise, zu den Angeboten und zu Ausflugsmöglichkeiten.

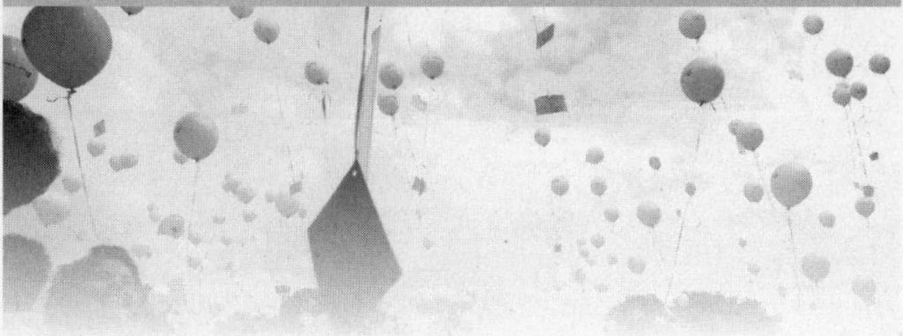

SchachtZeichen

GESCHICHTE. MENSCHEN. BALLONE.

Volker Bandelow • Michael Moos • Sabine Radomski • Rolf Tiggemann

22. Mai 2010 – mit den SchachtZeichen kommt die Kulturhauptstadt in den Herzen der Ruhrgebietsbewohner an. Schlagartig wird sichtbar: Die Metropole Ruhr blickt aus einer gemeinsamen Vergangenheit in die Zukunft. Das Kulturhauptstadtprogramm von RUHR.2010 ist nicht elitär abgehoben. Es ist konkret. Es fragt auch nach den Erfahrungen und den Visionen der Menschen im Ruhrgebiet.

Als Volker Bandelow die Idee zu SchachtZeichen hatte, wusste er, dass ein so ehrgeiziges Projekt nur gelingen kann, wenn Tausende es sich zu Eigen machen. Wenn sie einsteigen, anpacken, mitmachen.

Und das Erhoffte geschah!

Dieses Buch nennt die Namen, zeigt die Bilder, erzählt die Geschichte: die Geschichte einer Vision und von dem steinigen Weg zu luftig leichten SchachtZeichen – zu einer Fahne unter gelbem Ballon. Ein Bild, das zum Symbol werden sollte für die untergegangenen Schachtanlagen und für den Strukturwandel in der Region, für die Identifikation der Menschen mit dem Ruhrgebiet, mit ihrer Zeche, ihrem Stadtteil, ihrer Geschichte. Eine Identifikation, die Kraft für die Arbeit an der Zukunft in der Metropole Ruhr gibt.

Später wird man sagen hören: „Bei SchachtZeichen habe ich das Ruhrgebiet erst verstanden."

Dieses Buch zeigt, warum!